中国文学批评小史

周勋初 著

Zhong guo wen xue
Pi ping xiao shi

复旦大学出版社

目录

题记 …………………………………………………… 1
小引 …………………………………………………… 1

第一编　先秦的文学批评 …………………………… 1
第一章　"诗言志"说的形成 ……………………… 1
第二章　道家对有关文学问题的一些看法 ……… 2
第三章　儒家在文学理论上的贡献 ……………… 4
　　一、孔子重视文学的社会作用 ……………… 4
　　二、孟子提出评论文学作品的一些原则 …… 5
　　三、荀子建立正统的文学观 ………………… 6
第四章　法家的功利主义文学观 ………………… 6

第二编　两汉的文学批评 …………………………… 8
第一章　汉儒诗歌理论的总汇《毛诗大序》…… 8
第二章　汉代学者对辞赋的不同看法 ………… 10
第三章　扬雄发展了正统的文学观 …………… 12
第四章　王充对汉代正统学风的批判 ………… 14
　　一、几项重要的文学主张 ………………… 15
　　二、对后代的影响 ………………………… 17

第三编　魏晋南北朝的文学批评 ………………… 18
第一章　曹丕首先写作专篇论文《典论·论文》… 20
第二章　陆机总结创作经验的文章《文赋》… 22
第三章　葛洪的文学进化观 …………………… 26
第四章　南朝文学理论的斗争和发展 ………… 28
　　一、声律论的创建和影响 ………………… 28
　　二、裴子野和萧纲的论争 ………………… 30
　　三、萧统主张文质并重 …………………… 31

第五章 刘勰的巨著《文心雕龙》 …………………………… 33
  一、生平和作品的概况 ……………………………………… 33
  二、立论原则 ………………………………………………… 34
  三、文学和时代的关系 ……………………………………… 36
  四、构思和修养的关系 ……………………………………… 37
  五、意境和比兴的问题 ……………………………………… 38
  六、内容和形式的问题 ……………………………………… 39
  七、风骨和风格的问题 ……………………………………… 40
  八、文体论 …………………………………………………… 42
  九、创作论 …………………………………………………… 44
  十、批评论 …………………………………………………… 46
  十一、馀论 …………………………………………………… 48
第六章 钟嵘评论五言诗的专著《诗品》 …………………… 49
  一、论五言诗的长处和"滋味" …………………………… 49
  二、五言诗创作中出现的问题 ……………………………… 51
  三、分品的历史渊源和标准 ………………………………… 52
  四、论继承和流派的问题 …………………………………… 54

第四编 隋唐五代的文学批评 ……………………………… 56
第一章 唐初的文学批评和杜甫的诗论 ……………………… 56
  一、各家对南朝文风的批判 ………………………………… 56
  二、陈子昂的先导作用 ……………………………………… 60
  三、杜甫的"集大成"理论 ………………………………… 60
第二章 元稹、白居易和新乐府运动 ………………………… 61
第三章 韩愈、柳宗元和古文运动 …………………………… 64
第四章 司空图的风格论和诗味说 …………………………… 70

第五编 宋金元的文学批评 ………………………………… 75
第一章 宋初诗文革新运动的开展 …………………………… 75
  一、宋代诗文革新运动先驱者的历史作用 ………………… 75
  二、欧阳修起承先启后的作用 ……………………………… 76
第二章 道学家抹杀文学的谬论 ……………………………… 78
第三章 苏轼对创作经验的阐述 ……………………………… 80

第四章　黄庭坚的诗论和江西诗派的形成 …………… 83
第五章　南宋诗人对江西诗派的批判 ………………… 86
第六章　宋人诗话和严羽的《沧浪诗话》 …………… 89
　　一、诗话的形成和发展 ………………………………… 89
　　二、张戒的《岁寒堂诗话》 …………………………… 90
　　三、姜夔的《白石道人诗说》 ………………………… 92
　　四、严羽的《沧浪诗话》 ……………………………… 94
第七章　元好问的优秀诗篇《论诗三十首》 ………… 97
第八章　婉约派和豪放派的词论 ……………………… 100

第六编　明至清中叶的文学批评 …………………… 103

第一章　明代诗文拟古主义者的纷争 ………………… 104
　　一、高棅的《唐诗品汇》 ……………………………… 104
　　二、台阁体和茶陵诗派 ………………………………… 104
　　三、前后七子拟古理论中的同异 ……………………… 105
　　四、唐宋文派的改弦更张 ……………………………… 107
第二章　李贽和公安派的创新学说 …………………… 108
　　一、李贽的童心说 ……………………………………… 108
　　二、公安派的文学发展观点 …………………………… 110
　　三、竟陵派追求"别趣奇理" ………………………… 112
第三章　明末清初三大学者的文学见解 ……………… 113
第四章　叶燮探讨诗歌原理的著作《原诗》 ………… 115
第五章　清初诗坛的纷争 ……………………………… 120
　　一、王士禛的神韵说 …………………………………… 120
　　二、格调派和性灵派的争论 …………………………… 122
　　三、肌理说和宋诗派 …………………………………… 126
第六章　桐城派的基本理论和发展 …………………… 127
　　一、方苞提倡"义法"之说 …………………………… 128
　　二、刘大櫆讲求神气音节 ……………………………… 130
　　三、姚鼐主张义理、考证、文章相济 ………………… 132
　　四、桐城派的支流与馀波 ……………………………… 135
第七章　明清文人对民间歌曲的评述 ………………… 137

第八章 明代戏曲理论的争论和发展 …… 140
  一、早期戏曲理论家的先导作用 …… 140
  二、吴江派和临川派的争论 …… 140
  三、王骥德发展了两派的理论 …… 143
第九章 李渔《闲情偶寄》论戏曲创作与舞台表演 …… 145
  一、李渔的为人 …… 145
  二、几项重要理论 …… 145
  三、馀论 …… 149
第十章 李贽和金人瑞的小说理论 …… 150
第十一章 浙派和常州词派的词论 …… 155

第七编 清代中后期的文学批评 …… 159
第一章 地主阶级改革派的文学见解 …… 159
第二章 太平天国的文学主张 …… 162
第三章 资产阶级改良派的文学理论 …… 164
  一、翻译理论 …… 164
  二、新民体 …… 164
  三、诗界革命 …… 165
  四、小说界革命 …… 167
第四章 资产阶级革命派的文学思想 …… 170
第五章 王国维集资产阶级美学之大成 …… 173
  一、生平简介 …… 173
  二、《红楼梦评论》 …… 173
  三、《人间词话》 …… 175
  四、《宋元戏曲考》 …… 181

小结 …… 182

附录一 发见中国文学批评理论的独特会心
——评周勋初《中国文学批评小史》 … 蒋 凡 汪涌豪 184

附录二 《中国文学批评小史》写作中的点滴心得 …… 190

复旦新版后记 …… 195

题　　记

　　我在把这本小书呈献给读者之前,觉得有必要把考虑中的几个问题先提出来,表明我对中国古典文学理论批评总的看法,并藉此说明我在学习这门科学时努力的方向。今将一些粗浅的意见陈述如下:

　　(一)中国文学批评史这门科学,是在古代诗文评的基础上发展起来的。诗文评中固然不乏体系完整的著作,曾对文艺上的许多问题进行过深入而全面的探讨,但是其中大部分的论著却往往偏于就事论事,仅对个别作家或个别作品进行片断或零星的研究,缺乏有系统的分析与叙述,因而看不清文学理论发展历史的脉络。这些作品只能算是批评史的素材。中国文学批评史应该研究历代文学的发展情况,总结各个时代诗文评的研究成果,从而勾勒出中国古代文学理论批评的历史发展线索来。

　　(二)文学理论的产生,首先与产生这种理论的创作实际有关。但是它的形成,还受到当时社会的政治、哲学、艺术等其他因素的影响。只有进行综合的研究,考虑到产生各个时代文学理论的多种因素,才能正确阐明文学批评的发展历史。如果只对若干人物的个别论点进行孤立的研究,也就很难阐明一个时代文学理论的形成与发展,显示其整体的风貌。

　　(三)古代文人评论诗文时,当然也有他们的共同语言,但因时代不同,他们使用的一些词汇,后人往往难以掌握,有时甚至还会使人起含混不清的感觉。写作供当代人阅读的批评史,最好能够遵用现代文学理论上通用的名词术语,摆脱古代诗文评传统的束缚。但是现在文学理论上通用的某些概念,原是由西方引进的,是总结了西洋以小说、戏剧为主体的文艺创作的经验而提出的,用在中国古代以诗歌、散文为主体的文学问题上,有时也会使人产生不很贴切的感觉。解决这一问题,既要克服佞古的倾向,也要克服过于现代化的倾向。不能让人产生这样的印象:批评史的研究只是在用中国古代丰富的创作经验和理论批评证明现代文学理论中的若干一般原理。

(四)中国历史悠久,历代文论著作汗牛充栋,其中有很大一批陈陈相因的庸滥之作。也有一些颇有声名的作品,论点细密周到,似乎颇见功夫,但若放到史的线索中去考察,也就觉得没有什么突出之处可言了。因此,研究一种文学论著,应该特别注意其论点的创造性。有些理论,尽管只是片言只语,但能开创一代风气,这样的理论就应考虑列入;而有些理论,尽管全面平稳,但按产生这种理论的时代来说,已经没有什么新鲜的意义,也就不一定要在"史"中占个位置了。

(五)古代写作诗文评一类著作,受先秦儒家语录体的影响很深,文笔一般都很简练。而他们的评论文学,或受道家"得意忘言"说的影响,或受佛家讲求"妙悟"的影响,喜作启发式的提示,让读者自行参悟。初学者缺乏这方面的修养,则常是难以领会。如何帮助读者学习这些精粹而又抽象的评论,应该考虑采用多种方法。对于某些重要的论点,应作解剖式的细致分析,但如遇到有关风格等问题的评语时,则可选择若干具有典型意义的作品或例句去印证,读者自可玩味得之。

(六)这部《中国文学批评小史》,就想遵循上述原则,扼要地叙述古代文学理论批评的发展历史。由于笔者学识浅陋,书中一定会有挂一漏万和片面错误之处,但我仍愿把探索过程中一些不成熟的意见写出来,希望得到广大读者和专家学者的指正。在研究的过程中,也曾参考过当代学者的许多专著和论文,当然也融入了我个人的一些考虑,限于小史的体例,不能一一提示出处,则是应向学术界说明的。

小　引

什么叫做"文学批评史"?

回答这个问题时,先得从理论和创作的关系说起。一个作家,不论创作什么样子的作品,都有某种文学思想作为指导。他们通过创作反映了所属阶层的情趣、要求和宗旨。由于政治形势或其他原因的影响,分属不同集团或不同流派的作家之间也经常展开着争论。一般情况下,他们采取的是思想斗争的形式。历代文学理论家总结了创作上的成果,加以综合提高,使之成为有系统的学说,指导着创作的开展。而一种学说的形成,又有先驱者传给他们的思想资料作为前提,后起的人则受其影响而又作出新的发展。文学批评史就是研究历代文学思想发展的历史的一门科学。

中国文学有着几千年的发展历史。作家们在实践中积累了许多宝贵的经验,他们对文学理论上的一些基本原理,如内容与形式、世界观与创作……也作了反复的探讨;他们对中国语言文字的特征也作了深入的研究。这些认识成果,也包含在历代文学理论家写作的理论著作中。因此,文学批评史又是总结历代文学创作经验的结晶的历史。

这本《中国文学批评小史》,限于篇幅,限于作者水平,不可能把各方面的问题都介绍得很详细,只能把历史上的一些基本理论作综合的叙述,尽可能清楚地勾勒出一条历代文学理论批评的发展线索来。

第一编 先秦的文学批评

春秋、战国之时,奴隶社会正在向封建社会转化。前后数百年间,时局剧烈动荡。代表新旧生产关系的各个阶级和阶层,通过他们的思想家,对社会问题纷纷发表意见,展开热烈的论战。这就是中国学术史上第一次出现的百家争鸣的局面。

一切文学艺术都是在自由的争鸣空气中得到发展的。先秦时代的学术繁荣就是明显的例证。但因当时还处在历史发展的初期阶段,各门科学处在草创的时期,因而先秦之时还未出现过系统的文学批评。各大学派曾对文学艺术问题发表过意见,但这些材料大都比较零星片断,而且和其他学术问题混杂在一起,因此我们必须联系各大学派其他方面的学术思想进行综合的研究,才能掌握这一阶段文学批评的发展线索。

当时的人使用的词语也值得注意。他们所谓"文",包括文化学术、典章制度、道德修养等方面的内容,含义甚广;他们所谓"文学",则是文化学术的总称,但也包括文学问题在内。当他们讨论诗歌问题时,则是在对文学问题发表专门的见解。儒家学派对"诗"作了很多探讨,道家学派的文学见解则更多地是从它的哲学思想中派生出来的,法家人物基于政治上的需要而提出了功利主义的主张。

总之,先秦的文学批评虽已获得一定的成就,但它毕竟处在萌芽状态,缺少体系完整的著述。不过先秦学术又是中国文化的源头,后代文人无不受其影响,因而它在批评史的发展过程中却也起了滥觞的作用。

第一章 "诗言志"说的形成

中国文化发展很早,从商代起就有完整的记载,而自西周到东周,更有大量的诗歌流传下来。有人把它汇辑成书,叫做《诗》或《诗三百》,这就是后来的人称之为《诗经》的一部诗歌总集。《诗经》内容丰富,包括古代的神话传说,商、周各族的史诗、史实,以及当时各地区的民情风俗。诗人运用诗歌的形式反映了社会上的各个侧面,有的诗人明白说出了自己的感受和作诗的目的。

> 维是褊心,是以为刺。(《魏风·葛屦》)
> 夫也不良,歌以讯之。(《陈风·墓门》)
> 家父作诵,以究王讻。式讹尔心,以畜万邦。(《小雅·节南山》)
> 作此好歌,以极反侧。(《小雅·何人斯》)
> 寺人孟子,作为此诗。凡百君子,敬而听之。(《小雅·巷伯》)
> 君子作歌,维以告哀。(《小雅·四月》)
> 王欲玉汝,是用大谏。(《大雅·民劳》)
> 吉甫作诵,其诗孔硕,其风肆好,以赠申伯。(《大雅·崧高》)

诗人作诗的目的,不外赞美和怨刺两个方面。这就形成了后来的所谓"美刺"说。但不管这诗是"美"是"刺",无非都是表达了诗人的思想感情。后人学习《诗》时,自然会接触到诗歌的这项特点。因此,到了春秋、战国时,就有许多论述诗的性质的意见出现。《左传》襄公二十七年记赵文子对叔向说"诗以言志",《庄子·天下》篇说"诗以道志",《荀子·儒效》篇说"诗言是其志也",都已认识到了文学作品的这种基本特征。《尚书·尧典》上更有系统地说:

> 诗言志,歌永言,声依永,律和声。

《尧典》当然不可能是唐尧时代的作品,它产生在春秋、战国时期,说明那时的人对于文学艺术的性质已有比较清楚的认识。

战国时,屈原继承了《诗经》中"言志"的优秀传统,写作了《离骚》等不朽的浪漫主义诗篇,用以抨击楚国的黑暗政治,抒发他满怀激情的政治理想。他也明白地表达了创作的目的和要求。

> 惜诵以致愍兮,发愤以抒情。(《惜诵》)

这种创作思想曾给后代作家以深刻的启示。

第二章 道家对有关文学问题的一些看法

道家是中国历史上最早出现的著名学派之一。春秋时期的老子,怀着没落阶级的感情,否定人类一切知识成果。这种学说到了战国时期的庄子及其后学时有了更为系统的论述。

老子认为"知者不言,言者不知"(《老子·五十六章》),"信言不美,美言不信"(《老子·八十一章》)。庄子也抱同样的观点,认为人类认识和表达的能力有限制。《庄子·秋水》篇中说:"可以言论者,物之粗也;可以意致者,物之精也。言之所不能论,意之所不能察致者,不期精粗焉。"他认为宇宙之中存在着超乎思维活动和感觉经验的事物,所谓"道",包括一些具体体验的"道",大约就是这类不可言传的东西了。

庄子认为记载"圣人之言"的书籍都是古人的糟粕,其中不可能寄寓精妙的道理。为了说明这种论点,他在《天道》篇中还举了"轮扁斫轮"的例子。造车轮的木匠扁通过几十年的劳动,掌握了运用斧子的纯熟技巧,但他却无法把用劲的分寸和心中的体会说出来。庄子的本意是想藉此否定语言的表达能力,证明上述否定人类知识成果的论点,但是寓言本身却能给人多方面的启示,因而产生过不同的影响。后代文人言及写作中的精妙之处,感到难以用文字加以表达时,也就经常援用"轮扁不能语斤"作为比喻;而从阅读方面的人来说,对于作品中的精妙之处也常觉得无法用语言来加以分析,因而又有所谓只能"神遇"等说,这正是庄子学说本意之所在。但是寓言本身也能给人另一种启示,说明人的表达能力固然受着各种条件的限制,但客观事物的规律却可以通过不断接触与长期锻炼而掌握,这就能够激励后人通过不懈的努力而争取达到神化的境界。

庄子还用很多寓言宣传消极无为的处世哲学。和上面那则寓言一样,他们对后人也曾产生过各种不同的影响,例如《达生》篇中叙述蹈水之道:吕梁丈人能"从水之道而不为私",故而能在"鼋鼍鱼鳖之所不能游"的瀑布中游泳,其目的本在说明顺应客观规律的重要,而在文学上却又成了主张"自然"的很好的说明。《达生》篇中还有"佝偻承蜩"的寓言,驼背老人刻苦练习,举竿粘蝉犹如俯身捡物,"用志不分,乃凝于神",道家用来说明无视外物的得道之方,而这又可以作为有关学习的宝贵经验看待。

道家学派还曾提出所谓"虚静"的学说。《老子·十六章》云"致虚极,守静笃",《庄子·人间世》篇中说"唯道集虚",《天道》篇中说:"万物无足以饶〔挠〕心者,故静也。水静则明烛须眉。"这种学说,后人论及写作时的修养问题时也常引用,一般都把它看作是创作之前心理上必要的准备功夫。

第三章 儒家在文学理论上的贡献

一、孔子重视文学的社会作用

孔子热心参加政治活动,但仕途很不得意,只得把主要精力放在教育事业上,但培养学生的目的仍在"学而优则仕"。

春秋时政界有"赋诗言志"的风气。卿大夫在外交活动中经常通过吟咏《诗》中的若干篇章,作政治上的暗示,对方理解诗意时,不能停留在字面上,而应注意弦外之音。这就是"断章取义"的做法。孔子以诗为主要教材,训练学生参加政治活动,讨论诗时也就表现出同样的特点:不太注意钻研诗的原意,只是注意诗意的引申与作品的活用,例如《论语·八佾》中记载子夏问他如何理解"巧笑倩兮,美目盼兮,素以为绚兮"这几句诗时,孔子就以绘画后加素彩作譬喻,子夏也就联想到为人要用礼来提高修养。从这种不断引申而又归结到政治礼制问题的学诗方法中,可以看到儒家利用文艺从事教化活动的特点。孔子还曾给《诗三百》作过"一言以蔽之"的总评价,归之为"思无邪"(《论语·为政》),这可不是说《诗》中没有什么抗激之音和男女欢爱之词,而是表达了孔子对文艺的要求。他认为作品之中不能包含什么"邪"思,也就是要警惕一切异端思想出现的意思。

孔子首先注意的是文学的社会作用。

　　子曰:小子何莫学乎诗?诗可以兴,可以观,可以群,可以怨;迩之事父,远之事君;多识于鸟兽草木之名。(《论语·阳货》)

所谓"兴",就是"引譬连类"(孔安国说),并可用以"感发志意"(朱熹说);所谓"观",就是"观风俗之盛衰"(郑玄说),旁人可以从中"考见得失"(朱熹说);所谓"群",就是"群居相切磋"(孔安国说);所谓"怨",就是"怨刺上政"(孔安国说)。孔子把诗歌作为从政和教育的工具,通过对作品的钻研,考察诗歌的政治作用,看到了文学的社会价值,但他随后又把文学的作用归结到"事父、事君"上去,则又表现出了利用文艺为统治阶级服务的用心。

孔子在阐述"文"与"行"的关系时,把"行"放在第一位,主张"行有馀力,则以学文"(《学而》)。在他看来,德行是文章的根本,所以他又说:"有德者必有言,有言者不必有德。"(《宪问》)这也就是说,只有具备了良好的德行,学文才有意义;学文的目的就在表现德行,服务于政治伦理活动。"诵《诗》三百,授之以政,不达;使于四方,不能专对;虽多,亦奚以为?"(《子路》)学习文学之后,如果还不能处理实际事务,纵然读诗再多些,也归无用。

他在阐述"文"与"质"的关系时,曾经多方面地提出过意见。《卫灵公》篇说:"辞达而已矣。"表现出他一贯重视实用的观点;《左传》襄公二十五年载孔子曰:"志有之:言以足志,文以足言;不言,谁知其志?言之无文,行而不远。"则又说明他并不一味排斥文采。总的看来,他已初步认识到内容和形式是互为依存而又相互影响的。《论语·雍也》篇中有一段论及文化修养的话:"子曰:质胜文则野,文胜质则史;文质彬彬,然后君子。"主张二者并重,不可偏废,曾对后世起过深远的影响。

二、孟子提出评论文学作品的一些原则

孟子也以参加政治活动和从事教育为要务,但他处在战国时期,"赋诗言志"的风气已经衰歇,而在百家争鸣的情况下,大家习惯于引经据典时曲解《诗》意,证成己说。孟子既以教学为职志,就应驳斥其他各家提出的不同解说,并对讲解作品提出一些基本原则。例如战国时有舜作《小雅·北山》的传说,《吕氏春秋·孝行览·慎人》篇中就有这方面的记载,而且《墨子·非儒下》和《韩非子·忠孝》篇中都有"舜见瞽瞍,其容造〔戚〕焉"的记载,说明当时广泛流传着舜把尧和瞽瞍作为臣子看待的传说,而这却是严重地违反了儒家的伦理观念,因此一当咸丘蒙提出这个问题时,孟子立即加以驳斥,并进一步申述道:

> 故说诗者,不以文害辞,不以辞害志;以意逆志,是为得之。如以辞而已矣,《云汉》之诗曰:"周馀黎民,靡有孑遗。"信斯言也,是周无遗民也。(《孟子·万章上》)

这就提出了解释作品的一项原则,那就是不能拘泥于个别字句,应该根据整篇作品的内容,注意文学的特点,考虑到夸张手法等方面的问题,探讨作者的创作意图,才不致歪曲作品原意。

当然,如果光凭读者个人的"意"而逆探作者的"志",还会出现莫衷一是的情况。孟子曾经提出另一种叫做"知人论世"的批评方法,虽然没有明说它与上一学说有无联系,实际上却是起到了相互补充的作用。孟子认为"尚

〔上〕论古之人"时:

> 颂〔诵〕其诗,读其书,不知其人可乎?是以论其世也,是尚友也。(《万章下》)

这里他又认为:若要理解作品,还应了解作者的生平和时代环境,这样可以起到防止主观臆断的作用。

这些学说,对于指导文学批评的开展,都是很有价值的,然而这却不是说孟子本人批评作品时就没有什么问题了。他在援引诗书之时,仍然不免时常故意曲解文意,说明他本人还是不能摆脱时代风气的局限,做到言行一致。

孟子还曾提出"养气"之说,"我善养吾浩然之气"(《公孙丑上》),这种强调内心道德修养的意见,也对后代文人发生过很大的影响,而从创作方面的表现来说,则又与文章的气势等问题有关。

三、荀子建立正统的文学观

荀子生于战国中后期,全国统一的趋势已经出现,百家争鸣的局面将告结束,因此他主张树立一种为新兴的地主阶级政权所需要的理论,作为折衷群言的准则。他在《荀子·正论》篇中提出了"立隆正"〔最高原则〕的学说:"凡议,必将立隆正然后可也。无隆正则是非不分而辨讼不决。故所闻曰:'天下之大隆,是非之封界,分职名象之所起,王制是也。'故凡言议期命,是非以圣王为师。"这就为后代建立中央集权专制政体作了理论上的准备。荀子成了适应时代要求从儒家向法家转化的一位大师。

荀子再三强调圣人的地位,认为他是维系道的枢纽,所有的经典都是由他阐发而产生的。

> 圣人也者,道之管也。天下之道管是矣,百王之道一是矣,故《诗》《书》《礼》《乐》之(道)归是矣。(《儒效》篇)

这就给文学批评史上的原道、征圣、宗经之说奠下了基础。这在几千年的封建社会中一直占有正统的地位。

第四章 法家的功利主义文学观

法家无不重视功利。韩非是先秦法家的集大成者,他的学说反映了这种特点。

韩非是战国时期的最后一个思想家。以前许多不同学派的学说,一一遭到他的清算。但他的学说,却也吸收了前人的许多思想资料,从而又表现出各学派之间批判继承的复杂关系。

他在解释《老子》三十八章时说:"夫恃貌而论情者,其情恶也;须饰而论质者,其质衰也。"随后他又举例说,和氏之璧,随侯之珠,都用不着外加什么装饰,因为它们的本质极为美好,无论什么样的装饰品都配不上去。反过来说,"夫物之待饰而后行者,其质不美也"。《解老》中的这种思想,推崇自然的美,本质的美,是有见地的;但由此否定一切加工修饰的作用,则又不免趋于极端。

韩非在《外储说左上》中还曾通过田鸠之口,说明墨家的作品不注意文采的原因。这里就引用了著名的"买椟还珠"的故事。"今世之谈也,皆道辩说文辞之言,人主览其文而忘其用。"等于楚人刻意修饰这个"椟",结果郑人看上了它,反而把盛在"椟"中的"珠"忽视了。显然,韩非认为"文"是害"用"的。他始终把作品的实际效用放在首要地位。

这也是中国文学批评史的特点。自古至今,很少见到什么"形式第一"的主张。这跟先秦时期的文学观念有关。当时出现的各大学派,都是出于当前政治斗争上的需要而提出其学说的,于是他们在论述到事物内容和形式之间的关系时,无不主张把内容的表达置于首位。这就成了后代文学批评中的传统见解。实际说来,墨家并不截然否定形式的作用,他们只要求内容充分得到保证,然后讲求适当的形式。《说苑·反质》篇引墨子之言曰:"先质而后文,此圣人之务也。"韩非则似乎认为华美的形式必然有害于内容,所以他在《亡征》篇中说:"好辩说而不求其用,滥于文丽而不顾其功者,可亡也。"说明人们的言行必须符合功用的原则。后代一些强调文学的政治作用的人经常也有类似的意见发表。

荀子已经提出了思想界定于一尊的要求,到了他的学生韩非时,有了进一步的发展。为了适应全国趋向统一的新形势,韩非提出了"言行而不轨于法令者必禁"(《问辩》)的主张,要求结束百家争鸣的局面。这是地主阶级为了建立中央集权的封建专制主义国家而提出的重要政治主张,它对秦代的政治方针起过重要的作用。

第二编 两汉的文学批评

秦统一六国,建立了第一个地主阶级的中央集权专制政体,但因残暴无道,激起了广大人民的反抗,结果立国不久便告覆灭。汉代统治阶级总结前代统治失败的经验,决定在文化思想方面采取新的措施。汉武帝刘彻独尊儒术,罢黜百家,先秦时期百家争鸣的流风馀韵也告结束,儒家思想从此成为封建社会中法定的正统思想。

儒家用于教学的《诗》,本是一部文学作品,里面还有不少优秀的民歌民谣,这时作品的内容尽被曲解,把它说成是体现统治阶级意图的一部经典。汉代文人还以《诗》为最高准则,评论其他一些文体。他们把《诗》和辞赋作比较,由于时代和评论者立场的不同,产生了各种不同倾向的评价。他们对乐府诗和五言诗却缺少应有的注意;或许因为前者起于民间,后者成熟较迟,故而在理论上未能总结。汉代的文学理论围绕着诗、辞、赋这三种文体的探讨而展开。

比起前代来,汉代文人对文学特点的认识已有进步。他们一般用"文学"一词指学术,"文章"一词指文学。《汉书·艺文志》中列有《诗赋略》一类,藉与《六艺略》《诸子略》区别。这时还出现了像王充《论衡·自纪》篇那样多方面讨论文学问题的理论文章。

第一章 汉儒诗歌理论的总汇《毛诗大序》

汉代曾有鲁、齐、韩、毛四家传授《诗经》。前三家的著作已经散佚,只有《毛诗》风行当代和后世。这一学派对《诗经》各篇都有说明,后人称为《毛诗小序》;《关雎》篇下则有一段较长的文字,自"风,风也,教也"起,纵论文学上的许多根本问题,后人以其地位重要,称为《毛诗大序》。《毛诗大序》作者不明,有人说是前代子夏所作,有人说是东汉卫宏所作,其实这篇文章的作者很难确指,它应当是汉代学者综合先秦儒家和当代经师有关诗乐的理论而写成的。文章直接援引了《荀子》和《乐记》中的许多论点,"诗有六义"之说则又与《周礼》中的"六诗"之说有关。

《毛诗大序》对"风、雅、颂"这三种体制作了详细的解说,对"赋、比、兴"这三种写作手法则未作说明,汉末经师郑玄在《周礼·春官》"〔大师〕教六诗"的注中作过解释,并且引用了另一经师郑众的学说。郑玄以为"比、兴"乃是美刺手法的曲折表现,并不符合《诗经》的实际情况,但他释"赋"曰:"赋之言铺,直铺陈今之政教善恶。"则有合理的地方,后人大都沿袭此说。郑众认为"比者,比方于物也;兴者,托事于物"。说得过于简单,尤其对兴的解释嫌不明了,但对比的解释则是清楚而合理的。

比兴是我国诗歌创作中的传统手法。《诗》中已经广泛运用,它能使作品富有含蓄之美,寄寓深意,让读者起丰富的联想作用。汉人已经注意到了文学作品中的这个特点,后代的学者对此不断进行探讨而接触到了形象思维的问题。

《毛诗大序》的主要内容则在宣扬封建教化的观点。它在阐释"风"的含义时,似乎能从两方面考虑问题,实则强调的是自上而下的说教。

　　上以风化下,下以风刺上,主文而谲谏,言之者无罪,闻之者足以戒,故曰风。

这就是说,统治者和被统治者都可利用文艺影响对方,满足各自的要求。但它认为"上以风化下"是无条件的,这是文艺的主要作用。文中曾经反复申说:"风,风也,教也;风以动之,教以化之。""先王以是经夫妇,成孝敬,厚人伦,美教化,移风俗。"相反,《毛诗大序》认为"下以风刺上"是有条件的,首先就得注意态度。所谓谲谏,按照郑玄的解释,即"咏歌依违不直谏"。被统治者若要发表某种意见,应该注意方式方法,必须委婉曲折,不得径直显露。但它还怕有些横暴而短见的统治者连这样的意见也不能听取,无从了解下情,故而又提出了"言之者无罪"的要求,藉安言者之心。这种意见和诗教说的精神是一致的。《礼记·经解》篇曰:"温柔敦厚,诗教也。"这些都是"下以风刺上"时必须遵循的准则。

儒家的这些文艺观点在封建社会中一直起着指导性的作用。它认为下层百姓穷苦无告时,诗人也可通过文艺向上提出警告,这对指导后代一些进步作家写作现实主义的作品曾经起过良好的影响,尽管这些作品的最终目的还在"补察时政"。婉而多讽,则是这类作品常见的重要特点。它成了后代诗文作品中基本的创作倾向。

《毛诗大序》还总结了历史上的经验,提出了"变风""变雅"之说。周初社会比较安定,而自懿王之后,秩序渐趋混乱,这在诗歌中都有所反映。"国史明乎得失之迹,伤人伦之废,哀刑政之苛,吟咏情性,以风其上,达于事变而怀其旧俗者也。故变风发乎情,止乎礼义。发乎情,民之性也;止乎礼义,先王之泽也。"看来这也就是"下以风刺上"的具体说明了。这种理论排斥风格豪放而多抗激之音的作品,但它也肯定了文学起着反映现实政治的作用。

第二章　汉代学者对辞赋的不同看法

楚辞起于战国后期,风行于汉代,它有显著的创作特点,和《诗经》中的作品有着很大的不同。汉人既已尊《诗》为经,奉为最高典范,那对楚辞又将作何评价,自然引起了不同意见的争论。

问题集中在对屈原的思想作风和楚辞的艺术特色的评价上。

汉初淮南王刘安对此作了极高的评价,认为"国风好色而不淫,小雅怨诽而不乱,若《离骚》者,可谓兼之矣。"推崇屈原为"皭然泥而不滓者也。推此志也,虽与日月争光可也!"司马迁征引了这些文字①,还对《离骚》作了一些艺术上的分析。他说屈原"其文约,其辞微",也就是说作品的概括力很大,讽谕的手法很隐微。"其称文小而其指极大,举类迩而见义远",则是说他能在普通事物的描写之中寓以深意;"其志洁,故其称物芳;其行廉,故死而不容自疏。"又当指屈原运用的比兴手法而言,屈原常用美人香草等物象征自己的志行高洁。由此可见,司马迁已初步认识到了屈原作品的艺术特点。

---

① 见《史记·屈原贾生列传》。文中没有注明引自淮南王刘安,后班固在《离骚序》和刘勰在《文心雕龙·辨骚》中作了说明。

班固起而攻击上述意见。他根据儒家明哲保身的庸俗观点,贬损屈原为人,一则说他"露才扬己","以离谗贼";二则说他"责数怀王,怨恶椒、兰";故而又称之为"贬絜、狂狷、景行之士"。

班固对屈原的浪漫主义手法也持异议,认为"多称昆仑冥婚、宓妃虚无之语,皆非法度之政,经义所载"(《离骚序》)。或许为了上述事物属于儒家心目中的圣地和神女,屈原任意驱使,在班固看来,未免亵渎"神圣"。

但到东汉后期,又有王逸(字叔师)起来反对班固之说。他从儒家"杀身成仁"等进取观点立论,肯定屈原为人,认为屈原"膺忠贞之质,体清洁之性","进不隐其谋,退不顾其命,此诚绝世之行,俊彦之英也"(《楚辞章句序》)。他并认为《诗经》中有更为激烈的"怨主刺上"之句,而"屈原之词,优游婉顺",完全符合封建统治阶级的道德规范。这就再次肯定了屈原的杰出品格和优秀创作传统。

此外,王逸认为"《离骚》之文,依托五经以立义焉"。例如屈原说的"驷玉虬而乘鹥",就是依托《易》中的"时乘六龙以御天";"登昆仑而涉流沙",就是依托《禹贡》之敷土……因此,这样的描写可谓"智弥盛者其言博",没有什么不合适的地方。

上述三种不同意见,都是以《骚》比《诗》而得出的。所以如此,则与各人所处的时代有关。刘安和司马迁的活动时期处在西汉初期,还未受到儒家思想的严格控制,故而比较客观地分析了屈原的为人和作品。班固处在重建政权的东汉初期,为了极力强调皇室的尊崇,贬低屈原作品中某些不利于统治者的思想和手法。王逸则处在政治混乱的东汉后期,为了匡救时政,强调屈原品格的端直和作品的讽谏意义。他在《楚辞章句·离骚经序》中还说:"《离骚》之文,依诗取兴,引类譬喻。故善鸟香草,以配忠贞;恶禽臭物,以比谗佞;灵修美人,以媲于君;宓妃佚女,以譬贤臣;虬龙鸾凤,以托君子;飘风云霓,以为小人。"这里对司马迁的论点作了进一步的发挥,把《离骚》中的比兴手法进一步指明了。但他对屈原在文体与手法等方面的创造性都是估计不足的。

与骚有关,汉人对赋的看法也有分歧。这又可举司马迁和班固的意见为代表。司马迁为司马相如立传,录引了《子虚》《上林》《大人》等赋,但他反对其中某些浮夸过甚无裨实用的部分,因而又说:"无是公言天子上林广大,山谷水泉万物,及子虚言楚云梦所有甚众,侈靡过其实,且非义理所尚,故删取其要,归正道而论之。"① 可见他对"赋"这种文体持有保留的赞赏态度。班固则认为自赋学大盛,"而后大汉之文章,炳焉与三代同风"。他在叙述武帝至成帝时"言语侍从之臣""朝夕论思,日月献纳"之后,总起来说,"或以抒下情而通讽谕,或以宣上德而尽忠孝,雍容揄扬,著于后嗣,抑亦'雅颂'之亚也"(《两都赋序》)。强调赋这种文体可起沟通上下的政治作用,与《毛诗大序》中的观点有一致之处。

他们二人观点上的对立,还和他们的立场和经历的不同有关。司马迁少时"耕牧于河山之阳",长而游历四方,社会知识很丰富,但他后来却因营救李陵而受到统治者的残酷迫害,怀抱着满腔悲愤,写作不朽的名著《史记》,从而提出了"发愤著书"说。他认为自文王演《周易》到韩非著《说难》《孤愤》,乃至"《诗三百篇》,大抵圣贤发愤之所为作也。此人皆意有所郁结,不得通其道也,故述往事,思来者"(《太史公自序》)。和他在《屈原列传》中强调"忧愁幽思而作《离骚》"一样,这里寄寓着他对创作的看法。由于感到社会的不公,政治理想的难以实现,他强调的是一个"怨"字。这种学说对封建社会中受压抑的知识分子有过广泛的影响。

班固出身于世代大族,并把正统儒家思想作为承传的家训。昭帝曾下诏书,告诫他不能像司马迁那样"微文刺讥,贬损当世",班固表示"常伏刻诵圣论,昭明好恶,不遗微细,缘世断谊,动有规矩"(《典引》)。因此他除了写作《两都赋》等作品歌功颂德外,还一再批评司马迁"是非颇谬于圣人"(《汉书·司马迁传赞》)。用他父亲班彪的话来说,"诚令迁依五经之法言,同圣人之是非,意亦庶几矣"(《后汉书·班彪传》)。这些地方反映出了汉代儒家正统思想保守的一面,他们总是想把文学作为维护封建政权的工具。班氏父子攻击司马迁的地方却正是太史公的不可及处。

第三章　扬雄发展了正统的文学观

大赋是汉代的重要文体,作者众多,他们积累下的一些经验,倒有值得

---

① 传世《史记》各本载《子虚》《上林》全文,当经后人增补。挚虞《文章流别论》曰:"司马迁割相如之浮说。"可见晋人看到的《史记》还保存着删赋的本来面目。

注意的地方。《西京杂记》卷二载盛览向司马相如问作赋的方法,虽出小说家言,但对深思好学的一些赋家来说,可以谈出这样的体会。司马相如(?)说:

> 合纂组以成文,列锦绣而为质,一经一纬,一宫一商,此赋之迹也。赋家之心,苞括宇宙,总览人物,斯乃得之于内,不可得而传。

所谓"赋迹",是指大赋的形式美;所谓"赋心",则是对形象思维特点的描述。它说明作家行文之时,想象丰富,构思良苦。《西京杂记》卷三载扬雄之言曰:"长卿(司马相如)赋不似从人间来,其神化所至邪!"大约他们觉得这种感受难以言宣,只能用道家的口吻来表达了。

扬雄(字子云,公元前53—18年)还讨论了作家的思想感情和语言文字之间的关系。他说:

> 言,心声也;书,心画也。声画形,君子小人见矣。声画者,君子小人之所以动情乎。(《法言·问神》)

作者具有怎样的思想感情,在他使用的语言文字上就会有相应的表现。显然,扬雄要求的是合乎正统规范的思想感情。但他这里用"图画"来说明,则又似乎反映出了他对文学作品形象特点的认识。

汉代文人献赋可以得官,扬雄就以献《甘泉》等赋见赏,但他后来却痛悔少作,称之为"雕虫篆刻","壮夫不为"。这是因为他终于认清了赋这种文体不能起到有益的讽谏作用,反而会助长统治者的骄奢淫逸。《汉书·扬雄传》中说:"雄以为赋者,将以风〔讽〕也,必推类而言,极丽靡之辞,闳侈巨衍,竞于使人不能加也;既乃归之于正,然览者已过矣。往时武帝好神仙,相如上《大人赋》欲以风〔讽〕,帝反缥缥有凌云之志。繇是言之,赋劝而不止,明矣。"这是鉴于赋本身具有形式压倒内容的缺点而得出的结论。

实际说来,扬雄所反对的只是那种不合儒家教义的辞赋,因此他又把这类文体的作品分为两大部分。

> 或问:"景差、唐勒、宋玉、枚乘之赋也益乎?"曰:"必也淫。""淫则奈何?"曰:"诗人之赋丽以则,辞人之赋丽以淫。"(《法言·吾子》)

前者华丽而合乎法度,后者虽华丽但失之于过度。他对作家的评定后人或有异议,但是这种分析却为后代所沿用。

扬雄常以圣道继承者自居。他把荀子学说中已具雏形的"原道"、"征圣"、"宗经"之说作了新的补充,成了历代正统文学思想中的核心部分。

或曰:"人各是其所是,而非其所非,将谁使正之?"曰:"万物纷错则悬诸天,众言淆乱则折诸圣。"或曰:"恶睹乎圣而折诸?"曰:"在则人,亡则书,其统〔理〕一也。"(《法言·吾子》)

他认为可以引人入道的圣人是孔子。"舍五经而济乎道者,末矣。""委大圣而好乎诸子者,恶睹其识道也?"(《法言·吾子》)后代一切阐发圣人之道的学说,差不多都受过它的影响。因此,宋代以来,扬雄一直被列为维系道统的重要人物。

两汉的统治思想主要体现在经学上。文学界还受到了经学界墨守师法的风气的影响。扬雄极力强调学习古代经典,他的几部著名作品差不多都是模仿而成的。《汉书·扬雄传赞》说:"实好古而乐道,其意欲求文章成名于后世,以为经莫大于《易》,故作《太玄》;传莫大于《论语》,作《法言》;史篇莫善于《仓颉》,作《训纂》;箴莫善于《虞箴》,作《州箴》;赋莫深于《离骚》,反而广之;辞莫丽于〔司马〕相如,作四赋:皆斟酌其本,相与放依而驰骋云。"这又开了后代重摹拟的风气。

扬雄强调"能读千赋则善赋"(《意林》卷三引桓谭《新论》),并对摹拟理论作了多方面的阐发。先秦作品中的语言到了这时已经难以理解,扬雄却认为这正是经典可与天地并列的优异之处。有人对晦涩难解的《太玄经》持异议,扬雄又举《老子》中"贵知我者稀"一语来辩解,这里又可看到摹拟大师脱离群众孤芳自赏达到何等可笑的程度。

扬雄的理论反映了汉代文学的倾向和统治者的要求,其后王充起而对此作了有力的批判。

第四章　王充对汉代正统学风的批判

王充(公元27—97?年)字仲任,会稽上虞(今浙江上虞)人。出身"细族孤门",家世有任侠的传统。曾为太学生,后任本郡小吏,晚年罢职家居,生活很清苦。他毕生从事著述,其中《论衡》一书对汉代统治者极力提倡的谶纬符命之说作了猛烈的批判。书中《自纪》等篇则对文学理论上的许多问题作了探讨,并对汉代正统的文学思想作了有力的批判。

一、几项重要的文学主张

王充对当代文人作了等级区分。《超奇》篇说:"能说一经者为儒生,博览古今者为通人,采掇传书以上书奏记者为文人,能精思著文连结篇章者为鸿儒。故儒生过俗人,通人胜儒生,文人逾通人,鸿儒超文人。"汉代特别看重经学,儒生通一经者就可入仕,因而这条途径向来为人所重视。王充却认为儒生只知背诵前人成说,犹如鹦鹉学舌,而不能"成牍治一说",缺乏解决实际事务的能力,因此对它表示极大的蔑视。《佚文》篇中还说:"文人宜遵五经六艺为文,诸子传书为文,造论著说为文,上书奏记为文,文德之操为文。立五文在世,皆当贤也;造论著说之文,尤宜劳焉。何则?发胸中之思,论世俗之事,非徒讽古经、续古文也。论发胸臆,文成手中,非说经艺之人所能为也。"也就把经生的无能和鸿儒之所以可贵作了具体的说明。反对经学思想的统治,这在当时很有战斗意义。

王充的作品,从内容到形式,都带有很大的独创性,因而引起了时人的惊诧。他们问道:"或稽合于古,不类前人。""文不与前相似,安得名佳好,称工巧?"王充驳斥道:

> 饰貌以强类者失形,调辞以务似者失情。百夫之子,不同父母;殊类而生,不必相似:各以所禀,自为佳好。……文士之务,各有所从:或调辞以巧文,或辨伪以实事,必谋虑有合,文辞相袭,是则五帝不异事,三王不殊业也。(《自纪》篇)

他提出:作家要有显著的创作个性,反对人云亦云,傍人门户。他还认识到,时代是在发展着的,因而文学所要解决的实际事务也有不同。当时的儒生就是不懂这种道理,死抱住几部经典不放,结果成了既不知今又不知古的"盲聋"或"陆沉"。

王充进而对弥漫于汉代社会的是古非今之风作了批判。

> 夫俗好珍古不贵今,谓今之文不如古书。夫古今一也,才有高下,言有是非,不论善恶而徒贵古,是谓古人贤今人也。……盖才有浅深,无有古今;文有伪真,无有故新。(《案书》篇)

他在《齐世》篇中还对这种风气的成因作过解释,"世俗之性,贱所见,贵所闻也"。这种说明显得很肤浅,因为是古非今风气的形成,与统治者的倡导儒学有关,它是一个社会问题,不能用人的心理现象作解释。

有些复古主义者还强调文章应该写得很深。他们认为圣贤才大,故而经典内容"鸿重优雅",读之难晓;与此相反,他们认为王充才力浅薄,故而不能写作深奥的文字。王充的答复涉及了好几方面的问题。他首先从文字与语言的关系谈起,进而指出辞赋创作中的艰深之弊。

夫文由语也,或浅露分别,或深迂优雅,孰为辩者?故口言以明志,言恐灭遗,故著之文字。文字与言同趋,何为犹当隐闭指意?……夫口论以分明为公,笔辩以媞露为通,吏文以昭察为良,深覆典雅,指意难睹,唯赋颂耳。(《自纪》篇)

其次他对经艺文字之所以难懂作了解释,"经传之文,贤圣之语,古今言殊,四方谈异也"。指出其中有古今语言变化、各地方言不同等原因,这些解释符合实际情况。

王充既重视内容,也重视形式,对此曾有分析:

有根株于下,有荣叶于上;有实核于内,有皮壳于外。文墨辞说,士之荣叶皮壳也。实诚在胸臆,文墨著竹帛,外内表里,自相副称。意奋而笔纵,故文见而实露也。(《超奇》篇)

但风行于汉代的辞赋创作却并不如此。例如司马相如和扬雄的作品,"文丽而务巨,言眇而趋深,然而不能处定是非,辨然否之实,虽文如锦绣,深如河汉,民不觉知是非之分,无益于崇实之化"(《定贤》篇)。这类作品大约也就是缺乏"实诚"而徒具"荣叶皮壳"的东西了。《谴告》篇中还提到司马相如献《大人赋》和扬雄上《甘泉颂》,结果"两帝惑而不悟",说明辞赋作品常因外内表里不相副称而收不到良好的效果。

王充非常重视作品的教育意义。他在《佚文》篇中说:"夫文人文章,岂徒调墨弄笔为美丽之观哉?载人之行,传人之名也。善人愿载,思勉为善;邪人恶载,力自禁裁。然则文人之笔,劝善惩恶也。"他在《自纪》篇中还说:"为世用者,百篇无害;不为用者,一章无补。"这里说的不单是文艺作品的问题,但也表现出他积极要求文艺作品干预现实生活的观点。

《论衡》的主旨是"疾虚妄,归实诚",大约他的反对辞赋目的也在贯彻这种精神。只是他对文学艺术的特点认识不足,一般地从思想家的角度考虑问题,结果对许多复杂的文学现象作了不正确的解释,例如他把一些神话传说也归为"虚妄",像《淮南子》中记载的共工怒触不周山、羿射九日等故事,他也认为"浮妄虚伪,没夺正是"(《对作》篇)。这就把神话和迷信混为一谈了。他还把文章中的夸张手法也归为"虚妄",例如传说楚国的养由基能百发百中地射中杨叶,荆轲以匕首掷秦王中铜柱入尺,他都认为不合事实,在《儒增》篇中反复争辩。这些地方虽也表现出了唯物主义哲学家求实的科学态度,但却显得过于胶柱鼓瑟了。

总之,王充的文学思想具有很强的战斗性,但也有失之偏颇的地方。他不光考查了个别的几种文体,而且对文学上的许多重大问题都提出了宝贵的意见,闪耀着唯物主义思想家认识成果的光辉。但在论述某些有关文学特点的具体问题时,也有流于片面之处,这与他思想方法上的形而上学有关,例如他把司马迁的创作《史记》说成是"因成纪前,无胸中之造",也是一个明显的例证。

二、对后代的影响

王充的哲学思想,继承了扬雄、桓谭等人的唯物主义传统,但在文学思想方面却有力地批判了以扬雄为代表的摹拟理论。可以说,他是两汉正统学风的破坏者。王充曾著《问孔》《刺孟》等篇,表现出大胆的异端思想,因此后人直接引用他著作的不多,但若按之实际,便可发现其中一些进步观点实际上对后代起过深远的影响。魏晋南北朝人力求摆脱两汉学风的束缚,那时有利于文学独立发展的一些观点,如文学今胜于古,文学应该重视形式,文学有很大的社会价值等学说,都有可能直接或间接地受到过王充的学说的启发。于此可见他在文学批评史上起过转变学风的重要作用。

第三编 魏晋南北朝的文学批评

魏晋南北朝时，文学理论上有很大的收获。鲁迅称之为文学已进入自觉的时代。

一、两汉社会经济有了很大的发展，出现了很多专业的文人。范晔著《后汉书》，始立"文苑传"，把东汉许多著名的作家集合在一起，与"儒林"相区别。六朝时文化中心南移，文学队伍更形扩大，宋文帝时于儒学、玄学、史学三馆之外别立文学馆，宋明帝时立总明观，分儒、道、文、史、阴阳为五部，更有了专门钻研文学的机构，这就为文学理论的迅速发展创造了条件。

二、这时时局混乱，皓首穷经已无可能；"上""下"颠倒，礼法伦理也难强调。两汉传统的儒家经学趋于衰微，由老庄思想发展而来的玄学大为风行，其后更引进了佛教的哲学，社会上弥漫着各种唯心主义思想，激起了唯物主义者的抗争，由是哲学领域中的斗争非常激烈，诸如才性同异之辨，言尽意与言不尽意之辨，有无之辨，形神之辨……直接或间接地都对文学理论发生过影响，在反复的思想斗争中人们提高了思辨的能力。

三、当时的文学已有了很大的发展。自汉代发明纸张后，文人写作更方便了，作品流传更广泛了，由是作家作品之多，不知超过前代多少倍。随之文坛上出现了多次文学高潮，如建安文学、正始文学、太康文学、元嘉文学、永明文学、齐梁文学……还出现过好几种新题材，如玄言诗、山水诗、宫体诗……还出现过好几个文学集团，如王粲、刘桢等与曹氏父子交往，称为邺下文人；陆机、潘岳等与贾谧交往，称为二十四友；沈约、谢朓等与竟陵王萧子良交往，称为八友……他们常在一起讨论文学上的问题，这也有助于理论上的总结和提高。

当时各种文体差不多都已齐备，而诗赋的创作更见繁荣。由于政治黑暗,文人被害者多,大家不敢面对现实,因而作品的内容普遍显得贫乏空虚。他们把注意力放在琢磨形式上,对技巧作了很多钻研,对文学的特点有了进一步的认识,比之前代也更能把握住语言文字的特点了。

四、在中国文学批评史上有过深远影响的"文笔说",也是从探索文学特征的角度提出来的。这种学说的发展反映了文学上的几次变革。

早期文笔的区分着眼于文体的不同应用。文指诗赋之类的作品,犹如后代所谓艺术文,一般不用它解决实际事务问题;笔指诏、策、章、奏之类的作品,犹如后代所谓应用文,大都用于朝廷官府的公事。二者写作要求不同,文人往往各有专长,《南史·颜延之传》:"〔宋文〕帝尝问以诸子才能,延之曰:'竣得臣笔,测得臣文。'"可以代表这一阶段的认识。

其后声律论起,文人把它运用到了诗赋等文体中去,于是这类作品的声韵安排显得更妥帖了。一些应用的文体,却大抵仍依散行的方式写作,受声律的影响很小,这时大家更从声律的运用上来区分文笔。《文心雕龙·总术》篇说:"今之常言,有文有笔,以为无韵者笔也,有韵者文也。"可以作为这一阶段文笔论者的代表。他们认为"文"〔即文学〕应有声韵之美。

其后梁元帝萧绎在《金楼子·立言》篇中作了更详细的区分。

……古人之学者有二,今人之学者有四。夫子门徒,转相师受,通圣人之经者,谓之儒。屈原、宋玉、枚乘、长卿之徒,止于辞赋,则谓之文。今之儒,博穷子史,但能识其事,不能通其理者,谓之学。至如不便为诗如阎纂,善为章奏如伯松,若此之流,泛谓之笔。吟咏风谣,流连哀思者,谓之文。……笔退则非谓成篇,进则不云取义,神其巧惠,笔端而已。至如文者,惟须绮縠纷披,宫徵靡曼,唇吻遒会,情灵摇荡。

他认为文学的特点在于辞藻华美,声律谐和,富有感染力量,这种学说代表着魏晋南北朝后期的看法,表明时人对文学特征有了进一步的认识,但也反映了他们过于重视形式华艳的偏向。

萧绎对古今文学概念的发展作了说明,足资参证。兹结合上两编中的论述列表如下。

```
春秋战国        汉              南朝
        ┌文学   ┌文、文章(文学)  ┌文—近于艺术文
文 ─┤              ┤                     
学      └学术   │                └笔—近于应用文
                    │              ┌儒—通圣人之经而守其章句者
                    └学、文学(学术)┤
                                       └学—博穷子史而不能通其理者
```

第一章　曹丕首先写作专篇论文《典论·论文》

曹丕(公元187—226年)字子桓,曹操次子,后代汉称帝,国号魏,卒谥文,故亦称魏文帝。所著《典论》一书已经散佚,其中《论文》一篇保存在《文选》等书中,这是我国文学批评史上第一篇专门讨论文学问题的论文。

先秦时期早有立德、立功、立言可以不朽的说法,曹丕也希望通过创作永垂不朽。

> 盖文章,经国之大业,不朽之盛事。年寿有时而尽,荣乐止乎其身,二者必至之常期,未若文章之无穷。是以古之作者,寄身于翰墨,见意于篇籍,不假良史之辞,不托飞驰之势,而声名自传于后。

这种学说,渗透着个人名望的考虑,但在当时的历史条件下,却为文学的发展作了理论上的准备。在这之前,一般文人的地位都很低下,而辞赋之类的作品也常受人轻视,曹植就曾说过:"辞赋小道,固未足以揄扬大义,彰示来世也。"(《与杨德祖书》)曹丕反对这种不利于文学发展的传统观念。前人论"立言"时大都不包括文学作品在内,曹丕视为不朽的文章中却包括辞赋一类作品,而且还把创作活动看成"大业"。这样评价文学的作用或许高了些,但他一反前代的传统观念,强调文学的价值,有助于文学的繁荣。

曹丕对"文"作了具体分析。

> 夫文本同而末异,盖奏、议宜雅,书、论宜理,铭、诔尚实,诗、赋欲丽。此四科不同,故能之者偏也。唯通才能备其体。

什么是文章的"本"?曹丕没有明言,应当是指文章写作上的一些根本原则吧。什么是文章的"末"?他却作了说明,并对当时几种主要的文体作了综合的分析。奏、议两种体裁用于朝廷公事,故重"雅";书、论两种体裁贵

在说明事理,故宜"理";铭、诔两种体裁用于称颂功德和悼念亲故,这类作品常是流于浮夸,故应重"实";诗、赋则是最风行的两类文艺作品,曹丕认为应该写得"丽"。这样的说明当然是很简略的,但却显得扼要而适当,而且对当时士大夫中的不良文风也作了某些批判。这对后代文体论的发展起过很大的影响。

曹丕对诗赋的写作提出"丽"的要求,显然已经注意到了文学的形式美的问题。汉代四言诗的写作和大赋的形式一般都很古板,距离"丽"的要求很远,曹丕这种提法,可能总结进了五言诗和小赋的写作成就。

曹丕提出四科八类,认为一般文人只能各有专长,只有通才才能贯通。这种认识,也是时代思潮的表现。东汉后期品评人物的风气已经形成,而自全国分裂之后,各地军阀竞相网罗人才,他们注意了解各个人的特殊才能,然后授予合适的职位。他们认为一个人的才能往往有所偏长,问题就在发现并利用这种偏至的人才。曹操的《敕有司取士毋废偏短令》代表了这种看法。政治上的要求必然反映到哲学领域中去。魏代兴起了才性同异的辩论。《世说新语·文学》篇记傅嘏、李丰、钟会、王广分主才性同、异、合、离,钟会而且集合起来研究,作《四本论》,文今不传。但流传至今的品评人物的专著,还有刘邵著《人物志》三卷,袁准著《才性论》一篇(《艺文类聚》卷二十一引),《隋书·经籍志》"子部·名家"类于《人物志》上端录有曹丕《士操》一卷,这书虽已失传,想来也是这方面的专著,可见曹丕对此本有研究。《典论·论文》中对建安七子所作的具体评述,只是品评人物才性的理论在文学领域中的具体运用。他说:"王粲长于辞赋,徐幹时有齐气,然粲之匹也。如粲之《初征》《登楼》《槐赋》《征思》,幹之《玄猿》《漏卮》《圆扇》《橘赋》,虽张〔衡〕、蔡〔邕〕不过也。然于他文,未能称是。〔陈〕琳、〔阮〕瑀之章表书记,今之隽也。应玚和而不壮,刘桢壮而不密。孔融体气高妙,有过人者,然不能持论,理不胜辞,以至乎杂以嘲戏;及其所善,扬〔雄〕、班〔固〕俦也。"他如《与吴质书》中也有同样性质的论述,这些文字都说明了七子因才性之所偏而各有擅长的体裁。

其后他更概括性地提出了文气说:

> 文以气为主,气之清浊有体,不可力强而致。譬诸音乐,典度虽均,节奏同检,至于引气不齐,巧拙有素,虽在父兄,不能以移子弟。

气是古代哲学上常用的概念，一般用指构成宇宙万物的本体。王充在《论衡》中用它解释人性的差异。《率性》篇说："人之善恶，共一元气，气有少多，故性有贤愚。"《无形》篇说："人以气为寿，形随气而动；气性不均，则于体不同。"曹丕用以论文，他在叙及具体作家时，也曾指出"孔融体气高妙"，"公幹有逸气"（《与吴质书》），这对作者来说，当指其才性而言，用现在的词汇来表达，则包括了作家的天性、气质、才能等方面。"气之清浊有体"，当它表现在作品中时，也就成了不同的气势，这就是风格方面的问题了。"徐幹时有齐气"，则指齐地之人秉性舒缓，从而又表现为语言风格方面的问题。曹丕认为作家的才性决定着作品的风格。作家的才性是先天形成而不可变改的，这是神秘而僵死的片面观点，他不了解通过生活实践与学习锻炼可以改变人的才干，因而作家的风格也不是一成不变的。这种学说存在着严重的缺点，但他对后代风格论的形成与发展却起着先导的作用。

按照曹丕学说的内在逻辑，必然会达到反对文人相轻的结论。既然作者因才性的局限而在写作上各有千秋，那就不应该"各以所长，相轻所短"。由此他反对"常人贵远贱近，向声背实。又患暗于自见，谓己为贤"。应当采取"审己以度人"的正确态度，才能"免于斯累"。曹植对此也有很好的意见，他在《与杨德祖书》中说："世人著述，不能无病，仆常好人讥弹其文，有不善应时改定。昔丁敬礼尝作小文，使仆润饰之，仆自以才不过若人，辞不为也。敬礼谓仆：'卿何所疑难。文之佳恶，吾自得之，后世谁相知定吾文者邪？'吾常叹此达言，以为美谈。"他们兄弟两人文学成就虽高，但能保持虚心的态度，而在众人议论文章之时，也能开诚布公地相互批评润饰。《颜氏家训·文章》篇说："江南文制，欲人弹射，知有病累，随即改之。陈王〔曹植的封号〕得之于丁廙也。"南朝文坛上一直保持着这种优良的作风，它对推动文学批评的发展也是一个有利的因素。

第二章　陆机总结创作经验的文章《文赋》

陆机（公元261—303年）字士衡，吴郡（今江苏苏州地区）人。吴亡仕晋，曾官平原内史，世称陆平原。后事成都王司马颖，在八王之乱中兵败而为颖所杀。

陆机是西晋最负盛名的文人，太康文学的代表。自司马氏夺取政权后，政局动荡不已，文士常遭杀害，由是注重经世的儒学衰落，玄学崛兴，文学趋向注重形式。陆机的《文赋》，就是在西晋文人重视技巧的情况下产生的。

这篇文章的写作目的在赋序中有说明。

> 余每观才士之所作，窃有以得其用心。夫其放言遣辞，良多变矣。妍蚩好恶，可得而言。每自属文，尤见其情。恒患意不称物，文不逮意。盖非知之难，能之难也。故作《文赋》以述先士之盛藻，因论作文之利害所由，他日殆可谓〔以〕曲尽其妙。

如何写好文章，方法千变万化，其间利弊得失，可以通过总结前人的经验和自己的经验，有所了解。困难之处在于"意不称物"，即文意不能很好地反映外界事物；"文不逮意"，即文辞不能完美地表达文意；所以他要写作这篇文章，希望有助于解决行文"能"事。

陆机首先论述了作文的动机问题，介绍了以下几个方面："颐情志于典坟"〔传说古代有《三坟》《五典》之书，这里泛指典籍〕，"游文章之林府"，即从古代的文献和作品中得到启发，这自然是传统的见解；"咏世德之骏烈，诵先人之清芬"，则带有个人炫耀家世的用意，他的祖父陆逊、父亲陆抗，都是东吴名将，先辈的业绩也激励着世族文士的写作要求；"遵四时以叹逝，瞻万物而思纷，悲落叶于劲秋，喜柔条于芳春"，强调感物起兴，则是接受了前代的理论成果。《乐记》中说："乐者，音之所由生也，其本在人心之感于物也。"这种美学观点，曾在后代文艺领域中引起巨大的反响。陆机对此作了具体的申述。魏晋南北朝人一般都很重视自然景物的变化和文思的关系。

陆机详细地讨论了构思问题。他从创作过程的第一步——想象谈起：

> 其始也，皆收视反听，耽思旁讯，精骛八极，心游万仞。其致也，情瞳昽而弥鲜，物昭晰而互进，倾群言之沥液，漱六艺之芳润，浮天渊以安流，濯下泉而潜浸。于是沈辞怫悦，若游鱼衔钩而出重渊之深；浮藻联翩，若翰鸟缨缴而坠曾云之峻。收百世之阙文，采千载之遗韵；谢朝华于已披，启夕秀于未振。观古今于须臾，抚四海于一瞬。

作家惨淡经营之时，想象活动正在紧张地展开。在陆机的笔下，这种思维现象过于神妙，它迅疾飘忽，超越了时空的限制，而在文思涌现之时，所要表达的感情越来越明确了,所要反映的事物越来越清晰了。这里陆机对想象活动中塑造形象的问题作了描述。因为作家的构思过程中一直浮现着具体的形象,因此这种理论已经掌握到了形象思维问题的本质特征。

大约总是由于魏晋文人注意描写自然景物的缘故吧,《文赋》中曾一再提到形象问题。下面一段文字说得尤为明确:"体有万殊,物无一量,纷纭挥霍,形难为状。辞程才以效伎,意司契而为匠,在有无而俛仰,当浅深而不让。虽离方而遁员〔圆〕,期穷形而尽相。"它的直接影响表现在推动了咏物诗和山水诗的发展。这里还未触及文学作品中更为重要的人物形象问题,但在探讨文学特征的过程中却也跨出了一大步。

再从表达来说,方式也是多种多样,"或因枝以振叶,或沿波而讨源,或本隐以之显,或求易而得难,或虎变而兽扰,或龙见而鸟澜,或妥帖而易施,或岨峿而不安"。不管怎样,陆机认为应以内容为主,文辞为辅。以树木为喻,亦即"理扶质以立干,文垂条而结繁"。有的文章,"或遗理以存异,徒寻虚而逐微;言寡情而鲜爱,辞浮漂而不归",也就不能算是美文。陆机对内容与形式的关系的理解是正确的,所批判的现象也是应该注意避免的,但他自己的作品却在一定程度上患有此病,这只能说是时代的局限了。

接着他还论述了文学作品的写作特点问题。这与作家的个性和作品的体裁有关。

……故夫夸目者尚奢,惬心者贵当,言穷者无隘,论达者唯旷。诗缘情而绮靡,赋体物而浏亮,碑披文以相质,诔缠绵而凄怆,铭博约而温润,箴顿挫而清壮,颂优游以彬蔚,论精微而朗畅,奏平彻以闲雅,说炜晔而谲诳。

和曹丕的学说比较,陆机的理论已有新的发展,他不但把诗、赋提升到各种文体的前列,而且作了更为细致的论述。内中诗、赋两种文体的说明,对南朝文学的发展起了指导性的作用。诗的写作应该"缘情"〔修饰感情〕"绮靡"〔华美〕,赋的写作应该"体物"〔刻画事物〕"浏亮"〔清明〕,当是总结了五言诗和小赋的艺术特点,而又给这两种文体明确地规定了具体要求。在这之前理论家们大都信奉"诗言志"说,陆机扬弃了这种儒家正统诗论,突出诗歌中的感情要素,更为符合抒情诗的艺术要求;而且强调诗歌语言华美,也符合文学形式的特点。只是建安之后的文人以诗歌为抒发个人情感的工具,文学正趋向于追求形式华靡,太康之后此风越演越烈,陆机的理论正好起了推波助澜的作用。谢榛《四溟诗话》卷一评《文赋》曰："'绮靡'重六朝之弊，'浏亮'非两汉之体。"说明陆机总结赋的特点时并非针对两汉大赋而言，而论述诗的特点时却又产生了意想不到的流弊。下面一段文字对南朝文风的形成关系尤其巨大。

  其为物也多姿，其为体也屡迁。其会意也尚巧，其遣言也贵妍。暨音声之迭代，若五色之相宣，虽逝止之无常，固崎锜而难便。苟达变而识次，犹开流以纳泉，如失机而后会，恒操末以续颠，谬玄黄之秩序，故淟涊而不鲜。

由于"尚巧"，南朝文学大都不很自然；由于"尚妍"，南朝文学一般趋于浮艳。"音声迭代"之说，则对声律论的创立有所启示。陆机对我国语言文字的音乐性和声调规律已经有所感受。

陆机用了很多笔墨，讨论写作的具体方法，中如突出警句等项，如能适当对待，则有助作文；如果一味追求，则又会产生弊端。他提出"必所拟之不殊，乃暗合于曩篇。虽杼轴于予怀，怵他人之我先。"强调独创，并反复申述，只是他的作品以摹拟著称，这也是理论与实践脱节的地方。

综上所述，可知陆机对文学技巧的论述虽有某些不足之处，但也有很多可供参考的地方。他能了解到写作上的灵活多样，并不把这说得很死，"若夫丰约之裁，俯仰之形，因宜适变，曲有微情"。只是他在这些地方却又发挥了庄子的学说，过分夸大了写作经验中的精妙之处，"若夫随手之变，良难以辞逮"，"是盖轮扁所不得言，亦非华说之所能精"，则是又让本可言说的写作问题带上了神秘的色彩。

陆机思想上的迷惑可能跟他"未识夫〔文思〕开塞之所由"等问题有关。"若夫应感之会，通塞之纪，来不可遏，去不可止。藏若景灭，行犹响起。"在现代文学理论中，这也就是灵感的问题了。每当文思来时，"思，风发于胸臆；言，泉流于唇齿"，而当文思去时，"理翳翳而愈伏，思轧轧其若抽"，似乎作者本人也无法控制。"是故或竭情而多悔，或率意而寡尤。虽兹物之在我，非余力之所戮"。实则灵感问题虽似神秘，也与平时的努力与修养有关。"多悔"的文章，必定是由于自己在某些方面准备不足；"寡尤"的文章，则在平时定然已经准备了诞生的条件。陆机未能正确解决这项问题，就有可能把创作经验中的灵感问题引入不可知论；不过他能坦白承认自己不清楚的地方，态度还是诚实的。

第三章　葛洪的文学进化观

葛洪(公元283?—344?年)字稚川,号抱朴子,丹阳句容(今江苏句容)人。笃信神仙道教,专喜烧丹炼汞,但对社会问题也感兴趣。他把所著的《抱朴子》一书分成内、外篇,《自叙》云:"内篇言神仙方药、鬼怪变化、养生延年、禳邪却祸之事,属道家;其外篇言人间得失、世事臧否,属儒家。"实则前者当属神仙家,后者当属杂家,这从他的文学思想上也可看出。葛洪自己也曾表白"不成纯儒"。

晋代的学术思想,摆脱了两汉经学的束缚,曹丕和陆机的理论,已经表现出这种特点,而在葛洪的学说中,有着更为突出的表现。和曹、陆两人一样,他也想著作子书,"立一家之言",发表独立的见解。《抱朴子·尚博》篇中说:"正经为道义之渊海,子书为增深之川流。"子书当与经书并重。"不以璞非昆山,而弃耀夜之宝;不以书不出圣,而废助教之言。是以间陌之拙诗,军旅之鞠誓,或词鄙喻陋,简不盈十,犹见撰录,亚次典诰。百家之言,与善一揆。"这就扩大了阅读与著录的范围,为民间文学等类作品争得了地位。后来刘勰著《谐隐》篇,也是这种思想的延续和发展。

但在当时复古的势力还是很强大的。《钧世》篇说:"然守株之徒,喽喽所玩,有耳无目,何肯谓尔。其于古人所作为神,今世所著为浅,贵远贱近,有自来矣。"例如,"古书虽质朴,而俗儒谓之堕于天也;今文虽金玉,而常人同之于瓦砾也"。这是一股阻碍文学发展的顽固势力。

复古主义者的论点,总是什么"古之著书者才大思深,故其文隐而难晓,今人意浅力近,故露而易见"。葛洪并不盲目崇拜古人,他说"往古之士,匪鬼匪神",人虽死亡,但其"精神"仍在著作之中,通过阅读自然能够把握,只是古书"或世异语变,或方言不同","或杂续残缺,或脱去章句,是以难知,似若至深耳"。这种合理的解释,只能得出"古之子书"不能胜过"今之作者"的结论。

随后他就提出了文学发展的观点。

　　且夫古者事事醇素,今则莫不雕饰,时移世改,理自然也。至于属锦丽而且坚,未可谓之减于袭衣;辎辇妍而又牢,未可谓之不及椎车也。……若舟车之代步涉，文墨之改结绳，诸后作而善于前事，其功业相次千万者，不可复缕举也。世人皆知之快于曩矣，何以独文章不及古邪？

葛洪根据日常接触到的生活用具不断进步的客观事实，建立文学今胜于古之说，论点新颖，对传统的复古思想作了有力的一击。这种学说也是东汉以来自然科学发展的产物。孔融曾说："古圣作犀兕革铠，今盆领铁铠，绝圣甚远。"（《太平御览》卷三百五十六引）"贤者所制，或逾圣人，水碓之巧，胜于断木掘地。"（《太平御览》卷七百六十二引）陆机《羽扇赋》曰："夫创始者恒朴，而饰终者必妍，是故烹饪起于热石，玉辂基于椎轮。"葛洪的学说与此显然有着一脉相承的关系。

这种论证方式是从事物的形式和使用方面着眼的，他对文学的看法也是一样。当代文学超过古代文学，主要表现在形式方面。"且夫《尚书》者，政事之集也，然未若近代之优文诏策军书奏议之清富赡丽也。《毛诗》者，华彩之辞也，然不及《上林》《羽猎》《二京》《三都》之汪𣶃博富也。"此外他还举了很多同类的例子，如说《诗经》中《清庙》《云汉》等祭祀诗不如郭璞《南郊赋》之"艳"，《出车》《六月》等征伐诗不如陈琳《武军赋》之"壮"。因此，他作出的总结性意见是："今诗与古诗，俱有义理，而盈于差美。"说明古今诗歌的高下之分，突出地表现在文辞华美与不华美的差别上。

不仅如此，葛洪认为文学还有优于德行之处。他一则说："且文章之与德行，犹十尺之与一丈，谓之馀事，未之前闻。"再则说："德行为有事，优劣易见；文章微妙，其体难识。夫易见者粗也，难识者精也。"他之所以致力论文，就在"舍易见之粗而论难识之精"（《尚博》）。

这种理论，差不多是直接批驳了孔子的学说。在封建社会中，这是极为大胆的见解。它在扫除轻视文学的传统观念方面起了很大的冲击作用。但是这种学说也有片面之处。因为形式毕竟是为内容服务的，形式只有在和进步的内容完美结合之时才能称得上华美；如果撇开内容，片面强调形式，就有可能诱导他人走上追求形式的邪路。葛洪强调文学的特点，在批判德本文末和贵古贱今等传统观念方面有其可取之处，但是这种理论却也起了刺激南朝文风更趋浮艳的不良作用。

当然，作为统治阶级中的一员，葛洪也不会忽视利用文学为政教服务。《辞义》篇说：文学"不能拯风俗之流遁，世涂之凌夷，通疑者之路，赈贫者之乏,何异春华不为肴粮之用,苴蒉不救冰寒之急?古诗刺过失,故有益而贵;今诗纯虚誉,故有损而贱也"。这里又是着眼于功用而作出评价的。它与否定古书质朴并不矛盾。葛洪对古书也并不一笔否定,认为"要当以为学者之山渊,使属笔者得采伐渔猎其中",则也是历代统治阶级可以接受的常谈了。

葛洪称王充为"冠伦大才"(《喻蔽》篇),称陆机之文"犹玄圃之积玉,无非夜光"(《北堂书钞》卷一百引)。可以说,他在反对传统观念方面,受王充的影响很大,而在重视文学形式方面,则受陆机的影响很大。当然,《抱朴子》中的理论已经自成体系,成了自魏晋至齐梁这一阶段文学批评史中的重要一环。

第四章　南朝文学理论的斗争和发展

一、声律论的创建和影响

魏晋以后,文学内容愈来愈空虚贫乏,形式却更讲求修饰了。这种倾向在理论界也有充分的反映。南朝文人对形式的追求集中在声律、对偶、用事〔运用典故和成语〕三个方面。声律的运用尤占重要的地位。

汉末声韵之学已经发达,作品中已有声律调谐的篇章。陆机等人对此曾作初步的研究。齐武帝永明年间,竟陵王萧子良在都城建康(今江苏南京)集合了许多僧人和学者,研究诵读佛经的新调子,从而对我国语音的特点有了清楚的认识,分出了平、上、去、入四种声调。他们把这种学说应用到文学上,创立了声律论。当时如周颙、王融、沈约等人都有专门的著作,只是都已失传,而由沈约(字休文,谥隐侯,公元441—513年)提出的四声八病之说,则流传了下来。所谓八病,即平头、上尾、蜂腰、鹤膝、大韵、小韵、傍纽、正纽。关于它们的具体内容,由于沈约原文已佚,后代异说很多,唐时旅华日僧遍照金刚所著的《文镜秘府论》中的记载,可能比较接近原意。他释"平头"为"五言诗第一字不得与第六字同声,第二字不得与第七字同声。同声者,不得同平、上、去、入四声"。其他的"病"与此相仿,一般都很烦琐,因而建立之时即已遭到很多批评。沈约强调的是平声与上、去、入三声间隔运用,使语音在错综变化之中具有和谐动听的音乐感,这些地方则还是有它一

定的参考价值。他在《宋书·谢灵运传论》中说:

　　夫五色相宣,八音协畅,由乎玄黄律吕,各适物宜。欲使宫〔可能指平声〕羽〔可能指仄声〕相变,低昂互节;若前有浮声〔可能指清音〕,则后须切响〔可能指浊音〕。一简之内,音韵尽殊;两句之中,轻重悉异。妙达此旨,始可言文。

自此之后,文人写作诗赋,可以自觉地运用声调规律,因而写作上出现了新的局面。他们以两句或四句为单位,上下之间平仄互押,这就为律体的形成铺平了道路。他们还针对中国方块汉字的特点,组成工整的对偶,而在上下文句之中,穿插进成语和典故。因为南朝文人大都脱离现实,常在书本中讨生活,他们也尽有闲暇钻研技巧,在作品的形式上下功夫,以此掩饰内容方面的不足。

南朝文人钻研语言文字的成果,对它的特点的掌握,声律、对偶、用事的使用,可以下列例句说明之。

韵律＼作品	徐陵《玉台新咏序》	同　　前
平平仄仄	南都石黛	琉璃砚匣
仄仄平平	最发双蛾	终日随身
仄仄平平	北地燕脂	翡翠笔床
平平仄仄	偏开两靥	无时离手

从这些句子来看,声律很熨帖①,对偶很工整。"石黛"用来画眉,见《楚辞·大招》;"燕脂"用来饰面,见崔豹《古今注》。隔句用典也很协调。文学形式发展至此,已经具备了形成新体的条件,因为在此四字之后再加上一个字,也就形成了近体诗;再加上两个字,也就成了四六文句。因此,齐梁之时古体五言诗逐渐演变而成律诗,魏晋骈文逐渐演变而成四六体,大赋、俳赋也慢慢地演变成了律赋。这些文体后代文人普遍采用,唐代文学即以近体诗和骈文著称。

处在这样一段前后交替时期,文坛上自然会出现各种不同的倾向,有的守旧,有的趋新,有的则倾向于折衷。现将在此潮流中涌现出来的三大流派

---

①　"终""笔""离"三字不协律,然而都处在一、三字的位置上,这在近体诗中也是允许的。

列表说明。

流派	代表作家	依附对象	理论代表	提出的原则	有代表性的总集
守旧派	裴子野 刘之遴	萧衍〔梁武帝〕	裴子野		
趋新派	徐摛 庾肩吾	萧纲〔简文帝〕	萧子显	新变	《玉台新咏》
折衷派	王筠 陆倕	萧统〔昭明太子〕	刘勰	通变	《文选》

二、裴子野和萧纲的论争

唐代以前,基本上是世族地主专政的时代,那时一切文学流派的形成与风行,都跟最高统治集团的支持和倡导有关。上述三大流派的产生与风行,都和梁氏王室密切有关。萧纲(字世缵,公元503—551年。初封晋安王,后即帝位,谥简文)及其属下文人,如徐摛、徐陵、庾肩吾、庾信等人,顺应南朝文学注重浮艳的形势,竞相写作男女色情的宫体文学,而在声律等形式技巧上也很下功夫。《梁书·庾肩吾传》说:"齐永明中,文士王融、谢朓、沈约文章始用四声,以为新变;至是转拘声韵,弥尚丽靡,复逾于往时。"这些人的作品表现出了梁陈时代贵族阶级的腐化堕落,因此后人常斥之为"亡国之音"。

裴子野(字几原,公元467—528年。曾著《宋略》二十卷)的文学思想很保守,自然看不惯这种文风,因而写作《雕虫论》加以批判。他从宋明帝时叙起,认为上之所好,下必有甚焉者。

<blockquote>
自是闾阎少年,贵游总角,罔不摈落六艺,吟咏情性。学者以博依〔杂譬喻〕为急务,谓章句为专鲁。淫文破典,斐尔为功。无被于管弦,非止乎礼义。深心主卉木,远致极风云,其兴浮,其志弱。巧而不要,隐而不深,讨其宗途,亦有宋之遗风也。
</blockquote>

显然,裴文重点并不在于责难前人,他所指斥的对象,当指萧纲一流作家,只是他有所避忌,因而不得不取指桑骂槐的手段罢了。

裴子野是根据儒家正统文学思想提出批评的,这在当时代表着守旧的倾向。《梁书》本传上说:"子野为文典而速,不尚丽靡之词。其制作多法古,与今文体异。当时或有诋诃者,及其末皆翕然从之。"萧纲等人对此作风自然也是看不入眼的,因此也曾公然提出批评。萧纲在《与湘东王(萧绎)书》中说:"裴氏乃是良史之才,了无篇什之美","师裴则蔑绝其所长,唯得其所短",故而"裴亦质不宜慕"。二者之间形成了尖锐的冲突。

萧纲反对遵循儒家的教义写作。他说:"若夫六典三礼,所施则有地;吉凶嘉宾,用之则有所。未闻吟咏情性,反拟《内则》之篇;操笔写志,更摹《酒诰》之作。迟迟春日,翻学《归藏》;湛湛江水,遂同《大传》。"他在《诫当阳公(大心)书》中提出:"立身之道,与文章异。立身先须谨重,文章且须放荡。"(《艺文类聚》卷二十三引)萧纲意在摆脱陈规旧矩的拘束,强调文学的特点,只是他把立身处世之道与创作活动完全割裂了开来,好像作家的道德修养和创作全然无涉,这样强调文学的特殊性,也只能把创作导入歧路。

这些流派的形成,又和各家如何对待历史传统有关。守旧派强调继承传统,趋新派则强调创新而不大讲继承。和萧纲等人关系密切、作风又一致的史学家萧子显,提出了"新变"说,反映了这一流派的看法。

习玩为理,事久则渎,在乎文章,弥患凡旧,若无新变,不能代雄。建安一体,《典论》短长互出;潘、陆齐名,机、岳之文永异。江左风味,盛道家之言,郭璞举其灵变,许询极其名理。仲文玄气,犹不尽除;谢混情新,得名未盛。颜〔延之〕、谢〔灵运〕并起,乃各擅奇;〔汤惠〕休、鲍〔照〕后出,咸亦摽世;朱蓝共妍,不相祖述。(《南齐书·文学传论》)

三、萧统主张文质并重

萧衍的长子,萧纲的长兄,世称昭明太子的萧统(字德施,公元501—531年),持论居两派之间。他既不像裴子野等人那样排斥形式技巧方面的新成果,也不像萧纲等人那样摒弃思想方面的历史传统。《答湘东王求文集及〈诗苑英华〉书》说:"夫文典则累野,丽亦伤浮,能丽而不浮,典而不野,文质彬彬,有君子之致,吾尝欲为之,但恨未逮耳。"足以表明他的折衷立场。

萧统还曾招致一批文人,编纂《文选》三十卷。这是我国现存的第一部文学总集,选录了自先秦至梁代各种重要文体的代表作品。萧统在《文选序》中阐明了选录的标准,表明了对文学特点的看法。

他发挥了葛洪的论点,认为文学的形式和技巧是不断发展的。

若夫椎轮为大辂之始,大辂宁有椎轮之质?增冰为积水所成,积水曾微增冰之凛。何哉？盖踵其事而增华，变其本而加厉。物既有之，文亦宜然；随时变改，难可详悉。

既然一切东西都在"踵事增华"、"变本加厉"，文学创作也就应该吸收形式技巧上的一切新成果；但"丽亦伤浮"，如能"丽"而不"浮"，才合他们的心意。因此，《文选》之中可也没有采择浮艳的作品。

根据这种认识，他又排斥经、子、辞、史羼入文学。萧统提出的理由是：经乃"孝敬之准式，人伦之师友"，不能随意"芟夷""剪截"，只能全然割爱；子"以立意为宗，不以能文为本"，性质上有区别，应当另置他处；言辞"概见坟籍，旁出子史"，太嫌繁博，"虽传之简牍，而事异篇章"，也不能取；史书"褒贬是非，纪别异同，方之篇翰，亦已不同"，但他对史书中的某些部分却另有看法：

若其赞、论之综缉辞采，序、述之错比文华，事出于沈思，义归乎翰藻，故与夫篇什，杂而集之。

这是因为史书中的赞、论、序、述大都发表了个人的见解，运用的材料经过深刻的构思，所讲的道理用华美的文辞表达，在萧统看来，也就和文学作品差不多了。古代史家确是把赞、论等部分当作文章来做的，例如范晔自称《后汉书》中的序论"笔势纵放，实天下之奇作。其中合者，往往不减《过秦篇》。……赞自是吾文之杰思，殆无一字空设，奇变不穷，同含异体，乃自不知所以称之。此书行，故应有赏音者"（《宋书·范晔传》）。虽然自许太过，但却不能否认它是很好的散文作品。

《文选序》中论述文体的一段，则又发挥了正统的文艺观点，由此可知他对儒家经典也不是截然排斥的。在他看来，经典起着"准式"、"师友"的作用，这就意味着后代文士仍然应该向它学习，才能保证思想内容方面的完善。只有在这基础上再吸收形式技巧的新成果，才能做到"典而不野"。这里表现出了他和裴子野、萧子显等人理论上的区别。

萧统较明确地把文学和学术论文作了区分，比之前代更能认清文学的特点，这种认识奠基在南朝文人对形式技巧的探讨上。《文选》之中选录了很多辞藻华美的文章，为此后代文人学习前代作品时都要经过阅读《文选》的阶段，杜甫在《宗武生日》诗中就曾告诫儿子要"熟精《文选》理"，宋代并有"《文选》烂，秀才半"的谚语，说明此书对后代文学影响至巨，因而在学习骈文的人中，还有所谓"选体"之称。但在当时和后代也有那么一批骈文作者，片面追求声律、对偶、用事的工致,则又把文学导入了过分讲求形式的错误道路。

第五章 刘勰的巨著《文心雕龙》

一、生平和作品的概况

刘勰(公元465?—520?年)字彦和,先世为东莞莒(今山东莒县)人,大约东晋南渡之后就世居京口(今江苏镇江)。少时家贫好学,依沙门僧祐十余年,博通经论,为之整理佛教典籍。梁时做过几任小官,并有很长一段时间兼任东宫通事舍人。大约总是由于文学见解相合,故而《梁书》本传上说:"昭明太子好文学,深爱接之。"后出家为僧,改名慧地,不久去世。

刘勰为文长于佛理,今尚存《灭惑论》《梁建安王造剡山石城寺石像碑》二文,但他写作《文心雕龙》时,可没有掺杂进什么佛教的教义。

他的著书动机,根据《文心雕龙·序志》篇中的介绍,有着三方面的原因:一、做过两个奇怪的梦,七岁时"梦彩云若锦,则攀而采之"。三十多岁时"梦执丹漆之礼器,随仲尼而南行"。二、当时创作界的情况不能令人满意,"去圣久远,文体解散,辞人爱奇,言贵浮诡,饰羽尚画,文绣鞶帨。离本弥甚,将遂讹滥"。三、理论界的情况也不能令人满意,"并未能振叶以寻根,观澜而索源,不述先哲之诰,无益后生之虑"。实则这些说法之中还有虚实之分:一为虚写,时人多以锦绣比喻美文,因而梦彩云若锦之说可能意在说明自小即与文学有缘;梦见孔子之说可能意在表明愿宣扬儒家教义于南土。这些都是南朝文人习用的托大手法。二、三两项则为实写。《文心雕龙》写成于南齐末年,其时文坛上由竞趋新变而产生的弊病已很严重,因此他要通过理论上的分析批判纠正不良文风。

《序志》篇中介绍了著书的宗旨和全书的结构:

> 盖《文心》之作也,本乎道,师乎圣,体乎经,酌乎纬,变乎骚,文之枢纽,亦云极矣。若乃论文叙笔,则囿别区分,原始以表末,释名以章义,选文以定篇,敷理以举统,上篇以上,纲领明矣。至于剖情析采,笼圈条贯,摛神性,图风势,苞会通,阅声字,崇替于《时序》,褒贬于《才略》,怊怅于《知音》,耿介于《程器》,长怀《序志》,以驭群

篇,下篇以下,毛目显矣。

前面二十五篇,刘氏称为"上篇",包括两方面的内容:前五篇是立论的原则,后二十篇是文体论。所有文体又依文笔分类,自《明诗》至《谐隐》为有韵之"文",置之于前;自《史传》至《书记》为无韵之"笔",置之于后。下面二十五篇,刘氏称为"下篇",讨论创作、批评及文学史上的理论问题。最后一篇《序志》属于总论性质。全书各个部分相互呼应,结构相当严密。其中《隐秀》一篇已经残缺。

二、立论原则

《文心雕龙》的前五篇,说明全书立论原则,其间又可分成两组:《原道》《征圣》《宗经》系正面立论,发挥儒家正统的文艺观点,并加入了自己的看法;《正纬》讨论辅经而行的纬书,《辨骚》讨论与经齐名的楚辞,意在区别同异,有选择地从中汲取创作上的养料。

自荀子起,原道等说已经初步建立,扬雄续作论述,理论已较详备,刘勰更著专文加以论证,构成了完整的理论体系。三篇文章的要点是在申述"道沿圣以垂文,圣因文而明道"(《原道》)。刘勰根据《易·系辞》中的学说,从宇宙形成的道理谈起,认为"道"转化成两仪〔阴、阳〕三才〔天、地、人〕乃至万物,也就并生出华美的"文",这种过程都是自然的体现,"形立则章成矣,声发则文生矣"。人"为五行之秀,实天地之心。心生而言立,言立而文明,自然之道也"。这里刘勰特别提出"自然"一词,目的在于反对人为的雕琢文风。

人是万物之灵,尤其是那些生知睿哲的圣人,更能"原道心以敷章,研神理而设教"(《原道》),写出精理秀彩兼备的作品。经过"夫子删述"后,古书的精华更显出光彩。五经成了后代一切文体的源头,后人必须依此写作。

> 故文能宗经,体有六义:一则情深而不诡,二则风清而不杂,三则事信而不诞,四则义直而不回,五则体约而不芜,六则文丽而不淫。(《宗经》)

刘勰还对五经的写作特点作了具体分析,推崇备至。要说五经的表现已经尽善尽美,当然是很牵强的,但他悬此"六义"作为最高准则,则自有其用意在。书中常用这些标准衡量他要否定的作品,因而"六义"之说又是批判浮靡文风的理论武器。

刘勰很强调"文"的社会价值,《征圣》篇中分述"政化贵文"、"事迹贵文"、"修身贵文"的道理,《原道》篇中提出文"与天地并生",《序志》篇中说是文"实经典枝条",刘勰的各项学说都拿儒家的教义作为根本原则,而又灌注进了时代的与个人的要求。这些学说之中有维护正统的地方,但也起了反对刘宋以来的不良文风的作用。

这里还涉及到继承与创新的问题。刘勰主张"通变"之说。

> 文律运周,日新其业。变则其久,通则不乏。趋时必果,乘机无怯。望今制奇,参古定法。(《通变·赞》)

他认识到:文学是在不断演变着的,只有顺应时代潮流,大胆创新,才能取得发展。但如一味趋新而不注意继承,则又会产生流弊。《风骨》篇中说:"若骨采未圆,风辞未练,而跨略旧规,驰骛新作,虽获巧意,危败亦多。"因此刘勰强调"通"而求"变",要在"参古定法"的前提下"望今制奇",即在继承古代文化传统的前提下讲求创新发展。这对继承古代经典固有强调过分之处,可也不是什么复古主义。

刘勰的著述态度也比较客观,他说:

> 及其品列成文,有同乎旧谈者,非雷同也,势自不可异也;有异乎前论者,非苟异也,理自不可同也。同之与异,不屑古今;擘肌分理,唯务折衷。(《序志》)

所谓折衷,就是分析同一事物矛盾着的两端,较其得失,然后取其所长,弃其所短,融合成一种较全面的理论。处在当时文学飞速发展的情况下,他既反对守旧派的一味继承,而是强调采择形式技巧上的新成就;也反对趋新派的一味雕琢,而是强调师法儒家经典的长处,保证内容方面的完善。所谓"斟酌乎质文之间,而檃括乎雅俗之际,可与言通变矣。"(《通变》)这种方法时而带有保守或调和的缺点,但有时也能克服两派的弊端而呈现出灵活的辩证态度。

《正纬》《辨骚》两篇的写作,体现了上述原则。他把经、纬二者作了比较,证明纬书"乖道谬典,亦已甚矣"。但它"无益经典而有助文章",可以有批判地加以采择。他把诗、骚二者也作了比较,从汉代的研究成果出发,作了更为细致的分析,提出楚辞之中同于风雅者有四事,即"典诰之体"、"规讽之旨"、"比兴之义"、"忠怨之辞";异乎经典者有四事,即"诡异之辞"、"谲怪之谈"、"狷狭之志"、"荒淫之意"。从四异来说,因其杂有战国"夸诞"之风,故贬之为"雅颂之博徒";从四同来说,因其远承三代典诰之体,故褒之为"词赋之英杰"。他对楚辞的艺术特点已有较清楚的认识,可在正统思想的支配下却也作出了一些不正确的评价。

根据"通变"原则,刘勰提出了如下的处理意见:

> 若能凭轼以倚雅颂,悬辔以驭楚篇,酌奇而不失其贞①,玩华而不坠其实,则顾盼可以驱辞力,咳唾可以穷文致,亦不复乞灵于长卿,假宠于子渊矣。(《辨骚》)

屈原曾经"自铸伟辞",故有"奇"与"华"的特点,只是这些新创之中还有不合经典常规的地方,在"贞"[正]与"实"上有所欠缺。理想的方案是:首先应该掌握雅、颂的精神,然后学习楚辞的文采,要使奇特的新创不流于诡奇,华美的文辞不流于浮靡;注意奇、贞[正]结合,华、实结合,将《诗经》与楚辞的优点熔于一炉,这样也就得出了两结合的光辉论点。

三、文学和时代的关系

刘勰讨论了文学和时代的关系,提出了许多新的论点。

一代文风如何形成?刘勰考虑到了影响文风的许多重要因素,例如战国之时文学得到很大的发展,与百家争鸣有关,"故知炜烨之奇意,出乎纵横之诡俗也"(《时序》)。东晋玄言诗的风行,则与玄学大盛有关,"自中朝贵玄,江左称盛,因谈馀气,流成文体"(《时序》)。这些都是受了学术思想的影响。再如汉代写作骚体的人很多,则是受了屈原的影响,"爰自汉室,迄至成、哀,虽世渐百龄,辞人九变,而大抵所归,祖述楚辞,灵均馀影,于是乎在"(《时序》)。对文学上的继承关系曾有较多的注意。

但刘勰在论述每一个时代的文学时,更多地注意到了政治的影响,《时序》篇中开头就说:"时运交移,质文代变,古今情理,如可言乎?……逮姬文之德盛,《周南》勤而不怨;太王之化淳,《邠风》乐而不淫。幽、厉昏而《板》《荡》怒,平王微而《黍离》哀。故知歌谣文理,与世推移,风动于上,而波震于下者。"说明每一个时代的政治情况对文学有决定性的影响。

根据这种认识,他在论述建安文学时说:"观其时文,雅好慷慨,良由世积乱离,风衰俗怨,并志深而笔长,故梗概而多气也。"分析刘琨等人的风格

---

① 贞,通行本作"真",据唐写本校改。

特点时说:"刘琨雅壮而多风,卢谌情发而理昭,亦遇之于时势也。"(《才略》)这种分析切合实际,能够说明时代的特点。

根据上述原则,刘勰对我国文学的发展作出历史的考察,末复总起来说:

> 故知文变染乎世情,兴废系乎时序。原始以要终,虽百世可知也。(《时序》)

刘勰在分析政治上的原因时,经常强调统治者的倡导作用。应该说明,在过去的封建专制政体中,统治者的提倡确能形成某种社会风气,吸引热衷于仕进的文人的注意,只是刘勰在这些地方的论述却常有强调过分之处,因为政治形势如果缺乏形成何种学风的条件,那统治者的某些爱好还是不能起多大影响,因为个人在历史上的作用总是受到各种客观的历史条件制约的。

四、构思和修养的关系

文学创作中的构思问题,陆机已经讨论过,但还有一些微妙的现象不能解释,刘勰继续加以钻研,分析更细致了,对前人留下的疑难也提出了某些解决办法。

刘勰称创作构思为"神思"。他在描写"神思"状态时,注意到了它有超越时空限制和脑海中浮现着事物形象的特点。接着他讨论了"神思"的原理:

> 故思理为妙,神与物游。神居胸臆,而志气统其关键;物沿耳目,而辞令管其枢机。枢机方通,则物无隐貌;关键将塞,则神有遁心。(《神思》)

刘勰认为思维过程便是主观方面的"神"和客观方面的"物"沟通孕育的过程。但对作者来说,刘勰又把抽象的神落实到"志""气"上面。"志"指思想感情而言,"气"指气质个性而言,它们犹如门户的关键一样,支配内心深处的神,客观事物则通过感觉器官而触动心神,然后通过语言文字表达出来。由此可见,上述论志气的四句与论辞令的四句,错综成文,说明的是创作过程中的反映过程和表达过程。他在阐述"感物"之说时也持同样的见解,《物色》篇说:"写气图貌,既随物以宛转;属采附声,亦与心而徘徊。"这对"意境"说的建立作了理论上的启示。

为了克服"枢机"不通、"关键"闭塞的毛病,刘勰提出了解决的办法。

是以陶钧文思,贵在虚静,疏瀹五藏,澡雪精神。积学以储宝,酌理以富才,研阅以穷照,驯致以怿辞。然后使玄解之宰,寻声律而定墨,独照之匠,窥意象而运斤〔斧〕。此盖驭文之首术,谋篇之大端。(《神思》)

这里包括两个方面的内容。一、虚静之说属于培养情绪方面的问题;二、积学四项属于创造条件方面的问题。神完气足,则文思滔滔汩汩;条件成熟,则用笔挥洒自如。刘勰把这看作"驭文之首术",认为是创作上首先需要解决的问题。

心"虚"可以避免主观,心"静"可以克服烦躁,它是道家调冶心性之说,刘勰用来说明创作前的思想准备工作。《养气》篇中还有补充说明,"是以吐纳文艺,务在节宣,清和其心,调畅其气,烦而即舍,勿使壅滞。意得则舒怀以命笔,理伏则投笔以卷怀"。这样就能"使刃发如新,腠理无滞",思维活动保持新鲜活泼。

当然,若要写好文章,光靠情绪上的调冶还是不够的,作家平时应该注意"博〔学〕练〔才〕"。具体办法是:积累学识;辩明事理;增进阅历,培养洞察事物的能力;驾驭情致,恰切地运用文辞。这对提高写作能力确有重要的意义。应该说,刘勰的这种理论平实可行,比起前人那些语涉玄虚的说法确已有了长足的进步。但他仍未能触及更为重要的社会实践问题。

五、意境和比兴的问题

《乐记》中提出了"感物"说,陆机等人作了发挥,刘勰对此作了更为细致的分析。《明诗》篇说:"人禀七情,应物斯感;感物吟志,莫非自然。"《物色》篇说:"岁有其物,物有其容。情以物迁,辞以情发。"四时的变迁,万物的盛衰,影响着作者的感情,刺激着作者的创作欲望。因此,写作一事既不是主观的胡言乱语,也不能是缺乏感情的文字描画。它是作者感情的自然流露,作者必须带着丰富的感情赏览外物。《诠赋》篇说:"原夫登高之旨,盖睹物兴情。情以物兴,故义必明雅;物以情观,故词必巧丽。"这里他把观察一事看作心物相互感应的过程。《物色·赞》曰:"山沓水匝,树杂云合。目既往还,心亦吐纳。春日迟迟,秋风飒飒。情往似赠,兴来如答。"说明优美的景象有助于文思。

这种学说已经注意到了"意境"的问题,它对指导后人写作情景交融的作品具有重大的指导意义。主观的"意"和客观的"境"在沟通孕育的过程中自然形成。

《神思·赞》曰:"神用象通,情变所孕。物以貌求,心以理应。"这种心物交融的创作过程中充满着具体事物的"象""貌",因而这里描述的思维活动也就是后来的人所说的形象思维了。"象""貌"引起"情变"并在作者心中激起"理"来应答,这里似乎已经接触到了在形象思维的开展过程中相应而起自然伴随着逻辑思维的活动。

《神思·赞》接着又说:"刻镂声律,萌芽比兴。"说明"比兴"是伴随着形象思维的活动而自然产生的。《诠赋》曰"情以物兴",《物色·赞》曰"兴来如答",说明"兴"由"物"的激发而萌生。

《比兴》篇给"比""兴"下了定义。"比者,附也;兴者,起也。附理者切类以指事,起情者依微以拟议。起情故兴体以立,附理故比例以生。"这里继承了汉代郑众的学说而又加以发展。兴是构思过程中的联想活动,比是细致刻画事物的比喻,这些都与塑造事物形象有关。魏晋南北朝的文学理论家常从构思和表达两方面探讨文学形象问题,刘勰就形象思维问题中的想像和刻画两个方面作了细致的论述。

后代的人继续对"比兴"问题进行钻研,有些分析显得更深入些。如宋代胡寅在《致李叔易》的信中引用河南李仲蒙之说曰:"叙物以言情谓之赋,情尽物者也;索物以托情谓之比,情附物者也;触物以起情谓之兴,物动情者也。"(《斐然集》卷十八)作者本有创作的要求,利用比喻的手段细致刻画外物,这就是"比";作者隐伏着创作的情绪,由于外物的激发,通过联想,从而促使作品产生,这就是"兴"。前者由内至外,后者由外至内;一出于有意,一出于无心,所以有显、隐的差别。这种分析切合创作实际。不难看出,这种学说出于刘勰,只是叙述得更明晰了。

《比兴·赞》曰:"诗人比兴,触物圆览。……拟容取心,断辞必敢。"说明作家在构思和表达的时候,不但要摹拟事物的外部形貌,而且要摄取事物的内在精神。从成文后的情况来说,又跟形式和内容等问题密切相关了。

六、内容和形式的问题

大家知道,《情采》篇是讨论内容、形式问题的名篇,其实这话并不十分确切,因为现代文学理论中"内容""形式"这两个概念的内涵要比"情""采"二词丰富得多。文学作品的内容指通过作家艺术概括的社会生活,并不单是作者个人的感情问题;作品的形式包括体裁、结构、情节等要素,并不仅仅限于辞采问题。刘勰在其他一些篇章中倒是讨论过内容、形式中的许多重要方面,例如《章句》篇中讨论了章法问题,《附会》篇中讨论了结构问题,自《明诗》至《书记》二十篇中分别讨论了体裁问题,这些方面在《情采》篇中也就不再重提了。因此,刘勰在《情采》篇中只是讨论了内容和形式之间的部分问题,主要目的在于阐明文情与辞采的关系。这是首先应该明确的。

他认识到,内容和形式互为依存,关系极为紧密。

夫水性虚而沦漪结,木体实而花萼振,文附质也;虎豹无文,则鞟同犬羊,犀兕有皮,而色资丹漆,质待文也。(《情采》)

形式依附内容才能存在,内容通过形式才能表现,但在二者之间还有主次之分,形式毕竟是为内容服务的。"夫铅黛所以饰容,而盼倩生于淑姿;文采所以饰言,而辩丽本于情性。"内容始终居于主导的地位。这种关系,如用肉体为喻,则"辞为肤根,志实骨髓"(《体性》),皮肤只能附在骨上;如用织物为喻,则:

情者,文之经;辞者,理之纬。经正而后纬成,理定而后辞畅,此立文之本源也。(《情采》)

但当时的文学却普遍重视形式而忽视内容。他们"采滥忽真。远弃风雅,近师辞赋,故体情之制日疏,逐文之篇愈盛"。热衷做官的人却去歌颂田园,沽名钓誉,虚假至极。这是因为"诗人什篇,为情而造文;辞人赋颂,为文而造情",古代本有两类不同的作品,后代的作家抛弃了诗人的传统,继承了辞人的作风,以致出现这些"真宰弗存"的作品。汉代扬雄已有"诗人之赋丽以则,辞人之赋丽以淫"的区分,刘勰更归结为两种不同的文学传统。依事实而言,这样的概括未必全面,然而用以批判"繁采寡情"之作则甚有力。

七、风骨和风格的问题

《镕裁》篇说:"万趣会文,不离辞情。"刘勰研究文学问题常从分析文意、文辞两方面着眼。

怎样算是好的文章?刘勰对内容与形式都提出了具体要求。前者应该"意气骏爽","述情必显",此谓之"风";后者应该"结言端直","析辞必精",

此谓之"骨"。一篇好文章,应该做到:语言劲健有力,结构紧密简练,思想感情蓬勃开朗,从而体现出一种动人的感染力。"风骨"是对每一种作品总的美学上的要求。

刘勰引用了曹丕的文气说,说明气与风骨的关系。"气"是作家内在的东西,它是风骨内在的生命力。如用飞鸟比喻,风骨有"气"的作品,才能如"征鸟之使翼";但是辞采一项也很重要,它像飞鸟的羽毛,"唯藻耀而高翔,固文笔之鸣凤也"。由此可见:气决定风骨而尤与风有关,采附于风骨而尤与骨有关。但刘勰也反对过分堆砌辞藻的文风,"丰藻克赡,风骨不飞",只有那种"风清骨峻,篇体光华"的作品,方称完美无瑕。

刘勰在《风骨》篇中提出的这项要求,曾对后代起过巨大的影响。他称建安文学"梗概多气",也就是肯定了建安风骨。唐代文人要求继承这种传统,其他朝代的人也常用以反对浮靡文风。

刘勰还在《体性》篇中讨论了文章风格与作家个性之间的关系。文章开头说:

> 夫情动而言形,理发而文见,盖沿隐以至显,因内而符外者也。然才有庸俊,气有刚柔,学有浅深,习有雅郑,并情性所铄,陶染所凝,是以笔区云谲,文苑波诡者矣。故辞理庸俊,莫能翻其才;风趣刚柔,宁或改其气?事义浅深,未闻乖其学;体式雅郑,鲜有反其习。各师成心,其异如面。

作家的个性是由先天的"情性"和后天的"陶染"决定的,"情性"之中包括"才""气"两项因素,"陶染"之中包括"学""习"两项因素。"才"决定"辞理","气"决定"风趣","学"决定"事义","习"决定"体式",四者情况不同,文章的风格也就千差万别。刘勰又依性之所近归为八类。

> 若总其归涂,则数穷八体:一曰典雅,二曰远奥,三曰精约,四曰显附,五曰繁缛,六曰壮丽,七曰新奇,八曰轻靡。典雅者,镕式经诰,方轨儒门者也;远奥者,馥采典文,经理玄宗者也;精约者,核字省句,剖析毫厘者也;显附者,辞直义畅,切理厌心者也;繁缛者,博喻酿采,炜烨枝派者也;壮丽者,高论宏裁,卓烁异采者也;新奇者,摈古竞今,危侧趣诡者也;轻靡者,浮文弱植,缥缈附俗者也。故雅与奇反,奥与显殊,繁与约舛,壮与轻乖。文辞根叶,苑囿其中矣。

在这八种风格之中,他对新奇和轻靡似有贬斥,这也是他反对当时不良文风的表现。

作家的个人风格虽由个性决定,但也不是一成不变的。作家只要"摹体以定习,因性以练才",顺应先天、后天的情势,不断加以锻炼,也就可以"会通合数",掌握写作各种不同风格的作品的关键。

和曹丕等人的风格论比较,刘勰的学说已有很大的进步。他不但对风格的成因作了分析,而且根据不同风格之间的对立统一关系作了概括。其间尤为重要的是,他已不像曹丕那样一味强调才性的决定作用,而是认识到了学习的重要意义。《事类》篇说:"是以属意立文,心与笔谋。才为盟主,学为辅佐,主佐合德,文采必霸。"但他仍把先天作用放在首位,这也是理论上的不足之处。

总结上言,可列表以明之。

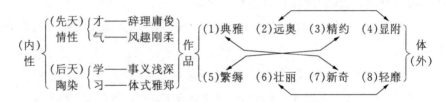

八、文 体 论

文体一名,有时用来指风格,而在一般情况下,则指的是体裁。这在文学批评史上也是重要的一个课题。

考文体论的产生,是由研究朝廷公文格式开始的。汉末蔡邕著《独断》,就对天子下令群臣的策书、制书、诏书、戒书,群臣上天子的章、奏、表、驳议等体裁进行了研究,而在《铭论》一文中,更从历史发展的观点详加论述,这是因为朝廷的公文格式特别要求措词得体的缘故。到了魏晋南北朝时,随着文学创作的繁荣,钻研文体的著作不断出现,涉及的范围和探讨的问题越来越广泛而深入了。刘勰就在这样深厚的基础上作了综合提高的工作。

《文心雕龙》上篇,自《明诗》至《书记》,共讨论了几十种文体。萧统《文选》中的分类也很繁多,和《文心雕龙》中分类的情况差不太多,但《文心雕龙》把"史传"和"诸子"也作为"文",则与萧统不收经、子、辞、史的观点又有出入。刘勰在《书记》篇中还列举了谱籍簿录、方术占试、律令法制、符契卷疏、关刺解牒、状列辞谚等许多日常应用文字,认为也是"艺文之末品",可见

"艺文"的范围几乎包括了一切用文字记载下来的东西,说明刘勰的文体观念是很保守的。但他把"诗""赋"列为专篇进行研究,而把其他文体或两种或数种并成一篇进行研究,则又说明他对诗赋特别重视,大约也是看作艺文之"上品"的意思吧。

刘勰在《序志》篇中表明,他对每一种文体的研究都要做到"原始以表末,释名以章义,选文以定篇,敷理以举统"。这也就是说:一要介绍文体的源流演变,二要解释文体的名字和含义,三要选取范文作为代表,四要阐明写作上的利弊得失,藉以揭示一般创作原则。黄侃《文心雕龙札记》曾举《颂赞》篇中"颂"体作为例证:"自'昔帝喾之世'起,至'相继于时矣'止,此'原始以表末'也。'颂者,容也'二句,'释名以章义'也。'若夫子云之表充国'以下,此'选文以定篇'也。'原夫颂惟典雅'以下,此'敷理以举统'也。"说明他对每一种文体都进行过史论结合的综合研究。

刘勰之前,如桓范《世要论》中"赞象"、"铭诔"、"序作"等篇,挚虞的《文章流别论》,李充的《翰林论》,都对文体进行过细致的研究。特别是挚、李二人,尽管所著之书已经散佚,但从残存下来的一些文字之中,还是可以看到很多有参考价值的论断。挚书以"流别"命名,偏长于史的考索,与刘勰的"原始以表末"相近。刘善经《四声论》指出《翰林论》的特点是"褒贬古今,斟酌病利"(载《文镜秘府论》天卷),其特点与刘勰的"选文以定篇"相近。《文心雕龙》之中包括了这些方面的长处,而其突出的贡献还在"敷理以举统"部分。他在继承前人研究成果的基础上,对每一种文体的特点作了更为深入的分析,从而提出了写作上的具体要求。例如《颂赞》篇曰:"原夫颂惟典雅,辞必清铄。敷写似赋,而不入华侈之区;敬慎如铭,而异乎规戒之域。揄扬以发藻,汪洋以树义。"通过一些近似文体的比较研究,细致地辨别出了"颂"的写作特点。这样的结论,对写作这种文体的人自然能起较好的指导作用。

刘勰的分析能力很强,有些文字称得上透辟入微。但他还有很强的综合能力。他在分析了几十种文体的基础上,又用历史发展的观点,把他们分隶于五经之下,认为这些文体都是从五经中发展出来的。《宗经》篇说:"故论、说、辞、序,则《易》统其首;诏、策、章、奏,则《书》发其源;赋、颂、歌、赞,则《诗》立其本;铭、诔、箴、祝,则《礼》总其端;纪、传、铭、檄,则《春秋》为根。并穷高以树表,极远以启疆,所以百家腾跃,终入环内者也。"其后颜之推在《颜氏家训·文章》篇中也有类似的说法,可见这在当时是一种相当普遍的观点。只是这种论证并不符合实际。在宗经思想的影响下,有把复杂的文艺问题简单化的倾向。但这种理论仍然寓有"矫讹翻浅,还宗经诰"(《通变》)的意思,这只要联系他对文体特点的研究就可明白了。《定势》篇说:"章、表、奏、议,则准的乎典雅;赋、颂、歌、诗,则羽仪乎清丽;符、檄、书、移,则楷式于明断;史、论、序、注,则师范于核要;箴、铭、碑、诔,则体制于弘深;连珠、七辞,则从事于巧艳。此循体而成势,随变而立功者也。"不难看出,这里对一些文体写作上提出的要求,是根据它所从出的经典的特点而规定的。因此,刘勰根据宗经思想而提出的文体发展观是站不住脚的,但这也是一种文体规范的综合研究,具有合理的因素。

刘勰提出了"曲昭文体"的要求,"昭体故意新而不乱"(《风骨》)。本来哪一方面的题材适合用哪一种文体去表达,这是古人在长期的写作过程中积累下了无数的宝贵经验之后所取得的认识。借鉴于此,可以防止内容形式的失调;因有规范可循,易使文章得体。但作者如果过分拘泥于文体的约束作用,则又可能产生削足适履的弊病。与刘勰同时的张融在《门律自序》中说:"夫文岂有常体,但以有体为常,政当使常有其体。"强调文体的丰富与可变,以为作家应努力自成一体,见解似乎更为通达一些。

《文心雕龙》之后,虽然还曾产生过一些文体论的专著,如明代吴讷的《文章辨体》,徐师曾的《文体明辨》,前者论及文体五十九类,后者论及文体一百二十七类,远远超过了刘勰所论的范围。然而吴、徐等人只是泛泛地作了一些知识性的介绍,在理论上无所建树,无法与刘勰的文体研究工作相提并论。因此,《文心雕龙》上篇中论述文体的一些篇章,一直为人所重视。

九、创 作 论

刘勰反对辞藻浓艳,但重视形式华美;他反对雕琢堆砌,但重视写作技巧。他的理论毕竟带有南朝文人的共同特点,只是在此基础之上要求自然,反对过趋极端罢了。

在他看来,写好文章自有方法,"才之能通,必资晓术"(《总术》)。掌握方法的人,犹如棋手进退自有道理;不懂方法的人,犹如赌徒输赢全凭侥幸。为做好创作前的准备,刘勰提出了三准说。

是以草创鸿笔,先标三准:履端于始,则设情以位体;举正于中,则酌事以取类;归馀于终,则撮辞以举要。然后舒华布实,献替

节文,绳墨以外,美材既斫,故能首尾圆合,条贯统序。(《镕裁》)

这项方法是:(一)根据文情选择适当的文体;(二)酌取与内容有关的材料;(三)提炼词句而列出写作重点。这些工作完成以后,正式动笔,因为在文体和材料的采择上作了精心的研究,层次安排上有了总的考虑,表达之时必然左右逢源,条理井然。

一篇文章,应该含有哪些因素,它们之间的关系又是怎样的呢?

夫才量学文,宜正体制;必以情志为神明,事义为骨髓,辞采为肌肤,宫商为声气;然后品藻玄黄,摛振金玉,献可替否,以裁厥中,斯缀思之恒数也。(《附会》)

他用人的身体作比喻,将情志即思想感情比作灵魂,也就把内容放在首要的地位,但他把事义、辞采、宫商也突出地作为形式的重要部分,则又是南朝文人的一般见解了。

刘勰对这些形式要素都有专门的研究,也曾提出过一些宝贵的意见,例如《事类》篇中说:"综学在博,取事贵约,校练务精,捃理须核。"《声律》篇中说:"夫音律所始,本于人声者也。……故知器写人声,声非学器者也。"《丽辞》篇中说:"奇偶适变,不劳经营。""迭用奇偶,节以杂佩。"这些论点都有反对当时文学过分追求形式的用意,贯彻了要求形式华美但不失"自然"的主张,说明他的认识与当时的人还有差别。

刘勰认为写作之时应该采用夸张的手法,它能产生巨大的艺术感染力,但须"夸而有节,饰而不诬"(《夸饰》),既有节制又不违反情理。这里他仍以经书中运用夸饰的例子作为标准,因而在具体分析其他各家的作品时还有许多不恰当的评论,但却不像王充那样忽视文学的特点,一味排斥,在理论研究中有了进步。

这些地方也可以看出刘勰思想方法上的特点。他在讨论创作上的某个具体问题时,总是详细分析在这个问题上所发生的两种不同倾向,然后取长补短,采取不偏不倚的态度,提出一种"折衷"方案。《总术》篇中论及不同类型的作家写作上的特点时,也取两两相对进行比较的方法,说是"精者要约,匮者亦鲜;博者该赡,芜者亦繁;辩者昭晰,浅者亦露;奥者复隐,诡者亦曲。"①说明他对精博、辩奥这两对不同类型的文人无所轩轾,只是提醒人们

――――――――
① 曲,原文为"典",形近而误,今改。

避免与此类似的尠繁、露曲两对弊病。《镕裁》篇说:"句有可削,足见其疏;字不得减,乃知其密。精论要语,极略之体;游心窜句,极繁之体。谓繁与略,随分所好。"则对"思赡者善敷,才核者善删"这两种不同的创作倾向也持无所轩轾的态度。但魏晋南北朝的文风,自陆机"缀辞尤繁"之后,这方面的弊端已经成了创作上的主要祸害,因此《镕裁》篇在结束正文时又说:"若情周而不繁,辞运而不滥,非夫镕裁,何以行之乎?"批判锋芒侧注于当代文学中的繁滥之作。由此可见,刘勰的"折衷"态度并非一味调和,而是自有其主见和宗旨,它与现代哲学术语中的"折衷主义"一词是根本不同的。

文章怎样写得精练?如何用少量的笔墨去反映外界纷纭复杂的事物?刘勰是把表达问题放在形象思维的过程中统一起来考虑的。《物色》篇说:"……是以诗人感物,联类不穷。流连万象之际,沉吟视听之区。写气图貌,既随物以宛转;属采附声,亦与心而徘徊。故'灼灼'状桃花之鲜,'依依'尽杨柳之貌,'杲杲'为出日之容,'瀌瀌'拟雨雪之状,'喈喈'逐黄鸟之声,'喓喓'学草虫之韵。'皎'日'嘒'星,一言穷理;'参差''沃若',两字穷形。并以少总多,情貌无遗矣。"说明作家必须遴选最有表现力的辞汇,对事物富有本质特性的现象作集中的刻画。这不但是对抒情诗的要求,而且也是对一切文体写作上的要求。《总术·赞》曰"乘一总万,举要治繁",就寓有这层意思。也可以说,这是一种写作方法上的典型化理论吧。

刘勰在创作问题上的论述很多,由于他的结论很多地方是从骈文写作中总结出来的,因而有些具体的经验不大可能直接加以运用,但是其中一些基本原则的阐述,接触到了写作上的一般规律,对汉语的特点也有科学的分析,它对后代仍能起到参考的作用。

十、批 评 论

刘勰的批评理论主要发表在《知音》篇中。

魏晋南北朝人普遍认为文学之事万分精妙,非言语所能穷尽,乐曲的构成也很奥妙,只有知音的人才能领悟。况且当时声律之学大盛,文学和音乐的关系更形密切,所以时人常用音乐比喻文学。刘勰也使用了"知音"一词比喻文学批评工作。

知音之事千载难逢,原因在于"音实难知"与"知实难逢",即在作品与批评者方面都存在着障碍。

刘勰援引历史资料,对"知实难逢"的种种事实作了归纳,得出了贱同思古、文人相轻、信伪迷真三种情况。贱同思古之病是由贵古贱今而产生的,文人相轻之病是由崇己抑人而产生的,信伪迷真之病是由学浅妄论而产生的:这是批评家方面存在着的问题。

再就"音实难知"一边来说,也有主客观两方面的原因。"文情难鉴,谁曰易分",作品本难欣赏;"知多偏好,人莫圆该",批评者也常因个人的偏好而带有片面性。这就说明作品方面也存在着障碍。

"知音其难",就是由于上述两方面的原因造成的。但批评一事绝非无法进行,刘勰提出了解决的办法。这也可以分为两个方面:一、提高修养,二、树立标准。

刘勰援引了扬雄等人的学说,认为钻研学问,必须下足苦功,经过反复的比较和分析,培养全面而敏锐的观察力。识见既高,则自能分清燕砾〔陨石〕和宝珠;秉心既公,则自能克服个人的偏爱。他把这种修养叫做博观。除此之外,他还举出了"六观"作为标准。

是以将阅文情,先标六观:一观位体,二观置辞,三观通变,四观奇正,五观事义,六观宫商。斯术既形,则优劣见矣。

《镕裁》篇中提出了"设情以位体"的要求,在批评者看来,首先就要看文体与文情是否相应。文体是通过文辞表现出来的,所以一观"位体"之后紧接着二观"置辞",例如《铭箴》篇中说:"铭兼褒赞,故体贵弘润。其取事也必覈以辨,其摛文也必简而深,此其大要也。"其他各种文体在文辞上也都有特殊的要求。这两项标准可以视为一组。第一、二项标准考察的是形式是否适应内容的问题。

但衡量作品的优劣,还应放在一定的历史条件下考察,看它继承了前代哪些东西,又有哪些新创的成分?刘勰在《通变》篇中讨论了"通""变"两个方面,并把它作为文学批评标准之一。他赞成"执正以驭奇",反对"逐奇而失正"(《定势》),因此这项"奇正"的标准是随"通变"而产生的,二者也可视为一组。第三、四项标准考察的是文学中的继承发展问题。

南朝文人重视用事,他们藉以显示学问;反之,"事义浅深,未闻乖其学"(《体性》),由此倒也可以觇测作者的学识究竟如何。所以刘勰举此作为批评标准之一。宫商指声律而言。刘勰反对刻意追求新声巧变,但仍举此作为标准。可以说,刘勰特标"事义""声律"作为衡量作品的尺度,正反映了南朝文学重视形式的风气。在这些地方,刘勰也未能免俗。

上面作出的分析,可以图表说明。

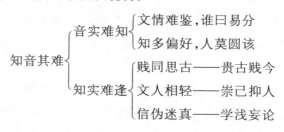

随后刘勰还从学理上加以探讨。"夫缀文者情动而辞发,观文者披文以入情。沿波讨源,虽幽必显"。因此批评工作完全可以做好,问题在于批评者怎样提高水平就是了。

在这之前,文学批评的材料比较片段零星,刘勰作了分析综合,构成了完整的体系,这是批评理论上的很大进步。但是这种理论毕竟还有不足之处,因为社会上的不同阶层经常提出各别的艺术标准和美学要求,下层人民的作品就难邀上层文人的赏识,反之亦然。人们常因立场的不同而喜爱或排斥某种作品。这些地方刘勰自然无法认识,但仍应予以指出。

十一、馀　　论

《文心雕龙》的内容很丰富,这里不能一一介绍,但从上面提到的一些理论中也可看出,刘勰的文学思想确有相当的深度和广度。章学诚说:"《文心》体大而虑周"(《文史通义·诗话》),它在文学批评史上占有杰出的地位。

我们对《文心雕龙》作了高度的评价,并不是说其中已经没有什么缺点可言,前面介绍各项内容时已经作过分析,下面再谈三个具体问题。

(一)刘勰奉儒家学说为最高标准。他虽然提出过文学发展的观点,赞美过后代的一些著名作家和优秀作品,但既以三代的作品为典范,以古代的经典为文学的根源,则不可避免地会给人一种文学退化的感觉。例如《通变》篇中说:"榷而论之,则黄、唐淳而质,虞、夏质而辨,商、周丽而雅,楚、汉侈而艳,魏、晋浅而绮,宋初讹而新。从质及讹,弥近弥澹。何则?竞今疏古,风末气衰也。"尽管其中寓有批判后代浮靡文风的用意,但其结论却给人以复古倒退的不良影响。

（二）刘勰讨论了几十种文体,虽方术占试亦无所遗,但对当时新兴的志怪小说却不加论列,这也是受正统思想支配的表现。他在提到民间文学作品时,也常发出污蔑之词,例如《谐隐》篇中说:"昔华元弃甲,城者发'睅目'之讴;臧纥丧师,国人造'侏儒'之歌。并嗤戏形貌,内怨为俳也。"实则上述两首民谣都对贵族首脑的腐朽行径作了尖锐的揭发,刘勰横加非议,或许认为有失"雅正"罢了。

（三）刘勰在《文心雕龙》中没有对当代的作家作品提出批评。《时序》篇中顺次叙述前代文学的发展,但介绍到当代作品时,却只泛泛地作了歌颂。也许为了活着的人难下定论,故而暂不作批评;也许为了有所避忌,故而不敢大胆批评。不管怎样,这对指导当代文学创作总是一种缺陷。

第六章　钟嵘评论五言诗的专著《诗品》

钟嵘(公元 466?—518?年)字仲伟,颍川长社(今河南长葛)人。曾任西中郎晋安王〔萧纲〕记室。他的生活年代约与刘勰同时,但《诗品》写成于梁武帝天监十二年后,比《文心雕龙》稍迟。二书均为反对文坛上的不良文风而作,但对当时还活着的文人都不作批评。他们在理论研究工作中都作出了贡献,因而后人经常相提并论。

《诗品》一名《诗评》,专论当时流行的五言诗。书分上、中、下三卷,也就把诗人分为上、中、下三品。他不满意过去的批评家"并义在文,曾无品第",所以对记录的诗人都作了评论,分了等级。而在正文之前,还先作了一篇长序,系统地申述自己的理论主张。

一、论五言诗的长处和"滋味"

《诗品序》开头就说:"气之动物,物之感人,故摇荡性情,形诸舞咏。"和《文心雕龙·物色》等篇中的论点一致,都是从《乐记》中的学说发展出来的。

但《诗品》在叙述了"四候之感诸诗"之后,又提出了"嘉会寄诗以亲,离群托诗以怨"的问题,强调社会人事的激动人心,则是钟嵘诗歌理论中的新鲜因素。他说:"至于楚臣去境,汉妾辞宫。或骨横朔野,魂逐飞蓬;或负戈外戍,杀气雄边;塞客衣单,孀闺泪尽。或士有解佩出朝,一去忘反〔返〕;女有扬蛾入宠,再盼倾国。凡斯种种,感荡心灵,非陈诗何以展其义?非长歌何以骋其情?故曰:'诗可以群,可以怨。'"他在品评之时也一直重视各家作品中的"凄怨"之情和"感恨"之词。

南朝文人对李陵是否写过五言诗早有怀疑,钟嵘则强调李陵在创作五言诗时起过很大的作用。他认为李诗"源出于楚辞",后来的许多著名诗人又受到他的影响,继承并发展了这种传统。这种论断缺乏充分可靠的史料根据,不足凭信,但是钟嵘藉此建立的理论却有可取之处。《诗品》中把小雅、国风、楚辞列为后代五言诗的三大源头,而把论述到的许多诗人分别归入三大流派之中。其中楚辞一系人数最多,说明历代诗作"文多凄怆",这是一股"怨者之流"。钟嵘强调"怨"诗的社会作用,符合封建社会中的实际,特别是在混乱异常的魏晋南北朝时,社会上弥漫着凄惨的事实,诗人用抒情诗的形式倾诉心中的郁积,足以激动人心,引起广泛的共鸣,这就说明诗有很大的社会价值。但他又说"怨"诗发泄之后可"使穷贱易安,幽居靡闷",则是把诗歌看作排遣愁闷的工具,劝导作者在文字中寻找慰藉。钟嵘认为诗歌的作用可使作者宣泄郁积,求得心地的平衡而苟安于世,他忽视或抹杀了文学上的另一优秀传统:诗有"刺"的功能。

王逸《离骚经序》说:"《离骚》之文,依诗取兴,引类譬喻。"钟嵘也要求继承这些写作手法,《诗品序》中对此作了探讨。

……故诗有三义焉:一曰兴,二曰比,三曰赋。文已尽而意有馀,兴也;因物喻志,比也;直书其事,寓言写物,赋也。

这里的"比"、"赋"二义,和其他人所作的解释基本相同,但他给"兴"下的定义,却又灌注进了新的内容,所谓"文已尽而意有馀",既是对诗人写作上提出的要求,又是读者欣赏作品后得到的体会,也就是"味之者无极"的意思,它已经不是什么表现手法的问题了。钟嵘提出了诗歌中"味"的问题,这是他研究了文学的特点之后提出的新鲜见解。五言诗的发展,自东汉至此,已有几百年的历史,但一般理论家却仍然囿于传统的偏见,不敢大胆肯定,例如刘勰在《文心雕龙·明诗》篇中说:"若夫四言正体,则雅润为本;五言流调,则清丽居宗。"对此还有贬抑之意。钟嵘却能根据文体的发展历史肯定五言的进步意义。

> 夫四言文约意广,取效风骚,便可多得。每苦文繁而意少,故世罕习焉。五言居文词之要,是众作之有滋味者也,故云会于流俗。岂不以指事造形,穷情写物,最为详切者耶

这里指出五言诗在抒写感情和刻画事物形象方面有更好的艺术表现力,这是很有识见的进步观点。"造形"能"详",则形象鲜明具体;"穷情"而"切",则自然委婉动人。这样的作品,不可能是浮泛之作,读后自能尝到"文已尽而意有馀"的"滋味"。但历史上也曾出现过另一种作品,例如永嘉之时的玄言诗,由于作家忽视了诗歌的特点,抛弃了"建安风力"的传统,把作品写成了有如《道德论》一类的哲学讲义,"理过其辞,淡乎寡味",只能留下一些失败的教训。钟嵘通过总结历史经验,对五言诗的长处作了深入的阐发,要求继承风雅的传统,特别是楚辞的传统,将赋、比、兴三者综合运用,而对兴又作了新的解说,在理论上有很好的建树。

唐代释皎然《诗式》说:"取象曰比,取义曰兴,义即象下之意。"也是把"比"看作描绘事物外部形貌的手段,把"兴"看作作品形象中内含的寓意。这种见解看来就是从钟嵘《诗品》中发展出来的。他们已不满足于刻画事物外貌的巧似,而是要求透过这一层而寄托更丰富的内容了。后来唐宋时人提出的所谓"兴象"、"兴寄"、"兴趣"等说,乃至"比兴"作为一个词组而专用,都有这样的用意。所以,钟嵘提出的"比兴"和"滋味"说对后代的影响非常深远;作诗强调韵味,则对司空图、严羽、王士禛等人的学说更有着直接的影响。

二、五言诗创作中出现的问题

《诗品序》中对诗歌的发展作了历史的考察,认为前后曾有三个时期成就突出:"故知陈思〔曹植〕为建安之杰,公幹〔刘桢〕、仲宣〔王粲〕为辅;陆机为太康之英,安仁〔潘岳〕、景阳〔张协〕为辅;谢客〔灵运〕为元嘉之雄,颜延年为辅。斯皆五言之冠冕,文词之命世也。"但在其间也曾出现过低潮,"永嘉时,贵黄老,稍尚虚谈"。东晋之时仍是这样,文人溺于玄谈,写出来的作品成了理性说教的文字,没有什么意味可言。建安文学的优秀传统就此中断了。

当时创作中又出现了一些新的弊端,钟嵘对此提出了尖锐的批评:

  若乃经国文符,应资博古;撰德驳奏,宜穷往烈。至乎吟咏情性,亦何贵于用事?"思君如流水",既是即目;"高台多悲风",亦惟所见;"清晨登陇首",羌无故实;"明月照积雪",讵出经史?观古今胜语,多非补假,皆由直寻。……近任昉、王元长〔融〕等,词不贵奇,竞须新事,尔来作者,浸以成俗。遂乃句无虚语,语无虚字,拘挛补衲,蠹文已甚。但自然英旨,罕值其人。词既失高,则宜加事义,虽谢天才,且表学问,亦一理乎

如何运用用事一类手法,要看写作对象而决定,如奏议等文体,需要引经据典,使文章增加说服力;至于诗歌创作,则应直抒胸臆,不能雕琢,以学识代替才情,以致失掉自然的情趣。这种认识切合抒情诗的艺术特点。

自南齐永明年间兴起的声律论,发展至此也已发生很大的流弊。钟嵘说:

  王元长创其首,谢朓、沈约扬其波。三贤或贵公子孙,幼有文辩,于是士流景慕,务为精密,襞积细微,专相陵架,故使文多拘忌,伤其真美。余谓文制,本须讽读,不可蹇碍,但令清浊通流,口吻调利,斯为足矣。至平、上、去、入,则余病未能;蜂腰、鹤膝,闾里已具。

调协声律是为了让诗歌更好地体现出音乐性,但若人为地定出许多清规戒律,则又束缚了语言中自然的声调之美。钟嵘反对当时刻意讲求声律的弊端,具有很强的战斗性。他主张诗歌之作只需合乎诵读的自然,也是切实可行的办法。但他又提出反问道:"古曰诗颂,皆被之金竹,……今既不被管弦,亦何取于声律耶?"则还未能辨明诗歌与音乐的内在联系。实际上我国诗歌发展至此已与音乐分了家,所以后人注意到了利用诗歌语言内部的声调之美,使诗歌本身增加音乐性,钟嵘对此全盘否定,也是一种缺乏全面分析的片面观点。

三、分品的历史渊源和标准

《诗品》中分品的作风是怎样形成的呢?从学术渊源来说,《汉书·古今人表》已以九品论人,而自曹魏之时创立九品中正制起,南朝各代沿用不废,它把士人分为九品,按照品评的结果选拔官吏,这是一项重要的政治制度,

在学术界也就产生了很大的影响。例如南齐谢赫著《古画品录》,分画家为六品;梁代庾肩吾著《书品》,分书法家为九品;梁代柳恽著《棋品》三卷,分置三品人物。沈约著《棋品》,仅存序文;萧纲亦撰《棋品》五卷,分品均未详。当时彭城刘绘(字士章)也想写作当世诗品,"口陈标榜,其文未遂",钟嵘才有"感而作焉"。

那时"王公缙绅之士"也常附庸风雅,"随其嗜欲,商榷不同",但因缺乏准则,只能造成更大的混乱。钟嵘认为:"诗之为技,较尔可知。"但得提出恰当的标准。他在讨论诗的赋、比、兴的应用时说:"宏斯三义,酌而用之,干之以风力,润之以丹采,使味之者无极,闻之者动心,是诗之至也。"风力相当于风骨,丹采也就是文采,这也就是《文心雕龙》中要求风骨与文采结合的意思。凡是符合这项标准的作品才能列入上品,否则只能屈居中品或下品,不符合这项标准的作品则不能入品。

钟嵘曾说:"孔氏之门如用诗,则公幹升堂,思王入室,景阳、潘、陆,自可坐于廊庑之间矣。"这就是说:曹植的成就最高,刘桢次之,张协、潘岳、陆机等人又次之。他称曹诗"骨气奇高,词采华茂;情兼雅怨,体被文质。粲溢今古,卓尔不群",真正达到了风力、丹彩兼备的完美境地。刘桢则是"真骨凌霜,高风跨俗,但气过其文,雕润恨少"。意思是说刘诗风骨固佳,而文采稍逊。其他上品作家也总在风骨或文采方面存在着某种不足之处,故而更不能与曹、刘二人并论了。

中品的作家离此标准更远。这里可以介绍以下几种情况。例如曹丕,"所计百馀篇,率皆鄙质如偶语,唯'西北有浮云'十馀首,殊美赡可玩,始见其工矣"。这类作家的大部分作品文采很差,只有部分作品够标准;又如谢朓,"一章之中,自有玉石"。这类作家的作品往往不能做到通体完美;又如张华,"其体华艳,兴托不奇,巧用文字,务为妍冶。虽名高曩代,而疏亮之士,犹恨其儿女情多,风云气少"。则是由于文采过艳,少自然之趣,并有损风骨了。下品作家的作品自然更要差上一些了。

为了反对当时过分追求形式的作风,他提出了"自然"的主张,但如谢灵运的诗歌,后人普遍认为失之雕琢,而他在评颜延之时引用汤惠休的评语,称"谢诗如芙蓉出水",就是称赞它"自然可爱"。这些地方反映出南朝文人重视雕章琢句的风气,钟嵘比时人高明的地方只是反对过趋极端罢了。

在后人看来,《诗品》之中品评失当的地方很多。不少人指出,上品的陆机、潘岳宜置中品,中品的鲍照、谢朓等人宜置上品,其实这些人的地位当时差不多有定评。他把陶潜置于中品,曹操置于下品,后人尤为不满。但陶诗"质直",只有部分诗歌"风华清靡",只能列入中品。"曹公古直,甚有悲凉之句",华采更为不足,只能列入下品。钟嵘的上述看法,都是时代局限的反映。

陶潜的作品,当时的人都不太重视。南朝有三篇纵论历代文学的作品,《宋书·谢灵运传论》《南齐书·文学传论》和《文心雕龙·才略》篇,都没有提到陶潜的名字,钟嵘却把他列入中品,称为"古今隐逸诗人之宗",品第虽然还未恰当,但也可称独具只眼的了。

钟嵘的批评态度还是很郑重的。《序》中说:"至斯三品升降,差非定制,方申变裁,请寄知者耳。"并不认为自己的意见绝对正确。他在品评张华时说:"今置之中品,疑弱;处之下科,恨少,在季孟之间耳。"可见他在研究之时也曾煞费推敲。

四、论继承和流派的问题

学术上的追流溯源,《庄子·天下》篇中已见端倪,《汉书·艺文志》中更有多方面的阐发,如云:"儒家者流,盖出于司徒之官……","道家者流,盖出于史官……"等等。这对钟嵘研究诗歌继承问题当有影响。

钟嵘一共品评了一百二十二位诗人,还研究了部分诗人之间的继承关系。下面试拟一表以清原委(见下页)。

古人的学习方法,总是不断吟咏前人佳作,体味其声调和意境的妙处,学习它的章法和句法。因此,他们自行创作之前大都经历过一段摹拟前人作品的过程。因为他们对某一类作品钻研有素,深受其影响,这就必然会在自己的创作中留下痕迹。六朝诗坛上摹拟的风气更盛,自陆机以拟古诗十四首出名之后,后人纷纷仿作,拟××、学××、效××、代××、绍××之类的诗歌非常多。一些受人仿效的名家本有特殊的风格,这时便被称作××体了,如刘公幹体、阮步兵体、陶彭泽体、谢灵运体、吴均体……这在后人拟作时更能清楚地看出文风上的继承关系了。钟嵘并不反对摹拟,对此作了研究,因此他在这方面的论述可供后人参考。

但钟嵘在继承问题的理论上仍有很大的缺陷,因为他把风格问题简单化了。作家风格的形成原因很复杂,首先是由他们的生活实践所决定的,钟

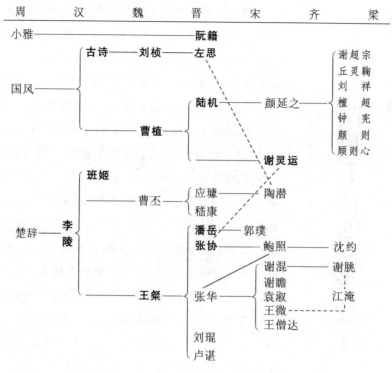

说明：(1) 黑体表示上品，宋体表示中品，仿宋体表示下品。
　　　(2) 实线表示继承关系，虚线表示兼受其影响。

嵘却只注意到了文字上的学习，从而作出全面的结论，这就不免流于片面。当然，梁代之前诗人的作品大半已经散佚，现在要来评定钟嵘的分析是否正确，有一定的困难，但如他说的陶潜出于应璩，应璩出于曹丕，曹丕出于李陵，李陵出于屈原，则这些人还是有不少作品流传下来，可以掌握到他们创作风格的本质特征。应该说，他们之间风格上的差别很大，钟嵘对后起诗人的创造性缺乏充分的估计，不免流于牵强附会。《四库全书总目》的"提要"中讥笑他"若一一亲见其师承者"，正是由于他把文字上的继承关系说得过于绝对的缘故。

第四编 隋唐五代的文学批评

隋代立国为时甚短,五代政治混乱特甚,在文学批评上都没有什么建树。前者成了南北朝至唐代的过渡阶段,后者成了由唐入宋的过渡阶段。

唐代国力强盛,文学艺术很繁荣。自唐初起,实行科举制度,以诗赋取士,庶族士人参与政治活动的道路更通畅了。他们为了猎取高位,努力从事文学活动,他们的生活面比上代文人要宽广得多,因此唐代文学的内容显得更丰富多彩。但是生活于下层的文士面前的道路并不是平坦的,于是他们以文学为武器,结成集团,提出某些拥护皇室而又维护自身利益的政见,反对萎靡文风。他们常是兼作家和理论家于一身,理论和创作的关系更形密切了。

唐代作赋的人还很多,但写不出什么好的作品。当时新兴的律赋,只重雕琢形式,已趋僵死。赋在传统文体中已不占重要的地位。近体诗的完成则无异在诗歌领域中开辟了新天地,诗歌的空前繁荣为诗歌风格论的相应发展准备了条件。骈文写作盛极一时,在日常应用中产生了很多流弊,因此兴起了以复古为革新的古文运动。自此之后,文学创作已趋向于以诗、文为主。

第一章 唐初的文学批评和杜甫的诗论

一、各家对南朝文风的批判

齐梁的文风,在陈后主〔陈叔宝〕、隋炀帝〔杨广〕等人的推波逐澜下,愈趋糜烂,但它适应上层统治阶级的口味,因而即使像唐太宗〔李世民〕这样有胆识的皇帝,也不能摆脱这种文风的影响。唐初贵族文人上官仪还总结六朝以来的创作经验,提出"六对"

(如"正名对"——以"天"对"地")、"八对"(如"的名对"——以"送酒东南去"对"迎琴西北来")之说,把对仗手法程式化。依此写作的东西,世称"上官体"。详见魏庆之《诗人玉屑》卷七引《诗苑类格》。

但是齐梁文风的弊端也是很明显的,因此很早以来就有人反对。按照历史年代的先后,反对这种文风的人可分三派。

(一)政治家 齐梁文学风靡江南之后,又逐渐传到了北方。北方少数民族建立起来的政权,文化一般都很落后,受不了南朝文风的侵袭,在上层文人中盛行摹拟"徐庾体"的作风。但是有些统治者却看出了这些萎靡的文学有害于游牧民族的勇武精神,而一国的文化完全倒向他国也于政权不利,因此他们设法加以抵制。西魏文帝大统十一年(公元545年)祭祀宗庙时,执政者宇文泰命苏绰摹仿《尚书》写了一篇《大诰》,令天下公私文笔均准以为式;但是写作《尚书》式的文章可不比写作骈文更方便,复古的改革方案自然地以失败而告终。隋文帝〔杨坚〕注意摆脱南朝文化的影响,曾于"开皇四年(公元584年)普诏天下公私文翰并宜实录。其年九月,泗州刺史司马幼之文表华艳,付所司治罪"(《隋书·李谔传》)。当时的治书都御史李谔乃上书请正文体,攻击建安以来的文学"竞骋文华",齐梁之后"其弊弥甚","遂复遗理存异,寻虚逐微。竞一韵之奇,争一字之巧。连篇累牍,不出月露之形;积案盈箱,唯是风云之状"(《隋书·李谔传》)。要求选拔官吏的时候注意他们的文风表现。李谔等人只是偏狭地要求利用文艺加强封建统治,非但不了解文学的特点,甚至因噎废食,错怪到了建安文学的身上,认为这些坏的风气都是由于"魏之三祖"倡导文学而引起的。这样,他们既找不到正确的改革道路,只知从上而下地用行政手段硬行贯彻,其结果也只能归于失败。

(二)思想家 隋代王通本于儒家正统观点,猛烈攻击齐梁文学。王通(公元584?—618年)字仲淹,绛州龙门(今山西稷山)人。曾于河汾之间聚徒讲学,死后门人私谥曰文中子,并模仿《论语》体例采录其言论编成《中说》(一名《文中子》)十卷。王通有夸大狂,子孙门人更加增饰,拟为圣人。弟子薛收记载他的论诗要旨曰:"吾尝闻夫子之论诗矣:上明三纲,下达五常;于是征存亡,辨得失;故小人歌之以贡其俗,君子赋之以见其志,圣人采之以观其变。"(《天地篇》)墨守汉儒陈说,缺乏新意。他历诋谢灵运、鲍照、吴均、徐陵等人为小人、狷者、狂者、夸人,称其文风有傲、急、怪、诞等病,品评失当;而又称"颜延之、王俭、任昉有君子之心焉,其文约以则"(《事君篇》)。说明他的文学见解很差,没有多少参考价值。但他强调文学应"贯乎道"、"济乎义",则对后来的古文运动也有一些影响。

(三)史学家　唐代初期编辑了好几部前代的国史。史学家总结统治经验之时,一致谴责齐、梁以来的淫靡文风。李百药《北齐书·文苑传序》、魏徵《隋书·文学传序》甚至称之为"亡国之音"。他们特别贬斥影响最大又有代表意义的作家庾信,令狐德棻《周书·王褒庾信传论》称之为"词赋之罪人"。此外,魏徵等人还曾提出建立新文风的意见,他在《隋书·文学传序》中说:

> 江左宫商发越,贵于清绮;河朔词义贞刚,重乎气质。气质则理胜其词,清绮则文过其意。理深者便于时用,文华者宜于咏歌。此其南北词人得失之大较也。若能掇彼清音,简兹累句,各去所短,合其两长,则文质斌斌,尽善尽美矣。

就南北两地因历史条件的不同而形成的不同文风作了分析,提出取长补短的意见,要求理意与文词协调,既便时用,又宜咏歌。虽仍嫌笼统,但有矫正时弊的意义。

刘知幾(字子玄,公元661年—721年)在史学理论名著《史通》中也对风行当代的浮靡文风作了批判,并就文学语言上的许多问题作了探讨。我国古代本有文史不分的传统,著名的史学家一般也就是著名的文学家,他们写作史书时,认为都在写大文章,因此撰史时出现的一些问题,也就是文学写作上的问题了。刘知幾对史学著作中存在着的一些问题的评述,在文学理论上也有价值。

我国史学发展很早,孔子的《春秋》以及阐述它的著作《左传》等书,后代尊之为经典,奉为写作上的模范。汉代又有《史记》和《汉书》,也是不刊的鸿典。后人学习这些典籍,受其牢笼,流为机械的摹拟,则又产生了很多流弊。刘知幾并不反对摹拟,但认为有两种不同的摹拟方法,"一曰貌同而心异,一曰貌异而心同"。他在《模拟》篇中分别举例作了说明。前者如谯周著《古史考》,标榜师法《春秋》,否定司马迁《史记》中用当代语言记述史事的做法,写到李斯被杀时,称"秦杀其大夫李斯",但李斯是秦朝的丞相,不是诸侯的大夫,这种牵强附会的笔法,也就叫做"貌同而心异"。与此不同,干宝著《晋纪》,写到愍帝死于平阳,说是"晋人见者多哭,贼惧,帝崩"。规仿《左传》桓公十八年叙齐襄公"使公子彭生乘公,公薨于车"。刘知幾认为"君父见害,臣子所耻",所以《左传》上采取"略说"的笔法,干宝能够体会这种用意,因而他的写法做到了"貌异而心同"。显然,前者亦步亦趋地复写,非但有乖史实,而且容易闹出笑话;后者则从精神上去领会,而又自出手眼,这才是正确的继承优秀史学传统的做法。

从文学语言的角度来看,机械的摹拟也会产生很多弊端。例如孙盛著《魏氏春秋》,记曹操答诸将曰:"刘备,人杰也,将生忧寡人。"这里使用的词汇和句法,套用《左传》上的记叙,哀公二十年载夫差语曰:"勾践将生忧寡人,寡人死之不得矣。"这种生吞活剥的做法,"伪修混沌,失彼天然。今古以之不纯,真伪由其相乱"(《言语》),使人不能产生可信的时代真实感。这是文人好古而产生的弊病。而在魏晋南北朝时,北方几个少数民族建立的政权,文化比较落后,有它们自己的语言和风俗,但当史家为之记录时,却"讳彼夷音,变成华语";"妄益文采,虚加风物,援引《诗》《书》,宪章《史》《汉》"(《言语》),于是那些游牧民族的首领一个个成了文质彬彬的风流儒雅之徒,这样也就掩盖了这些国家和民族真实的社会面貌。这是文人尚雅而产生的弊病。刘知幾认为记录历史人物的言辞和事物的名称时,应该采用当代的语言,如实地记录当时的实际情况,才能看出各个时代和社会的本来面貌。《杂说中》也提到了苏绰主持的那次文学革新运动,"陷于矫枉过正之失,乖夫适俗随时之义",结果只能陷于失败。但如王劭著《齐志》,采用了许多生动的活的语言,给人具体的历史真实感,写作上取得了成功,刘知幾对此表示赞赏。

有些史学家受到浮靡文风的影响,喜用骈四俪六的文句进行写作。"其为文也,大抵编字不只,捶句皆双,修短取均,奇偶相配。故应以一言蔽之者,辄足为二言;应以三句成文者,必分为四句。弥漫重沓,不知所裁"(《叙事》)。这样的作品,有繁冗之病,无扼实之功,不可能是完美的史学著作。

历史学家必须善于叙事。如能做到"文约而事丰",才是述作上的高度成就。这里必须注意两点:一是尚简,二是用晦。"尚简"重在删削烦句烦字,防止内容的重出;"用晦"之道可就更见功夫了,"晦"非晦涩之谓,而是凝练的意思。例如《左传》宣公十二年上叙述到楚"王巡三军,拊而勉之,三军之士,皆如挟纩",《汉书·汲郑传》上说的"翟公之门,可张雀罗",文字简练,形象生动,"斯皆言近而旨远,辞浅而义深,虽发语已殚,而含意未尽。使夫读者,望表而知里,扪毛而辨骨,睹一事于句中,反三隅于字外"(《叙事》),这就能够使人感到含蓄不尽的妙处。刘知幾的这项主张,涉及语言形象化的问题,而他所选择的生动事例,又能给人很多启发。它说明作家必须挑选最有表现力的鲜明生动的文学语言,才能给人如见其人如闻其声的具体感受,留下深刻的印象,并且产生馀味不尽的妙处。

二、陈子昂的先导作用

唐初四杰中的王勃(公元650—677年)和杨炯(公元650—?年)也有反对前代浮靡文风的意见。王勃在《平台秘略论·艺文》篇中称:"君子所役心劳神,宜于大者远者,非'缘情''体物'、雕虫小技而已。"只是他们的作品仍然未能脱尽南朝馀习。

陈子昂(公元661—702年)字伯玉,梓州射洪(今四川射洪)人,武后时曾任右拾遗。他在《与东方左史虬〈修竹篇序〉》中慨叹于"文章道弊五百年矣!汉魏风骨,晋宋莫传","观齐梁间诗,彩丽竞繁而兴寄都绝"。这就提出了两项重要的文学思想:一,文章要有风骨,继承建安以来的优秀传统;二,文章应有兴寄,即比兴寄托,运用委婉而形象的美刺手法,寄寓对国事民生的意见和理想,这样他就指出了诗歌发展的正确道路,有力地推动着唐诗向健康的道路上发展。金代元好问在《论诗三十首》之八中说:"论功若准平吴例,合著黄金铸子昂。"虽有过誉之嫌,但也说明了他的文学思想有着开启一代文风的重要意义。

三、杜甫的"集大成"理论

这时又出现了另一极端,全盘否定六朝文学,走上了复古主义的道路。诗人元结编《箧中集》时,只录质朴的古诗,排斥近体。这样做的结果,也就不能正确地汲取前代创作上的有益成果。

在此众说纷纭的情况下,杜甫提出了采择各家之长的意见。他的看法集中发表在《戏为六绝句》中。其主要论点是:

不薄今人爱古人,清词丽句必为邻,窃攀屈〔原〕、宋〔玉〕宜方驾〔并驾前驱〕,恐与齐、梁作后尘。

论诗不应以古今分优劣,凡有可取之处都应学习,但当取法乎上,不能落入浮靡文风的下游。他并不一笔抹杀齐梁文学的成就,对前代极负盛名而又成为众矢之的的庾信,表示推崇。"庾信文章老更成,凌云健笔意纵横",这里更把庾信的创作活动分为前、后两期,看法比较全面。

有人对未能脱尽齐梁文风影响的唐初四杰也加以嗤点,杜甫对此表示不满。他认为应从四杰所处的历史阶段进行考察。他们虽然不如汉魏文学之更近风骚,但仍当如"不废江河万古流"。由此可见,他对古人的批评抱郑重的态度,能够结合不同的历史条件而作实事求是的分析。末后他又提出了总结性的意见:

> 未及前贤更勿疑,递相祖述复先谁?别〔择〕裁〔夺〕伪体亲风雅,转益多师是汝师。

经过细致的研究和批判,清除浮滥作品的影响,继承风雅的传统,广泛地向前人学习,而又反对因循摹拟,他自己就走着这样的道路,取得了伟大的成就,并博得了"集大成"的美名。

杜甫晚年在《偶题》诗中还曾进一步申述过这种兼收各家之长的主张。诗曰:"文章千古事,得失寸心知。作者皆殊列,名声岂浪垂?骚人嗟不见,汉道盛于斯。前辈飞腾入,馀波绮丽为。后贤兼旧制,历代各清规。"这是他一生学诗的心得。基于这样的认识,他就能破除门户之见,持通达的见解,承认每一阶段的文学都曾作出过独特的贡献,都可作为后人学诗时宝贵的参考资料。他还探讨了文体的发展规律。初起之时某一文体的作品,总是气魄宏大,后起的作品,则技巧更趋成熟,形式更为完美,但比起初起时的体制来,气魄方面或有逊色。这些情况,也是古代文学史上常见的现象。

第二章　元稹、白居易和新乐府运动

唐自"安史之乱"以后,中央政权的统治力量严重削弱,各地藩镇割据,朝廷之内宦官专权,朝臣结成朋党,相互攻讦。政治黑暗,统治阶级内部矛盾也越发激烈。这时有些文人利用文艺武器参与政治斗争,他们写作反映民生疾苦的作品,希望缓和各种社会矛盾,重新巩固中央政权。这就是在中唐时期兴起的新乐府运动。

元稹(公元779—831年)字微之,河南(今河南洛阳)人。白居易(公元772—846年)字乐天,下邽(今陕西渭南)人。他们都是新乐府运动的主要人物,曾对各种黑暗的政治现象展开过斗争,遭受过迫害。后元稹转为依附宦官,官至极品;白居易也壮志消沉,"独善其身"的思想占了上风,官至太子少傅,晚期的文学活动也就减少了光彩。下面介绍两人早期的文学活动中的一些理论主张。

在唐宪宗之前,已经出现过李白、杜甫两位伟大的诗人。在元、白看来,李白不如杜甫远甚。元稹是从诗歌形式方面着眼的,认为"铺陈终始,排比声韵,大或千言,次犹数百,词气豪迈,而风调清深;属对律切,而脱弃凡近,则李尚不能历其〔杜〕藩翰"(《唐故工部员外郎杜君墓系铭并叙》)。白居易更从诗歌传统方面加以论证,认为"李之作,才矣奇矣,人不逮矣,索其风雅比兴,十无一焉"。杜诗可传者千馀首,而像《新安吏》《石壕吏》等可以数得上的优秀作品也只有三四十首(《与元九书》),他要大力写作这类有补现实的作品。这种批评标准未免过于狭隘,元稹贬斥李白更有过分之处,都曾受到他人的讥议,但是这些理论却是有感而发的。在当时情况下,他们要求写作富于现实主义精神的诗篇,表现出关心政治的特点。

元、白要求继承风雅比兴的传统,继承杜甫写作新乐府的传统。元稹在《乐府古题序》中作了说明,"自'风雅'至于乐流,莫非讽兴当时之事,以贻后代之人"。而乐府诗的写作,还经历了这样几个阶段:先是"沿袭古题,唱和重复",例如古有《饮马长城窟行》,后来的作品大都不出吟咏征戍的范围。其后有人"寓意古题,刺美见〔现〕事",例如曹操作《蒿里行》,虽沿用古乐府的题目,但所歌咏的都是汉末的事情,这种方式比起前一种来已有进步,只是题目与内容不称,仍未彻底突破程式。杜甫作《悲陈陶》《哀江头》等乐府诗,"率皆即事名篇,无复倚傍。予少时与友人乐天、李公垂〔绅〕辈谓是为当,遂不复拟赋古题"。写作这种新乐府诗,更能有力地起到抨击社会现实的作用,在诗歌形式上也是一种解放。

元、白非常重视文学的社会作用,他们通过创作表达自己对社会的看法和要求,元稹自述创作动机说:

> 每公私感愤,道义激扬,朋友切磨,古今成败,日月迁逝,光景惨舒,山川胜势,风云景色,当花对酒,乐罢哀馀,通滞屈伸,悲欢合散,至于疾恙穷身,悼怀惜逝,凡所对遇异于常者,则欲赋诗。(《叙诗寄乐天书》)

魏晋南北朝人论述文学的创作动机时,经常提到"感物"一词,强调自然景物的感染力量。但到南朝后期,也已有人论述过社会人事的激动人心,并且出现了感"事"的新观点。萧纲《答张缵谢示集书》曰:"伊昔三边,久留四战。胡雾连天,征旗拂日,时闻坞笛,遥听塞笳。或乡思凄然,或雄心愤薄,是以沉吟短翰,补缀庸音,寓目写心,因事而作。"只是这种理论偏重于个人的遭际与感受,文人的视野还是狭窄的。元、白等人论述诗人的创作动机时,强调"感事"而作,则已经注意到了社会事件与创作之间的紧密关系。从元稹的上述论点中可以看到反映社会事件在创作上的首要意义,白居易更作了多方面的论述,《策林·采诗以补察时政》曰:"大凡人之感于事,则必动于情,然后兴于嗟叹,发于吟咏,而形于歌诗矣。"《伤唐衢》曰:"但伤民病痛,不识时忌讳。遂作'秦中吟',一吟悲一事。"《秦中吟序》曰:"闻见之间有足悲者,因直歌其事。"他把"因事立题"的《新乐府》定名为"讽谕诗",这些都是对于现实政治有感而发的。白居易总结他的认识成果,说:

　　自登朝来,年齿渐长,阅事渐多。每与人言,多询时务;每读书史,多求理道;始知文章合〔当〕为时而著,歌诗合〔当〕为事而作。

(《与元九书》)

白居易通过创作实践认识到了文学的能动作用。魏晋南北朝人虽然也曾提出文学乃"经国之大业",但在论述政治和文学的关系时,却总是强调政治决定文学,而对文学能反作用于政治这一点认识不足,因此常把文学创作说成是被动的产物。白居易突破了前人的成说,认为利用文学干预现实,可起改良政治的作用。《策林·议文章碑碣词赋》曰:"且古之为文者,上以纽王教,系国风,下以存炯戒,通讽谕。故惩劝善恶之柄,执于文士褒贬之际焉;补察得失之端,操于诗人美刺之间矣。"说明诗人发挥褒贬美刺的威力,可对政治起巨大的影响。

但是这种有补现实的作品,首先必须符合现实情况,他再三说:"今褒贬之文无核实,则惩劝之道缺矣;美刺之诗不稽政,则补察之义废矣。"这些理论都是富有现实主义精神的。

基于这样的认识,他在论述文学的社会意义时,必然首先注意内容的是否有益,而把形式的华美放在次位。"俾辞、赋合炯戒讽谕者,虽质虽野,采而奖之;碑、诔有虚美愧辞者,虽华虽丽,禁而绝之。"这种有"虚美""愧辞"的作品,"若行于时,则诬善恶而惑当代;若传于后,则混真伪而疑将来"(《策林·议文章碑碣词赋》)。这样善恶、真伪不分,只能起到有害的作用。白居易反对晋宋以后的文学,也是为了这类作品只有文辞之美而缺乏有益的教育价值。"至于梁、陈间诗,率不过嘲风雪,弄花草","丽则丽矣,吾不知其所讽焉"(《与元九书》)。这样的创作传统当然必须彻底抛弃了。

白居易最推崇六经中的《诗》,因为:

圣人感人心而天下和平。感人心者,莫先乎情,莫始乎言,莫切乎声,莫深乎义。诗者,根情、苗言、华声、实义。(《与元九书》)

这里他用植物的生长比喻创作过程,也说明了诚于中而形于外的道理,生动具体,很有说服力。他在《读张籍古乐府》诗中说:"言者志之苗,行者文之根,所以读君诗,亦知君为人。"则是说明了作家的创作与修养的关系。

由上可知,白居易的文学理论继承着儒家的传统。他首先考虑的是如何稳定与巩固朝廷的政权,由此他注意到了民生疾苦的问题。他在担任各地行政长官时,曾经做过一些好事,而在他的文学创作之中,也曾对人民的疾苦表示同情,要求改变现实,并主张恢复周代的采诗制度,将各种弊政产生的不良后果反映给统治者知道。《与元九书》曰:"洎周衰秦兴,采诗官废,上不以诗补察时政,下不以歌泄导人情。"他要继承风雅比兴的传统,因此他的创作:

其辞质而径,欲见之者易谕也;其言直而切,欲闻之者深诫也;其事核而实,使采之者传信也;其体顺而肆,可以播于乐章歌曲也。总而言之,为君、为臣、为民、为物、为事而作,不为文而作也。(《新乐府序》)

实际说来,为君而作就很难为民而作,在他或许还觉察不到其中的矛盾,因为古代文人常是主观地希望通过文学作品调和上下之间的矛盾。《新乐府·采诗官》曰:"采诗官,采诗听歌导人言,言者无罪闻者诫,上流下通上下安。"这种理论仍然是从《毛诗大序》中发展出来的。但他的讽谕诗"意激而言质",则已经突破了"温柔敦厚"的"诗教"说的束缚。

第三章 韩愈、柳宗元和古文运动

自北周起就开始了反对齐梁文风的斗争,自陈子昂后诗文开始分头发展,杜甫等人奠定了唐诗的一代风貌,在散文创作上则还经历着一段摸索的过程。

早期的古文运动家,有萧颖士(公元708—759年)、李华(公元715—766年)、独孤及(公元725—777年)、梁肃(公元753—793年)、柳冕(生卒年不详)等人。他们一致强调文章的教化作用,反对形式华艳的骈文。他们的理论主张,可以柳冕为代表。

柳冕在《答荆南裴尚书论文书》中说:"夫君子之儒,必有其道;有其道,必有其文。道不及文则德胜,文不及道则气衰,文多道寡斯为艺矣。"但是后代的创作却出现了文道分裂的现象,"以扬、马之才,则不知教化;以荀〔淑〕、陈〔寔〕之道,则不知文章"。在他看来,这种情况是从屈原、宋玉写作哀艳恢诞的文章开始的。自萧、李起,已对屈原有所贬抑,柳冕更称之为"亡国之音",看法极为片面。他们不能正确认识文学形式的重要性。他们的创作,平铺直叙,成就不大。柳冕自白曰:"小子志虽复古,力不足也;言虽近道,辞则不文。虽欲拯其将坠,末由也已。"说明早期古文运动家的识见和能力都不高,无法完成这一历史使命。

到了中唐时期,由于政治形势的激变,推动了文学的发展,并使古文运动有了新的意义。

当时各地藩镇割据,中央政权统辖的地区有限,统治阶级却仍诛求无厌,加重人民的灾难。李唐皇朝利用佛、道两种宗教麻醉人民,给寺院地主许多经济上的特权,这也增加了人民的负担,并影响到庶族地主的生活来源,于是这一阶层中出现了某些文人,他们根据儒家的教义,强调上下之序,要求稳定统治秩序;强调大一统,要求削平藩镇;并且"牴排异端,攘斥佛老",从思想上、经济上维护本身的利益。这样,儒家思想也就成了政治和思想领域中最有力的武器。

骈文发展至此,也有成为贵族专用品的趋势。写作这种文体,必须熟悉典故、对仗和声律,而这些形式要素的灵活运用又非素所娴习者不能奏功。限于条件,庶族出身的文人自然略逊一筹,因此他们也要求改革文体,写作散文。古文运动就是在上述各种历史条件的影响下产生的,韩愈、柳宗元是其中杰出的代表人物。

韩愈(公元768—824年)字退之,河内河阳(今河南孟县)人,出身于中下级官僚家庭,官至吏部侍郎。政治倾向保守,但也有关心民生疾苦的一面,而在统治阶级内部的矛盾纷争中屡遭排挤和打击。柳宗元(公元773—819年)字子厚,河东(今山西运城)人,曾经参加过要求改良政治的王叔文集团,后遭旧势力的反击而失败,为此屡遭贬谪,郁郁而终。韩、柳在政治上的倾向有所不同,但在文学上却相互推崇,理论主张上也有很多相通之处,不过韩愈在领导这一运动时表现得更积极一些。

为了表明自己的理论渊源有自,韩愈在《原道》篇中提出:"斯吾所谓道也,非向所谓老与佛之道也,尧以是传之舜,舜以是传之禹,禹以是传之汤,汤以是传之文、武、周公,文、武、周公传之孔子,孔子传之孟轲,轲之死,不得其传焉。"这里所说的道,仍指传统的儒家之道;这里提到的前后继承关系,也就是后代所谓"道统"。这是为与佛教中的"佛统"之说相对抗而提出的。《重答张籍书》中还把扬雄列于孟轲之后,而他自己则隐然以继承者自居。尽管他的学说有的地方和早期儒家的教义并不一致,但他主观上仍把这种学说作为排斥异端的有力武器,并且狂热地加以鼓吹。柳宗元也崇奉儒家学说,却并不反佛,因而对建立道统可没有什么兴趣。

韩愈勤奋地学习古代经典,并钻研古代文辞。《题欧阳生哀辞后》曰:

> 愈之为古文,岂独取其句读不类于今者邪?思古人而不得见,学古道则欲兼通其辞;通其辞者,本志乎古道者也。

按照韩愈的个人历史来看,开始只从事文学活动,后因政治上的原因,方才注意到古代哲理。在《上兵部李侍郎书》中说:"性本好文学,因困厄悲愁,无可告语,遂得究穷于经传、史记、百家之说,沈潜乎训义,反复乎句读,砻磨乎事业,而奋发乎文章。"柳宗元也走着相似的道路,《答韦中立论师道书》曰:"始吾幼且少,为文章以辞为工。及长,乃知文者以明道,是固不苟为炳炳烺烺,务采色、夸声音而以为能也。"两人后来都趋向于以"明道"为写作上首要的任务。

写好古文,必须提高作家的修养,这也是儒家的传统见解。韩愈《答尉迟生书》曰:"夫所谓文者,必有诸其中,是故君子慎其实。实之美恶,其发也不掩。本深而末茂,形大而声宏,行峻而言厉,心醇而气和,昭晰者无疑,优游者有馀。体不备不可以为成人,辞不足不可以为成文。"认为作家以德行为根本,言语文辞是它外部的表现,有诸内必形于外,这自然是受了孔子"有德者必有言"的影响。《答李翊书》曰:"气,水也;言,浮物也。水大而物之浮者大小毕浮。气之与言犹是也,气盛则言之短长与声之高下者皆宜。"上面所说的"内"、"实"和"本",也就是所养的"气";具体说来,即"行之乎仁义之途,游之乎诗书之源",不外乎伦理道德与儒家经典的修养。这里则是借用孟子的养气说而构拟成了有关作家修养的文学理论。

韩愈还提出了"不平则鸣"说,论述社会环境与创作的关系。司马迁曾经提出"发愤著书"说,认为屈原"忧愁幽思而作《离骚》"(《史记·屈原列传》),钟嵘在《诗品序》中作了更多的发挥,强调"怨者之流"在文学上作出的贡献。韩愈的理论与此有着一脉相承的关系,但他作了更为广泛的概括。

> 大凡物不得其平则鸣。草木之无声,风挠之鸣;水之无声,风荡之鸣;其跃也或激之,其趋也或梗之,其沸也或炙之。金石之无声,或击之鸣。人之于言也亦然,有不得已者而后言,其歌也有思,其哭也有怀。凡出乎口而为声者,其皆有弗平者乎!(《送孟东野序》)

大凡古文家作文,只顾气势浩瀚,不大顾到逻辑严谨。这里韩愈提出的许多事例,道理上都讲不通;他的目的只在为受压抑的文人鸣不平。虽然他也提到了许多政治家和哲学家,如禹、伊尹、周公、孔、孟之类,都属"不得其平"的善鸣者之列,而且还有"天将和其声,而使鸣国家之盛"的一类人物,但自汉以下断为善鸣者差不多就是各个时代的著名作家了。"楚,大国也,其亡也,以屈原鸣。"这是由于政治上的原因而抒发其不平之气的例子。其他还有"穷饿其身,思愁其心肠,而使自鸣其不幸"的文人,例如孟郊之类,韩愈对于这些穷愁潦倒的文人特别寄予同情,这里有着自己的感触。处在政治黑暗的封建社会之中,一些有理想的、有正义感的文人,经常受到压抑,而一些庶族出身的文人,踏上仕途时,也常受到旧势力的排挤和打击,因此他们也有牢骚和不平。这种情况在旧社会中有着普遍的意义,因而这种理论对过去的封建文人影响很大。

反过来说,一般满足于现状的达官贵人,因为对生活缺乏深切的感受,也就无法产生好的作品。《荆谭唱和诗序》曰:"夫和平之音淡薄,而愁思之声要妙;欢愉之辞难工,而穷苦之言易好也。是故文章之作,恒发于羁旅草野。至若王公贵人,气满志得,非性能而好之,则不暇以为。"这种意见寄寓着韩愈的切身感受。一般说来,符合封建社会中的实际情况。

从历史上来说,魏晋以下的文章,"其辞淫以哀,其志弛以肆,其为言也杂乱而无章"(《送孟东野序》),最不足称。但唐代的科举制度却规定必须用骈体考试,因而六朝文风仍甚猖獗。韩愈《上宰相书》中提到朝廷取士之时"试之以绣绘雕琢之文,考之以声势之逆顺,章句之短长,中其程式者然后得从下士之列"。他对这种制度甚为不满,但为了登上仕途,不得不勉强写作,内心却充满着矛盾。"退自取所试读之,乃类于俳优者之辞,颜忸怩而心不宁者数月。"(《答崔立之书》)及至倡导古文之时,也就不再理会世俗社会的责难与讥议。写作之时,态度极为郑重。《进学解》自云:"沈浸酿郁,含英咀华,作为文章,其书满家。"柳宗元也有相似的意见,《答韦中立论师道书》曰:"故吾每为文章,未尝敢以轻心掉之,惧其剽而不留也;未尝敢以怠心易之,惧其弛而不严也;未尝敢以昏气出之,惧其昧没而杂也;未尝敢以矜气作之,惧其偃蹇而骄也。抑之欲其奥,扬之欲其明,疏之欲其通,廉之欲其节,激而发之欲其清,固而存之欲其重:此吾所以羽翼夫道也。"因为古文家每自视甚高,故而写作之时决不苟且从事,这里积累下的一些经验之谈,有供参考的地方。

韩、柳的眼光毕竟和早期古文运动者不同。他们强调内容的重要性,也不否定形式技巧的重要性,这也是他们的创作能够突过前人的一个原因。韩愈《进撰平淮西碑文表》曰:"……向使撰次不得其人,文字暧昧,虽有美实,其谁观之。"柳宗元《杨评事文集后序》中说:"……虽其言鄙野,足以备于用,然而阙其文采,固不足以竦动时听,夸示后学。"为了文辞上的创新,他们的学习对象并不限于几部儒家经典,而是广泛地向古代的优秀散文作品学习。韩愈在《进学解》中,柳宗元在《答韦中立论师道书》中,都曾叙述过自己的学习活动,上至"佶屈聱牙"的"周诰殷盘",下至以辞赋著称的子云、相如,无不"旁推交通而以为之文"。他们能够正确对待屈、宋以下的辞赋并汲取其文采,这是比早期的古文运动者高明的地方。

唐代的古文运动是在新的历史条件下所从事的一种创造。韩愈不但善于继承,而且勇于探索,他用古文的笔法写诗,纵横如意,开辟了新的途径,他还用古文写作小说,这也说明千态万貌的古文笔法,受到过小说的影响。但这种作风却引起了世俗的惊骇。当时的名相裴度早年在《寄李翱书》中就批评他说:"近或闻诸侪类云:恃其绝足,往往奔放,不以文立制,而以文为戏。"后学张籍也极力反对,王定保《唐摭言·切磋》曰:"韩文公著《毛颖传》,好博簺之戏。张水部以书劝之,凡二书。其一曰:'比见执事多尚驳杂无实之说,使人陈之于前以为欢,此有累于令德。'"其二曰:"君子发言举足,不远于理,未尝闻以驳杂无实之说为戏也。执事每见其说,亦拊抃呼笑,是挠气害性,不得其正矣。"然而韩愈仍然坚持自己的创作道路,不为来自上层和后学的意见所动摇。柳宗元的做法则与韩愈类似,也曾写过许多著名的寓言故事,并且写了《读韩愈所著〈毛颖传〉后题》等文,对此表示支持。说明他们在发动的这场运动中确是志同道合的盟友。

以上事实表明,韩愈、柳宗元所领导的这场儒学复古运动,并非是走历史上的回头路,而是在复古的旗帜下进行革新。它的重要成果在于恢复了古文的写作传统,并在传统的古文写作手法中灌注进了新的血液。齐梁以来的浮靡文风至此受到了致命的打击。因为这些雕琢过甚的骈文已经丧失了顺畅而恰切地传情达意的功能,语言文字不能很好地起到社会交际工具的作用,必然会被历史所淘汰。韩、柳顺应这种历史发展潮流,要求继承先秦两汉散文的写作传统,在文体和文学语言方面进行新的尝试,取得了很大的成就。

韩愈在有关继承和创新的理论问题上还提出过很好的意见。

或问:"为文宜何师?"必谨对曰:"宜师古圣贤人。"曰:"古圣贤人所为书俱存,辞皆不同,宜何师?"必谨对曰:"师其意,不师其辞。"又问曰:"文宜易,宜难?"必谨对曰:"无难易,唯其是尔。如是而已,非固开其为此,而禁其为彼也。"(《答刘正夫书》)

学习古人之时,重在精神上的领会,反对拘泥于形迹,作机械的摹拟。因此,韩愈能够汲取前代的丰富养料,结合自己的创造,在古文写作上开拓新的局面。紧接上文他还说:"若圣人之道不用文则已,用则必尚其能者。能者非他,能自树立不因循者是也。"《南阳樊绍述墓志铭》中也说:"惟古于词必己出,降而不能乃剽贼。"他的写作宗旨是"惟陈言之务去"(《答李翊书》),他的文章风格是"不专一能,怪怪奇奇"(《送穷文》),这是他重视创新的具体表现。

但韩愈的文章虽有雄奇之称,其特点可并不在故意标新立异,《南阳樊绍述墓志铭》中还称赞樊宗师的作品"文从字顺各识职",要求文辞妥帖流畅。实际上这也是韩文的一个特点。

为了壮大古文运动的声势,韩愈"抗颜为人师",悉心培植弟子。其中最著名的有李翱、皇甫湜等人。他们恰好继承着韩文风格的不同方面。李翱喜欢谈论性理之道,《答朱载言书》中说明,"吾所以不协于时而学古文者,悦古人之行也;悦古人之行者,爱古人之道也。"因而他要"行其行","重其道"。但他作为古文运动中的一员,也能重视文学创作的特点,强调"创意"和"造言",只是他也反对追求"文章辞句奇险"的"尚异",认为这是"情有所偏滞而不流,未识文章之所主也"。比起韩愈来,他的文章更趋平正,对宋代的古文运动起着更为重大的影响。皇甫湜也重视创新,《答李生第一书》曰:"夫意新则异于常,异于常则怪矣;词高则出于众,出于众则奇矣。"刻意追求怪怪奇奇,也就走到生涩怪僻的道路上去了。韩门弟子中的奇怪一派,由皇甫湜传来无择,再传孙樵,一直传到唐末,在文坛上始终占着重要的地位。

第四章　司空图的风格论和诗味说

司空图(公元837—908年)字表圣,号知非子,河中虞乡(今山西虞乡)人。他是晚唐著名的诗人,而对后代影响最大的地方还在其诗论方面。他著有《诗品》一文,构拟各种形象生动的境界,用以说明抽象的理论,在体制上也有创新的意义。

南朝文人曾用生动的譬喻构成某种境界,说明诗人的风格。例如鲍照对颜延之说:"谢〔灵运〕五言如初发芙蓉,自然可爱;君诗如铺锦列绣,亦雕缋满眼。"(《南史·颜延之传》)钟嵘《诗品》评范云、丘迟诗曰:"范诗清便宛转,如流风回雪;丘诗点缀映媚,似落花依草。"其后唐人更用这种方法评论散文作家的风格。张说曾经一一评述唐初作家的风格,如云:"阎朝隐之文,如丽服靓妆,燕歌赵舞,观者忘疲;若类之风雅,则罪人矣。"(《旧唐书·杨炯传》)后来皇甫湜就张说未曾提到的作家续作评论,如云:"韩吏部之文,如长江大注,千里一道,冲飙激浪,瀚流不滞;然而施于灌溉,或爽〔伤〕于用。"(《谕业》)这种作风应当对司空图的写作《诗品》有着直接的影响。所不同的,司空图已不限于论述某一个作家的风格,而是作了综合的研究,将各种不同的风格作了概括的说明,题为"二十四品"。后人为了区别于钟嵘的《诗品》,也就称之为《二十四诗品》。

"二十四诗品"即二十四种诗歌风格,所拟题目是:雄浑、冲淡、纤秾、沈著、高古、典雅、洗炼、劲健、绮丽、自然、含蓄、豪放、精神、缜密、疏野、清奇、委曲、实境、悲慨、形容、超诣、飘逸、旷达、流动。每一品都用四言诗十二句来加以描述。这些诗歌也是完美的文学作品,例如"纤秾"中有句曰:"碧桃满树,风日水滨,柳阴路曲,流莺比邻。""疏野"中有句曰:"筑屋松下,脱帽看诗,但知旦暮,不辨何时。"他用这些形象鲜明的诗句构成二十四种境界,让作者通过联想而掌握各种风格的特点。文学理论上的风格问题本来抽象而难于掌握，司空图却一一采用自然界的景象作为譬喻，让读者欣赏之馀，领略某种相应的艺术美，这就可以增加阅读上的很多乐趣。

司空图所采用的这种描写方式，从理论建设的角度来说，有突出的贡献。因为这种象征比拟的方法，本身就是一种文学上的再创造。作者方面从酝酿到表达，读者方面从阅览到领悟，始终都在形象思维的过程中运动，它掌握了文学作品以感性的具体形象为特点的基本原则，能够最大限度地保持文学的特有意味。前人论及这类文字，常用"如饮醇醪"等词来形容，说明这样的理论著作本身就是耐人寻味的艺术精品。但是这种品评方式对作者和读者也有很高的要求。因为作者对某种境界的领会往往是主观的，如果他体会不深，提出一些并不恰当的境界作为象征，则读者莫测其高深，无法诉之于理性的分析。读者的领会常是藉助于直觉，但是否真的和作者的原意相符，也无客观的标准加以检核。因此，这样的著作却又容易流为模糊影响之谈。司空图的写作大体完美，只是有些品中仍有抽象说理的诗句，措辞艰深，使人难以领会，则又是表达方面的问题了。

司空图区分风格时，似乎缺乏统一的标准。固然，二十四品中的绝大部分属于风格方面的问题，但如"洗炼"品则可能属于语言上的问题，"缜密"品则可能属于结构上的问题，"精神"品、"超诣"品可能属于艺术素养上的问题，"流动"品则可能属于写作技巧上的问题……这些都与风格有关，但也不全是风格上的问题。

尽管这种风格理论还有不足之处，但比起前人的理论也已有了进步。刘勰曾经区分过八体，偏于文字表现力方面的问题，不如司空图的诗说生动具体，细致全面。中唐时期诗僧皎然著《诗式》，"辨体"章中列有十九字，也就是归纳出来的十九种风格，中如"风韵朗畅曰高"、"体格闲放曰逸"之类，确属于风格问题，但如"临危不变曰忠"、"持操不改曰节"之类，则不属于文学风格上的问题了。可见《诗式》中的风格论内容庞杂，认识模糊，不如司空图《二十四诗品》远甚。当然，《二十四诗品》也有分类过细以致流于烦琐的地方，有些品之间很难区分出明确的不同。

唐代诗歌达到了空前未有的繁荣，各种不同的流派，各种不同的风格，争妍竞艳，这些都是产生《二十四诗品》的现实基础。司空图将所有诗歌从理论上加以概括，表面看来似乎只是作了归纳的工作，其间无所轩轾，实则文学理论的研究不可能有纯客观的态度,司空图在各品的评语中,还是流露出某种倾向,例如《二十四诗品》中就贯穿着一种感伤的情绪。"悲慨"品曰:"百岁如流,富贵冷灰,大道日丧,若为雄才?""旷达"品曰:"生者百岁,相去几何?欢乐苦短,忧愁日多。""含蓄"品曰:"不著一字,尽得风流,语不涉己,若不堪忧。"上述三品的内涵本有很大的差异,而他却都用"悲慨"来形容,其他品中也有很多相似的笔墨,这些地方反映出了浓厚的没落感情。司空图在僖宗时曾官至中书舍人,后以朝政混乱,农民起义,对前途丧失了信心,转而逃避现实斗争,晚年长期隐居中条山王官谷。但他又不能全然忘世,唐亡之后,在忠君思想的支配下,绝食而死。《二十四诗品》中的悲观气氛,正是这种感伤情绪的反映。

《二十四诗品》各种景象中提到的人物,都像古画中描绘的隐士。"纤秾"曰:"窈窕深谷,时见美人。""高古"曰:"畸人乘真,手把芙蓉。""自然"曰:"幽人空山,过水采苹。""飘逸"曰:"高人画中,令色氤氲。""精神"曰:"碧山人来,清酒满杯。"上述五种诗歌风格之间有着很大的不同,但在各种自然背景上活动的人物却都是"冲淡"的化身。"冲淡"一品成了全部诗论的基调。他如"典雅"曰:"落花无言,人淡如菊。""绮丽"曰:"浓尽必枯,淡者屡深。""清奇"曰:"神出古异,淡不可收。"他用"淡"来形容"典雅"与"清奇",尚有可说,但用"淡"来衬托截然相反的"绮丽",则只能说是对"冲淡"有所偏爱了。

司空图的这种美学趣味,跟他生活作风密切一致。长期的隐居生活,自然会在理论主张上盖上烙印。《二十四诗品》中笼罩着一种士大夫阶层的所谓"高雅"情趣。

唐诗中本有冲淡一派。著名诗人王维、韦应物等人的作品,向以描写自然景物著称,趣味淡远,韵味醇厚。司空图的作品继承着这一流派,他在理论上也推崇这一流派。《与李生论诗书》曰:"王右丞〔维〕、韦苏州〔应物〕澄澹精致,格在其中,岂妨于遒举〔骨力挺拔〕哉!"但唐诗之中还有另一流派,元、白继承杜甫写作现实主义诗歌的传统,关心社会问题,作风直率,跟前一诗派大异其趣。司空图对此表示不满,《与王驾评诗书》曰:"右丞、苏州趣味澄复,若清沇之贯达。大历十数公,抑又其次。元、白力勍而气孱,乃都市豪估耳。"从他这种以清高为标榜的艺术评价中,说明他对现实主义诗歌的认识是片面而错误的。

但司空图的诗歌理论也并非只是总结了王维一派的诗歌特点而提出

的。唐代诗歌取得了空前的成就,七言诗的成功之作更使文学作品有馀不尽的特点充分展现出来了。于是自唐初起,便有一些研究当代诗歌的人,在前人研究成果的基础上,继续进行着探讨。钟嵘总结诗歌的创作经验,对"兴"作了新的解说,所谓"文已尽而意有馀"(《诗品序》),看来曾对唐人有所启发。陈子昂要求诗人在充分尊重文学特点的前提下不忽视文学的思想性,因而提出了"兴寄"之说;殷璠选集"声律""风骨"兼备的盛唐名家诗为《河岳英灵集》,要求诗人构拟出鲜明的形象,而在其中寄寓深远的情意,因而在《序》中提出了"兴象"之说。他评常建诗曰:"其旨远,其兴僻,佳句辄来,唯论意表。"注意的就是那种含蓄不尽的情味。皎然《诗式》"重意诗例"曰:"两重意已上,皆文外之旨。"说明读者可以从诗歌已经表露的内容领会到没有表露的内容。中唐诗人刘禹锡的理论,更把这种研究工作推进了一步。他在《董氏武陵集纪》中说:"片言可以明百意,坐驰可以役万里,工于诗者能之。风雅体变而兴同,古今调殊而理异,达于诗者能之。"对诗歌的特点,如高度的概括,广阔的想象,等等,都作了精辟的说明。随后他又说:"诗者其文章之蕴耶!义得而言丧,故微而难能;境生于象外,故精而寡和。"说明那些成功的诗作,读者在接触到其中具体形象之后,还可超出于文字的迹象而领悟到另一种境界。这是诗歌创作的精妙之处。刘禹锡大约感到难于言说,所以又用道家的学说来帮助作出解释。

看来司空图是在继承上述学说的基础上提出了韵味说。他在《与李生论诗书》中,"以为辨于味,而后可以言诗也。"醋只有酸味,盐只有咸味,都嫌单调;善于调味的人,要做到味在酸、咸之外。以诗而言,所谓"近而不浮,远而不尽,然后可以言韵外之致耳","千变万状,不知所以神而自神也"。作品富于韵味,有含蓄之美,读者在欣赏的过程中可以体会到很多言外的滋味。司空图在《与极浦书》中还结合文学的形象特点作了说明:

　　戴容州①云:"诗家之景,如蓝田日暖,良玉生烟,可望而不可置于眉睫之前也。"象外之象,景外之景,岂容易可谈哉?

所谓"象外之象,景外之景",也就是刘禹锡所说的"境生象外"。这是作者的创作和读者的欣赏二者完美结合之后所出现的一种艺术效果。他们就是从作者和读者两方面着眼,挖掘诗歌形象的内涵给予读者的丰富感受。

---

① 名叔伦,中唐诗人。

作者运用精练的笔墨,在有限的画面中寄寓无限的诗情画意,读者领略之余,可以通过自身的体验而更多地掌握境外的情趣,这样作者和读者也就在共同从事着一种新的境界的创造。司空图的风格论,"二十四诗品"之说,就是运用这样的原理构成的。他把诗歌中出现的境界归为二十四种,读者可用自身的生活经验去丰富和扩展这些境界,从而把那些起类比作用的诗"品"具体化,由此更深入地掌握同一风格的作品的艺术特点。这种研究文学理论借助于意境而阐发风格的尝试,富于生活情趣,得到了成功。

后人有称这种"韵外之致"为只可意会不可言传的,它又开了后代所谓"妙悟"与"神韵"等说。

第五编 宋金元的文学批评

晚唐五代之时，军阀混战不已，赵匡胤统一全国之后，汲取前代的经验教训，竭力防止武人夺取政权，立下了重文轻武的根本国策。因此宋代扩大了录取进士的数量，不经吏部复试就授予官职，文人队伍更加扩大，官僚队伍也更加庞大了。况且自从印刷术发明后，学术流通更为便利，有助于文学的发展。于是宋代出现了这样的特点：人民的生活很困苦，文人学士却生活优裕；国势甚弱，文学甚盛。

为了进一步实现中央集权，思想界普遍出现重"道"的倾向，有些道学家更是一笔抹杀了文学的价值，但是这种极端的意见也引起了某些重视"文"的特点的文人的反击，前后讨论"文""道"关系的人很多，文学理论在争论中得到了进展。

宋代优容文人的结果，文人与现实普遍脱节，因而以才学为诗、以议论为诗的风气大盛，并产生了以文字为意、以学问为诗的江西诗派的理论。时至南宋，政治形势激变，这种理论在某些地方已不合时宜，于是又出现了很多反对它的作家和理论家。文坛上引起了许多争论，而这也起了推动文学理论发展的作用。

自唐至宋，诗文得到了巨大的发展，理论界产生了阐述创作经验的小品文字，出现了诗话、词话等新体裁。这是宋代的一大创举。

第一章 宋初诗文革新运动的开展

一、宋代诗文革新运动先驱者的历史作用

宋初文坛上的争论很激烈，经历着多次反复。晚唐之时骈文又很风行，自五代至宋初，文风愈趋浮靡，于是有柳开（公元 947—1000 年）、穆修（公元

979—1032年)、王禹偁(公元954—1001年)等人起而反对。但到宋真宗时,以杨亿、钱惟演、刘筠等为代表的达官贵人用诗歌唱和酬答,编成《西昆酬唱集》一书,自称"雕章丽句,脍炙人口"(杨亿《西昆酬唱集序》)。于是诗体又一变。其后有梅尧臣(公元1002—1060年)、苏舜钦(公元1008—1048年)、石介(公元1005—1045年)等人起而反对。石介极力攻击西昆体,说它妨碍天下士子学习经典,"而为杨亿之穷妍极态。缀风月,弄花草,淫巧侈丽,浮华纂组,其为怪大矣!"(《怪说》)这时唐代优秀的诗文传统有告中断的危险,上述诗文革新运动者乃起而搜辑李、杜、韩、柳的作品,要求恢复李、杜诗风与古文的写作。他们起到了先驱者的作用。

柳开曾自名肩愈,字绍元,以继承韩、柳为己任;后改名为开,字仲涂,则又以为能开圣道之涂。穆修一生贫困。而自觅得韩、柳全集之后,想方设法地刻了出来,自己拿到大相国寺中去设摊出售。于此可见这一批人对于复兴古文何等热忱。石介也推尊韩愈,称之"为贤人之至"(《尊韩》),可与孟轲、荀况、扬雄、王通并列而又过之。他们都把思想家和文学家混为一谈,于是道统同时也就成了文统。柳开《应责》曰:"吾之道,孔子、孟轲、扬雄、韩愈之道;吾之文,孔子、孟轲、扬雄、韩愈之文也。"这种理论奠定了后来文道合一的方向。

韩愈的文章本有怪怪奇奇和文从字顺的两个方面,宋代古文家继承了后一作风。柳开说:"古文者,非在辞涩言苦,使人难读诵之;在于古其理,高其意,随言短长,应变作制,同古人之行事,是谓古文也。"(《应责》)只是他受皇甫湜一派的影响很深,行文尚不免有艰涩之病,其后的古文家起而力矫此弊,形成了宋代文学的新面貌。王禹偁说:"吏部之文,未始句之难道也,未始义之难晓也。"(《答张扶书》)梅尧臣论诗则曰:"作诗无古今,唯造平淡难。"(《读邵不疑学士诗卷》)这种重视平易畅达的文风的言论,曾对后来宋代诗文的发展起过深远的影响。

二、欧阳修起承先启后的作用

自宋仁宗起,社会矛盾日趋尖锐,政治上出现了几次改良运动,文学上也相应出现了革新的运动。宋初以来的诗文革新运动到这时获得了蓬勃的发展。

欧阳修(公元1007—1072年)字永叔,号六一居士,庐陵(今江西吉安)

人。他是北宋中期文坛上的领袖,起着相似于韩愈在唐代古文运动中的作用。苏轼《居士集序》曰:"愈之后三百有馀年而后得欧阳子。其学推韩愈、孟子以达于孔子,著礼乐仁义之实,以合于大道。……士无贤不肖,不谋而同曰:欧阳子,今之韩愈也。"表明二者之间有着继承的关系。只是由于政治形势的不同,在文与道的关系上,欧阳修更突出了"道"的重要性;因此他对韩愈的热衷于仕进尚有微词,而对李翱的行道之心则极为钦佩。可以说,喜谈性理之道而又文风平妥的李翱对他有着更为显著的影响。

欧阳修的文学见解主要发表在《与吴充秀才书》中:

> 夫学者,未始不为道,而至者鲜焉。非道之于人远也,学者有所溺焉尔。盖文之为言,难工而可喜,易悦而自足。世之学者,往往溺之。一有工焉,则曰:"吾学足矣。"甚者至弃百事不关于心,曰:"吾文士也,职于文而已。"此其所以至之鲜也。……圣人之文,虽不可及,然大抵道胜者文不难而自至也。

他反对文人一味"职于文"。像过去许多儒家学者一样,欧阳修也强调培养正统文学观念的首要意义。如何培养?则自然离不开学习经典等办法。《答祖择之书》曰:"学者当师经。师经必先求其意,意得则心定,心定则道纯,道纯则充于中者实,中充实则发为文者辉光,施于事者果毅。"只是这种意见之中毕竟也已有了某些新的发展。为了提高作家的修养,他还告诫文人应当关心"百事",可见他心目中的"道"并不限于某些封建教条,它还包括现实生活中的许多实际问题,这样也就在传统的见解中增添了新的内容,为文人指出了对待现实应该持有怎样的态度。

与此有关,欧阳修提出过所谓"诗穷而后工"的学说。《梅圣俞诗集序》曰:"凡士之蕴其所有而不得施于世者,多喜自放于山巅水涯,外见虫鱼草木、风云鸟兽之状类,往往探其奇怪;内有忧思感愤之郁积,其兴于怨刺,以道羁臣寡妇之所叹,而写人情之难言。盖愈穷则愈工。然则非诗之能穷人,殆穷者而后工也。"他指出了封建社会中的文人和现实经常发生矛盾,处于不得已的状态;心中有了深刻的感受,才能写出成功的作品。这种学说反映了封建社会中的部分事实。它指出了社会环境对文学创作的重要影响,有要求作家接受生活磨炼的意思,对封建社会的压抑人才客观上也有揭露的意义。但欧阳修对这种现象实际上没有什么不满的表示,这与他本人先穷后达的经历有关;他所希望的是诗人达后能更好地歌颂大宋功德。

然而古今文人却大都不遵照上述原则进行写作。他们"文章丽矣,言语工矣,无异草木荣华之飘风,鸟兽好音之过耳也"(《送徐无党南归序》)。为此欧阳修首先强调了修身等方面的问题,所谓"道胜者文不难而自至"。显然,他把"道"作为解决"文"的先决条件。不过这与"有道者必有言"之说毕竟还有一些差别。欧阳修并不抹杀"文"的作用。《代人上王枢密求先集序书》中说:"君子之所学也,言以载事而文以饰言,事信言文乃能表见于后世。"指出作品的内容应当可信,作品的形式技巧也应该予以应有的注意。

宋仁宗嘉祐二年(公元 1057 年),欧阳修知贡举,排斥"险怪奇涩"的通行文体,征拔程颢、苏轼、苏辙等人及第。自此诗文革新运动有了进一步的发展。

第二章 道学家抹杀文学的谬论

宋代进一步统制思想之后,哲学领域中产生了一批"道学家",他们宣扬儒家学说,结合宋代政治上的需要,强调建立封建正统的世界观。他们也论及文学问题,但其结论只是一笔抹杀。

宋代道学的开山始祖周敦颐(公元 1017—1073 年)首先在《通书·文辞》篇中提出"文以载道"之说。在他看来,文只是一种工具,本身没有独立的地位。犹如车子是用来载物的,人们修饰轮辕等部件,目的在于使人喜欢它,应用它,如果人们不去应用,也就白白地浪费了修饰的工夫。假如这车子本不能载物,那么修饰一项也就成了浪费中的浪费。因此他说:"不知务道德而第以文辞为能者,艺〔技艺〕焉而已。"这种重道轻文的议论,为后来道学家的文学主张奠定了基础。

周敦颐的弟子,欧阳修提拔的后辈,程颢、程颐二人,进而认为学文必然有害于道。其后如南宋著名道学家朱熹等人,也持相同观点。他们的重要理论,可以概括如下:

宋代早期的诗文革新者都很推崇韩愈。欧阳修虽有微词,但还是肯定他在古文写作上的成就。二程等人就不同了。据他们看来,韩愈的学说还不符合正统儒家的标准。因为韩愈早年喜好文学,后来才学"圣人之道",由于走的路子不正,道术尚嫌不纯,因此他们讥之为"倒学"。正常的道路应该是：首先根据儒家学说建立正统的世界观，文学上的一切问题，也就自然地会附带解决。程颐说：

  孔子曰："有德者必有言。"何也？和顺积于中，英华发于外也。故言则成文，动则成章。（《二程遗书》卷二十五）

文人从事写作，应该注意解决世界观问题，但关键在于树立怎样的世界观。二程等人认为"欲趋道，舍儒者之道不可"，只是在几部体现封建正统观念的典籍上下功夫，用儒家规定的伦理道德提高自身的修养，这样建立起来的观点，必然迂腐顽固，而又严重脱离现实；凭着这样的政治观念和伦理观念进行写作，不可能写出很好的作品。

但道学家们始终坚持上述偏颇的文学观点。他们非但把儒家之道作为先决条件，而且作为唯一的条件。朱熹在批驳韩愈的女婿唐代文人李汉提出的"文以贯道"说时申述曰："这文皆是从道中流出，岂有文反能贯道之理？文是文，道是道，文只如吃饭时下饭耳。若以文贯道，却是把本为末，以末为本，可乎？"（《朱子语类》卷一百三十九）这是说：有道必有文，文是派生的、次要的东西。实则作家写好文章，除了世界观方面的问题之外，还应积累丰富的生活知识和掌握高超的技巧，但道学家却彻底否定了这些创作上的重要条件，因此他们写出来的绝大多数作品，只能是语录讲义一类东西。朱熹还说："古之君子，德足以求其志，必出于高明纯一之地，其于诗固不学而能之。"（《答杨宋卿》）"但须明理，理精后文字自典实。"（《朱子语类》卷一百三十九）说明他们的意见主要是对抒写明理的诗文而言的。

不但如此，二程等人还认为"作文害道"。程颐说：

  凡为文不专意则不工，若专意则志局于此，又安能与天地同其大也。《书》云："玩物丧志"，为文亦玩物也。（《二程遗书》卷十八）

这是一种武断的说法。文人专意于文，不一定局限在章句之间，他们可以通过文学反映重大问题，因此二程视文学事业为"玩物丧志"，只是一种片面的论断。程颐还说文字技巧"悦人耳目"，"非俳优而何？"实际上文学作品必须具有优美的形式特点，才能逗人喜爱。道学家以圣贤自居，反对"悦人耳目"，只是暴露出其妄自尊大的态势罢了。他们基于上述见解，甚至否定杜甫《曲江》诗，称之为"闲言语"，适足表现其态度的迂执和对文学特点的漠视。

道学名臣真德秀（字景久，后改字希之，学者称西山先生，公元 1178—

1235年),所编《文章正宗》二十卷、续集三十卷,体现了他们的文学观点。此书分为辞命、议论、叙事、诗赋四部分,前面部分由其自选,后一部分委托其弟子刘克庄选录。但当刘氏选入了一些抒情的篇章时,真德秀即于定稿时删去。《后村诗话》卷一曰:"《文章正宗》初萌芽,西山先生以诗歌一门属余编类,且约以世教民彝为主,如仙释、闺情、宫怨之类皆弗取。……凡余所取,而西山去之者大半。又增入陶诗甚多,如三谢之类多不入。"于此可见道学家的态度何等偏执,与文学家的观点又是多么格格不入。

第三章 苏轼对创作经验的阐述

欧阳修的学说,既有重道的一面,也有重文的一面。道学家继承和发展了前一部分的论点,苏轼继承和发展了后一部分的论点。

苏轼(公元1036—1101年)字子瞻,号东坡,眉州眉山(今四川眉山)人。他是北宋最享有盛名的文人。政治思想比较保守,反对新法,但与旧党中人也有矛盾,一再遭到贬谪和排斥,到过很多地方,而任地方官时也曾采取过一些有利于民众的措施。他的世界观很复杂,一方面深受儒家思想的影响,一方面也受到了道家和佛家的影响,因此他的作品形式多样,内容复杂,但在很多方面却也超出了传统思想的束缚。特别是在文学思想方面,由于他对文学创作有着深切的体验,了解文学的特点,因而提出了与道学家截然不同的意见。

宋代的诗文革新运动继承了唐代古文运动的传统。苏轼极为推崇韩愈的文学成就。《韩文公庙碑》曰:"文起八代之衰,道济天下之溺。"他也努力写作古文,积极从事于韩愈所开创的事业,终于使宋代的诗文革新运动获得了稳固的成绩。

苏轼也常讨论有关"道"的问题。不过他所理解的"道",并不限于儒家的一些教条。由于他受其他学派的影响,把《庄子》中提出的"佝偻承蜩"等事也视为得"道",因而苏轼提到的"道",一般具有事物的规律的意思。这从著名的《日喻》一文也可看出。瞎子生来不见日形,有人以铜盘为喻,有人以烛为喻,瞎子听到和铜盘一样能发声的钟,摸到了像烛一样的排箫,也就都误以为是日了。苏轼借此说明,人若不接触所要了解的具体对象,只凭旁人指点,实际上是无从了解的。像太阳这样具体的东西,人们尚难表达,那么抽象的"道"自然更是难以告人了。因此苏轼提出了"道可致〔自然获得〕而不可求"的论点。以游泳为例,南方多水,孩童从小就和它打交道,因此十五岁便能潜泳,经过不断的接触实践,也就自然地掌握到了水的规律。北方条件不同,人若从未见过大水,那他就是听到游泳好手的指点,可也无法懂得水性,"故凡不学而务求道,皆北方之学没〔潜水〕者也"。显然,在他看来若要了解文学的规律与义理,必须通过学习文学才能掌握。

这种学说之中含有合理的因素。他反对道学家之流一味推崇经典修养忽视文学特点的言论。作家只有通过不断的学习和创作,才能掌握文学的特殊规律。但是苏轼这种论点也有不足之处,它明显地受着《庄子》的影响。人们若要掌握客观事物的具体规律,应该亲自去接触它,但是前人得出的经验教训,有助于后人更深入地掌握情况。而且万事万物的"道"都是可以充分表达的,只要这"道"具有可靠的内容和普遍的意义,也就有助于后人提高认识,苏轼的意见似乎侧重个人的经验,忽视一般规律的指导,这对他诗文创作中多芜杂之病当有关系。

苏轼认为"道莫之求而自至",应当也是受了道家学派有关顺乎自然的学说的影响。写作上的"自然",即所谓"辞达",他曾数次提到这种最高的创作境界。

> 孔子曰:"言之无文,行之不远。"又曰:"词达而已矣。"夫言止于达意,即疑若不文,是大不然。求物之妙,如系风捕影,能使是物了然于心者,盖千万人而不一遇也,而况能使了然于口与手者乎!是之谓辞达。词至于能达,则文不可胜用矣。(《答谢民师书》)

要想做到"辞达",先要做到能对写作对象"了然于心",即求得彻底的了解;其后还要"了然于口与手",即作充分的表达。由此可见他对技巧问题也是很重视的。《东坡题跋·自评文》曰:"吾文如万斛泉源,不择地皆可出,在平地滔滔汩汩,虽一日千里无难;及其与山石曲折,随物赋形而不自知也。所可知者,常行于所当行,常止于不可不止,如是而已矣,其他虽吾亦不能知也。"当然,要想达到这样挥洒自如的境地,必须具有很高的修养。苏轼所以能够达到这样高的成就,和他本人才气过人与努力学习有关;后代受此学说影响的人很多,却往往由于才力与学力的限制,剪裁失当,失之冗杂。

苏轼主张"随物赋形",只是重视客观对象,要求写得形象生动的意思。

他很反对刻板地描绘。《书鄢陵王主簿所画折枝》诗曰:"论画以形似,见与儿童邻;赋诗必此诗,定非知诗人。"作品要有概括力,要能摄取描写对象的精神,要有丰富的寓意,这种见解可以纠正他的学说可能产生的流弊。

在有关作家生活与知识等问题上,苏轼也有很多体会。他的父亲苏洵在《仲兄字文甫说》中曾经提出过"风水相遭"之说。风流动于太空,水流动于河海,偶然相遇,形成千奇百怪的波纹。苏洵指出,这也不是水的文,也不是风的文,"物之相使而文出于其间也,故此天下之至文也"。当然,这是一个譬喻,苏洵藉以说明作家平时如有道与文的修养,那么他与外界事物接触之时,虽然出于无意或偶然,也可自然地产生好的作品。苏轼在《江河唱和集序》中作了进一步的发挥。他先是说:"夫昔之为文者,非能为之为工,乃不能不为之为工也。"然后介绍了自身的经历,"己亥之岁(公元1059年),侍行适楚"时的一些体会,所谓"山川之秀美,风俗之朴陋,贤人君子之遗迹,与凡耳目之所接者,杂然有触于中,而发于咏叹"。他的弟弟苏辙也有相似的议论,说得尤为透彻,《上枢密韩太尉书》中介绍了孟子的养气说,又以司马迁"行天下,周览四海名山大川,与燕赵间豪俊交游,故其文疏荡,颇有奇气"为事例,说明多方面提高修养的重要性。他体会到百氏之书"皆古人之陈迹,不足以激发其志气",必须"求天下奇闻壮观,以知天地之广大"。这里包括游历名山大川、古今都城,并与当代文坛领袖欧阳修及其门弟子等人的交游。显然,苏氏兄弟已经能够突破单纯从书本中找创作源头的错误倾向,转而注意观察外界事物,注意积累生活知识,增加阅历,提高修养,这些都是突过前人与时人的一般见解的地方。但他们所理解的生活锻炼,限于了解民情风俗等方面,这是需要加以说明的。

苏轼注意到了对立的不同风格之间存在着相反相成的辩证关系,追求风格多样化的统一。《书黄子思诗集后》曰:"韦应物、柳宗元发纤秾于简古,寄至味于澹泊,非馀子所及也。唐末司空图崎岖兵乱之间,而诗文高雅,犹有承平之遗风。其论诗曰:'梅止于酸,盐止于咸,饮食不可无盐梅,而其美常在咸酸之外。'"他最推崇的是陶潜等人的"枯澹"诗风,《评韩柳诗》曰:"所贵乎枯澹者,谓其外枯而中膏,似澹而实美。"这是基于司空图的理论作出的发展。说明作者写作某种风格的作品,不能局促一隅,而应注意不同风格的作品,多方汲取,融会贯通,自成一格。因为修养深了,技巧也老到了,创作上才能进入炉火纯青的境地。周紫芝《竹坡诗话》曰:"作诗到平淡处,要似非力所能。东坡尝有书与其侄云：'大凡为文，当使气象峥嵘，五色绚烂，渐老渐熟，乃造平淡。'"这样的作品，内涵才能深厚，意味才能深长。

苏轼的创作和理论具有相当大的创造性。他曾指出吴道子绘画上的特点是："出新意于法度之中，寄妙理于豪放之外。"(《书吴道子画后》)表达了他对创作的要求。实际上这也正是他创作上的特点。这对后来江西诗派中人所谓"活法"等说也有影响。

第四章 黄庭坚的诗论和江西诗派的形成

苏轼门下诗人很多，其中以黄庭坚对后代的影响为最大。

黄庭坚(公元1045—1105年)字鲁直，号山谷，一号涪翁，江西分宁(今江西修水)人。他曾追随苏轼反对新法，因而遭到贬谪，闹得意志消沉，接受了佛家消极避世的思想，从政治斗争中退缩了下来，专在诗文上下功夫。因为他在诗歌的形式技巧(例如韵律的安排等)上也有不少创造，大量写作所谓"拗体"诗，赢得了很大的声名，因而当时的品评者即以苏、黄并称。

苏轼重视创新，《诗颂》曰："冲口出常言，法度去前轨；人言非妙处，妙处在于是。"(周紫芝《竹坡诗话》引)因此他的创作直抒胸臆，信笔直书。黄庭坚也注意创新，而"悟抉章摘句为难，要当于古人不到处留意，乃能声出众上"(吴曾《能改斋漫录》卷八引《西清诗话》)，却是走着生僻的小路，追求出奇制胜，以人巧胜天工。这种方向，容易把人带向形式主义的歧路。

黄庭坚主张"在古人不到处留意"，结果却受到了古人的无形束缚。首先就得注意古人的文章有哪些题材还不曾写过？有哪些材料还可补充？这样势必把钻研古籍视为成功的捷径。他在《答洪驹父书》中说：

　　自作语最难。老杜作诗，退之作文，无一字无来处。盖后人读书少，故谓韩、杜自作此语耳。古之能为文章者，真能陶冶万物，虽取古人之陈言，入于翰墨，如灵丹一粒，点铁成金也。

杜甫叙述创作经验时说："读书破万卷，下笔如有神。"但他在诗歌上所以能够取得巨大的成就，还在于经历了社会的变乱，广泛地接触了现实。黄庭坚以读书为创作成败的关键，"以学问为诗"，却把创作活动导入狭隘的境地。这类诗人填塞典故，连缀奇字，迎合某些上层文士的趣味。这样的创作,内容必然贫乏,成就必然受到局限。

如何利用古人的材料,花样翻新,黄庭坚还提出了两项具体的主张。

> 山谷云:诗意无穷而人之才有限,以有限之才追无穷之意,虽渊明、少陵不得工也。然不易其意而造其语,谓之换骨法;窥入其意而形容之,谓之夺胎法。(惠洪《冷斋夜话》卷一)

所谓"换骨",就是不改变原来的诗意,另用其他语句来表达;所谓"夺胎",则是依仿前人诗意而改作之。换句话说,"换骨法"注意在文辞上加工改写,"夺胎法"注意在文义上引申发展。黄庭坚认为人的才能有限,不可能广泛地反映外界事物,因此只能追随于若干有成就的作家之后,跟着他们向已被证明为走得通的平坦大道上走去。黄庭坚的本意是在利用或借鉴优秀的文学遗产,推陈出新,构成新的意境和句式。他本人精于此道,取得了不少成绩,但学之者众,不免泥沙俱下,才力低下者,也就难免蹈袭之弊了。金代王若虚批判道:"鲁直论诗,有'夺胎换骨、点铁成金'之喻,世以为名言,以予观之,特剽窃之黠者耳。"(《滹南诗话》卷下)语虽尖刻,却也不能不认为他说出了部分事实。

应该说明,点窜前人语句而成诗,也是古人常用的手法,并不是从黄庭坚开始的。例如何逊《入西塞示南府同僚》诗中有句云"薄云岩际出,初月波中上",杜甫《宿江边阁》诗中有句作"薄云岩际宿,孤月浪中翻"。仇兆鳌《杜诗详注》曰:"何仲言诗尚在实处摹景。此用前人成句,只转换一二字间,便觉点睛欲飞。"但宋代之前的人于此只是偶尔为之,并不以此见长,黄庭坚却把这种手法总结成理论,作为写诗的诀窍,告诫后人,这就是一种容易滋生弊病的理论了。

黄庭坚也提到了关于诗文内容的问题。他曾再三嘱咐后辈要留心经术,并在《与王观复书》中提出学习"杜子美到夔州后诗,韩退之自潮州还朝后文章"的主张。这是因为杜、韩两人自此之后关心现实的倾向有所减弱,更多地注意形式技巧的缘故。黄庭坚专挑两人后期的作品供人学习,正好表明他的喜好和倾向。

这是一种消极避世的诗论,但他适合一般兼具学者与文士双重身份的封建文人的脾胃,因而直到晚清之时,遵照它的原则而写作的人代代弗绝,而在南宋之时影响尤为广大。那时国势很弱,内忧外患,连绵不断。文人之中,只有个别人物还有一些蓬勃的气概,一般文人却都显得柔弱萎靡。

他们不敢正视社会矛盾和民族矛盾,对人生缺少真切的感受,但却还要吟诗作文,这就只能钻研技巧,从古人的作品中去寻找生活。因为他们的创作源泉枯竭,只能在书本与技巧上下工夫,黄庭坚的学说既有理论又有具体方法,最能满足他们的需要,因而根据这些原则写作的人越来越多,逐渐形成了一个流派。

南宋初年,吕本中作《江西诗社宗派图》,并刻《江西宗派诗集》一百一十五卷,列陈师道以下凡二十五人(其后几家记载人数不一,有的多到二十七人),于是文坛上正式出现了江西诗派这一名称。似乎这是一个地方性的诗歌流派,其实不然,例如陈师道为彭城(今江苏徐州)人,韩驹为蜀仙井监(今四川仁寿)人,都不是江西人,因此杨万里在《江西宗派诗序》中指出它的组成是"以味不以形也",也就是说这些人物是因诗歌风格一致而被视为同一流派的。其后元代的方回在《瀛奎律髓》这部诗歌选集中更提出了所谓一祖三宗之说。卷二十六"变体"类中云:"古今诗人当以老杜、山谷、后山、简斋四家为一祖三宗,馀可预配飨者有数焉。"这里遥推杜甫为"祖",而以黄庭坚、陈师道、陈与义为"宗";实则陈与义的诗风与此流派不同,杜甫的气派和生活道路更与这些诗人不同,江西诗派的后辈所以虚尊之为祖宗,除了在形式技巧方面个别地方确是有所继承这一原因之外,主要目的可能还是在于抬高这一流派的地位。陈师道则对作品风格提出了具体要求,他说"宁拙毋巧,宁朴毋华,宁粗毋弱,宁僻毋俗,诗文皆然。"(《后山诗话》)①由此可见江西诗派中人自鸣孤高的心理和对形式技巧问题的注意。

其后江西诗派的某些作家在理论上还曾作过一些补充。曾季貍《艇斋诗话》曰:"后山〔陈师道〕论诗说'换骨',东湖〔徐俯〕论诗说'中的',东莱〔吕本中〕论诗说'活法',子苍〔韩驹〕论诗说'饱参',入处虽不同,然其实皆一关捩〔关键〕,要知非悟入不可。"徐俯"中的"之说未详。陈师道的"换骨"说见

---

① 风格问题较抽象,这里酌举一些诗句作为例证加以说明。
〔拙〕杜甫《即事》:"一双白鱼不受钓,三寸黄柑犹自青。"
〔朴〕陈师道《示三子》:"喜极不得语,泪尽方一哂。"
〔粗〕薛能《自讽》:"千题万咏过三旬,忘食贪魔作瘦人。"
〔僻〕孟郊《秋怀》:"商叶堕干雨,秋衣卧单云。"
江西诗派刻意寻求的就是这一类诗句。
按宋代已有人疑《后山诗话》为依托之作,然胡仔《苕溪渔隐丛话》后集卷二十七引《复斋漫录》也转引了陈氏的这四句话,可证这些意见确是江西诗派中的代表人物陈师道提出的。

《次韵答秦少章》诗,中云"学诗如学仙,时至骨自换",说明关键在一"时"字。学习的功夫既深,一旦变化,便能形成自己的风格,是谓"换骨"。韩驹"饱参"说的原理与此相似,《赠赵伯鱼》诗曰:"学诗当如初学禅,未悟且遍参诸方;一朝悟罢正法眼,信手拈出皆成章。"这种玄虚的论调,深受佛教禅宗的影响,实际上只是说明不应死守一家一派,应该多方面地学习,一旦得到启发之后,则可深知写作诗歌的诀窍,写作之时自能挥洒自如。这些地方说明江西诗派的作家也有建立个人独特风格的要求,但他们却以学习前人作品为成功的关键,因而拘守家法的人始终不能摆脱"以学问为诗"的错误见识。吕本中在《童蒙训》中也提倡"悟入",而又强调"悟入必自功夫中来",也就是说"饱参"之后始能"悟入"。他的所谓"活法"之说则见于《夏均父集序》,中云"学诗当识活法。所谓活法者,规矩备具而能出于规矩之外,变化不测而亦不背于规矩也。是道也,盖有定法而无定法,无定法而有定法。如是者,则可以与语活法矣"(刘克庄《后村先生大全集》卷九十五《江西诗派》引)。看来此说似曾受过苏轼学说的影响,但二者的精神却已有很大的不同。苏轼的理论重点在创造,吕本中则着重在"不背于规矩";前者超越于个别字句而自"出新意",后者追求技巧而胶着于个别文字。吕本中在《童蒙训》中论"响"字等问题,认为不但七言诗中第五字要响,五言诗中第三字要响,"所谓响者,致力处也。予以为字字当活,活则字字自响"。可见江西诗派中人即使在讨论活法之时仍然着眼在个别的字上,这就不免时而死于句下了。

"活法"当然是与"死法"相对而言的。俞成《萤雪丛说》卷一中有一段话,就个别字句解释死活二法,可以参考。他以为"若胶古人之陈迹而不能点化其句语,此乃谓之死法;死法专祖蹈袭,则不能生于吾言之外。活法夺胎换骨,则不能毙于吾言之内"。可见所谓活法,只是能点化"古人陈迹"中的句语就是了。这类诗人还是恪守"夺胎换骨"等基本原则,自以为能变化创新,实则何尝超出"规矩"之外,只是用了一种灵活的"蹈袭"法罢了。

第五章　南宋诗人对江西诗派的批判

江西诗派的理论,最配那些养尊处优的封建文人的脾胃。他们生活嫌贫乏,但有时间钻书本,因此乐于在文字上下功夫。但是见解较高的人却不愿意受它清规戒律的束缚,他们要求自由地表现现实生活;为了摆脱"以学问为诗"的束缚,他们常是改而信从苏轼"冲口出常言,法度去前轨"的学说;为了突破江西诗派"钩章棘句"的诗风,他们常常改为推崇晚唐诗,因为这类作品写作上显得随便些。由是南宋、金、元各个朝代翻来覆去地进行着苏、黄之争,晚唐诗和宋诗〔以江西诗派为代表〕之争。所谓南宋四大家:尤袤、杨万里、范成大、陆游,早年都曾信从江西诗派的理论,后来都脱离了这一阵营。杨万里的创作道路是有代表性的。《诚斋荆溪集序》中曾自述学诗经过,早年他学江西诗派的诗,但"学之愈力,作之愈寡",以后因做外任官,公务繁忙,虽有诗思,无暇动笔,一朝"忽若有寤",摆脱前人的影响,改为即兴式的创作,终于形成了自己的风格。于是他说:"传派传宗我替羞,作家各自一风流。黄〔庭坚〕、陈〔师道〕篱下休安脚,陶〔潜〕、谢〔灵运〕行前更出头。"(《跋徐恭仲省干近诗》之三)不再当他人的奴隶了。杨万里的这种作风近于晚唐诗体,因而对此一再表示推崇,如云:"受业初参且半山〔王安石〕,终须投换晚唐间。"(《答徐子材谈绝句》)并不平地说:"晚唐异味同谁赏?近日诗人轻晚唐。"(《读〈笠泽丛书〉》)

陆游的经历与抱负与尤、杨等人有很大的不同,他的理论显得更高超些。

陆游(公元1125—1210年),字务观,号放翁,越州山阴(今浙江绍兴)人。早年曾从江西诗派中人曾几为师,曾几称其诗渊源于吕本中。中年以后逐渐突破江西诗派的束缚。因为陆游所处的时代,民族矛盾异常激烈,南宋王朝处在危殆之中,而他小时就曾受到家庭的爱国教育,长大以后常想报效朝廷,但屡次遭到统治集团中人的打击,仕途上很不得意。中年入蜀从军之后,由于生活上的突变,视野开阔了,题材丰富了,终于在创作上揭开了新的一页。《九月一日夜读诗稿有感走笔作歌》中自述这一曲折的转变过程道:"我昔学诗未有得,残馀未免从人乞,力孱气馁心自知,妄取虚名有惭色。四十从戎驻南郑,酣宴军中夜连日,打毬筑场一千步,阅马列厩三万匹,华灯纵博声满楼,宝钗艳舞光照席,琵琶弦急冰雹乱,羯鼓手匀风雨疾。诗家三昧〔真诀〕忽见前,屈〔原〕贾〔谊〕在眼元历历,天机云锦〔写作的奥妙和锦绣的文章〕用在我,剪裁妙处非刀尺。……"这样陆游才算是走上了创作的正路,写出了许多气势雄壮的爱国诗篇。

"诗家三昧"从何而来?江西诗派归之于"饱参",陆游则说得之于战地生活。这是两种不同的回答。当然,陆游这时也还只是过着封建社会的军队里上层人物所过的生活,经常参与狂欢、纵博以及欣赏营妓的歌舞,但他毕竟处于国防的前线,紧张而又豪放的心情,激发了诗思,而这样的生活却又是其他诗人所根本缺乏的。从这种新的生活中也就诞育了新的文学见解。这时他再回过头来观察过去的创作道路,也就感到狭隘得很了。于是他对过去宗奉的江西诗派作了揭露和批判。

　　黄庭坚说老杜作诗"无一字无来处",陆游驳斥道:杜甫作诗的本意不在此,例如研究《岳阳楼诗》吧,怎能以搜求典故为满足? 即使字字找到了出处,反而离杜甫的原意更远了。又如《西昆酬唱集》中的诗,倒是字字有出处,那又怎能与杜甫的诗相提并论? 接着他说:"且今人作诗,亦未尝无出处,渠自不知;若为之笺注,亦字字有出处,但不妨其为恶诗耳。"(《老学庵笔记》卷七)这就从根本上否定了江西诗派中人的作品的价值。

　　吕本中倡"活法",并引谢朓"好诗流转圆美如弹丸"语为印证,陆游对此也作了驳斥。《答郑虞任检法见赠》诗曰:"区区圆美非绝伦,弹丸之评方误人。"他已了解到雕琢形式技巧毕竟是次要的问题。

　　当时学习晚唐诗的人已很多,陆游对此也有不满。《宋都曹屡寄诗且督和答作此示之》曰:"……及观晚唐作,令人欲焚笔。此风近复炽,隙穴殆难窒。淫哇解移人,往往伤妙质。"他反对这类诗人只在小天地中打转的作风。

　　词是宋代的重要文体。宋代词人受五代之时专写儿女私情的作家的影响很大。陆游在《跋〈花间集〉》中说:"方斯时,天下岌岌,生民救死不暇,士大夫乃流宕如此,可叹也哉!"这里涉及到了文学与时代的关系,国家危急之时怎么还能写作这类柔靡浮艳的作品呢?

　　几年从军生活,使他开拓了眼界,提高了认识,此后他就反复宣传这个道理,不能为做诗而做诗,必须走出书斋,到现实生活中去寻找创作的材料,激发创作的灵感。《冬夜读书示子聿》之三曰:"纸上得来终觉浅,绝知此事要躬行。"《题庐陵萧彦毓秀才诗卷后》曰:"法不孤生自古同,痴人乃欲镂虚空。君诗妙处吾能识,正在山程水驿中。"《广西通志》卷二百二十四载桂林石刻陆游与杜思恭手札曰:"大抵此道在道途则愈工。虽前辈负大名者,往往如此。愿舟楫鞍马间加意勿辍,他日绝尘迈往之作必得之此时为多。"而在《示子遹》一诗中,更对个人的发展道路和文学见解作了简括的说明:

　　　　我初学诗日,但欲工藻绘;中年始少悟,渐若窥宏大。……诗为六艺一,岂用资狡狯?汝果欲学诗,工夫在诗外。

第六章　宋人诗话和严羽的《沧浪诗话》

一、诗话的形成和发展

我国古代的文人通常喜欢运用"诗话"这种体裁表达文学见解。许顗《彦周诗话》曰:"诗话者,辨句法,备古今,记盛德,录异事,正讹误也。"说明这类作品内容很庞杂,而形式却是很活泼的。它是作家创作经验的总结,也是理论家文艺探索的随笔。可作批评,可作考证,可叙故事,可谈理论。有心得就记下来,略作汇辑即可公之于世。因为它成书较易,故而内容好坏不一。其中一些优秀的作品,堪称文学理论上的杰作,优秀作家的创作经验,时代思潮的递变兴衰,都反映在这类著作中。后人若要了解一个时代文学思想上的成果,就得从这类诗话中去搜求。一些普通的作品,也就是绝大多数的诗话,则是精华与糟粕杂存,阅读这样的作品,常会产生"披沙简金,往往见宝"的感觉。至于一些水平低的作品,则如章学诚在《文史通义·诗话》中说的:"以不能名家之学,入趋风好名之习;挟人尽可能之笔,著惟意所欲之言。"这对诗话中一些庸滥的作品确是一针见血的批评。

唐诗的创作成就极为伟大,但诗人所积累的极为丰富的创作经验却未能及时总结,从现存的一些"诗格"、"诗式"、"诗例"之类的著作来看,大都偏于形式技巧方面细枝末节上的研讨,专在对偶、声律、体势上下功夫,诸如五格、十七势、二十式、二十八病、二十九对、四十门等等,细碎烦琐,对指导创作未必有什么大的帮助。这类作品经过时代的淘汰,大都湮没了,只有部分著作保存在旅华日僧遍照金刚(法名空海,即弘法大师,公元774—835年)编纂的《文镜秘府论》一书中,藉此可见一斑。宋代诗歌创作进入了另一个高潮,喜好理论探索的宋代文人,需要创制一种适当的体裁,对前代和当代积累下来的创作经验加以总结和记录。这项任务首由欧阳修来完成。他在晚年写作《六一诗话》,自言"居士退居汝阴而集以资〔助〕闲谈也"。写作态度似乎还不够严肃,但是这种记叙方式却也体现了宋代诗话的特色:称心而言,娓娓而谈,文笔舒卷自如,读之饶有兴味。这样的著作,不是什么记录崇论闳议的煌煌大著,往往以其精粹著称。《六一诗话》所录条目不多,但已纯属论诗之作。里面偶有率意着墨记忆疏误之处,但也不乏精到的议论。例如其中一则说:"圣俞〔梅尧臣字〕尝语余曰:'诗家虽率意而造语亦难。若意新语工,得前人所未道者,斯为善也。必能状难写之景如在目前,含不尽之意见于言外,然后为至矣。'"就对诗歌形象的特点和含蓄的情趣作了很好的说明,因而博得了后人的赞美。这是推阐《文心雕龙·隐秀》篇中"情在词外曰隐,状溢目前曰秀"①二语而提出来的,说明他们对前人的学说有所继承;而从他们所举的一些唐人诗句来看,则又说明他们对唐代有关意境的学说也当有所继承。

其后写作诗话的人愈来愈多,成了我国古代诗文评这一文艺传统中的重要样式。宋代诗话总计约有上百种之多,只是大多数作品已经散佚或有残缺。明、清两代共有多少诗话已经很难统计了。这类著作的内容一般随文坛风气的变迁而推移,例如北宋初年大修史书,因此像欧阳修的《六一诗话》、司马光的《续诗话》、刘攽的《中山诗话》,记载文坛轶事和考订史实的比重很大;苏、黄出现于文坛之后,诗风一变,苏轼博学,好铺排典故成语,黄庭坚更主张以学问为诗,因此北宋中叶以后的诗话对考索用事造语的出处很感兴趣,例如魏泰的《临汉隐居诗话》、叶梦得的《石林诗话》、吴开(?)的《优古堂诗话》、曾季貍的《艇斋诗话》,都是喜欢谈学问的著作。但到南宋中期以后,苏、黄诗的弊端开始暴露,于是又有几部作品出来反对,并对诗歌创作的一些根本问题作了理论上的探索,例如张戒的《岁寒堂诗话》、姜夔的《白石道人诗说》、严羽的《沧浪诗话》,都以此著称。这样,随着时代和文学的发展,自欧阳修至严羽,诗话的写作也经历着一段提高的过程。轶事典故的记录逐渐减少,文学批评的成分不断增加,它由随笔杂记慢慢进化为较有纲领的理论阐述,从闲谈的小品发展为严肃的理论著作。

二、张戒的《岁寒堂诗话》

中国是一个有着悠久的诗歌传统的国家。每一个时代的诗歌,都有它不同的风貌;每一个有成就的诗人,都有他独特的风格。而一代诗风的形成,又常是由这个时代的伟大诗人的独特风格所开创而形成的。例如李白和杜甫的作品奠定了盛唐诗歌的基础,又给中、晚唐诗人以巨大的影响,但

---

① 《隐秀》篇原文已残缺,这两句佚文还保存在张戒的《岁寒堂诗话》中。

他们的风格,与前相较有着较多的不同,因而常是得不到同时人的认可。唐代前期出现的几部诗歌选集,殷璠的《河岳英灵集》不选杜甫诗,芮挺章的《国秀集》和高仲武的《中兴间气集》都不选李、杜诗,可以看到开创新风气的困难。宋代诗歌的发展也遇到了同样的情况。苏轼、黄庭坚走的是诗歌散文化的路子,经过他们的努力,宋诗才形成了一代风貌。这是古典诗歌上的一次大发展。比起唐诗来,宋诗的议论多了,更注意写作技巧了,这又是苏、黄经常受到指责的地方。张戒也表示反对,他在《岁寒堂诗话》中说:

> "国风"、《离骚》固不论。自汉、魏以来,诗妙于子建,成于李、杜,而坏于苏、黄。余之此论,固未易为俗人言也。子瞻以议论作诗,鲁直又专以补缀奇字,学者未得其所长,而先得其所短,诗人之意扫地矣。

这里应该指出的是:他对苏、黄的诗持分析的态度,认为他们既有所长,也有所短。自宋代起,批判江西诗派的人很多,但也有一些人把黄庭坚和江西诗派分开,区别对待。例如元好问在《论诗三十首》之二十八中就说:"论诗宁下涪翁拜,未作江西社里人。"张戒的见解也有类于此,批判的矛头主要指向沾染了"苏、黄习气"的人。

做诗当然不能卖弄学问。填塞典故,高谈哲理,无视文学的特点,也就破坏了诗歌创作。但以议论为诗,却未必就是弊病,杜甫的《戏为六绝句》,也是以议论为诗,但因所论以情出之,作品之中仍然充满着丰富的韵味,因而自古至今一直视为佳作。可见问题不在诗歌中有没有议论,而是时时不要忘记文学的特点。以文为诗,可以更自由地表达内容,扩展诗境,这也不能算是什么歧路。从历史发展的观点来看,由唐诗演变成散文成分较多的宋诗,或许正是文学创作道路上的必由之路。因此,宋人对苏、黄的批判,固然有其合理之处,但也需要具体分析,特别是对苏轼的批判,更应该持郑重对待的态度。但一种诗风形成之后,鱼龙混杂,往往把它内部存在的问题发展到极端,则又是亟应加以纠正的了。张戒反对苏、黄诗的流弊,总结创作上的历史经验,要求继承儒家倡始的诗歌传统。这样做,实际上是企图借重儒家诗论纠正当代的文风。

张戒指出:"言志乃诗人之本意,咏物特诗人之馀事。"一些"情真"、"味长"、"气胜"的作品,"本不期于咏物,而咏物之工,卓然天成"。"苏、黄用事押韵之工,至矣尽矣,然究其实,乃诗人中一害,使后生只知用事押韵之为诗,而不知咏物之为工,言志之为本也,风雅自此扫地矣。"这里是用"诗言志"说反对苏、黄的偏重形式技巧。

张戒标举"思无邪"说,反对一切"落邪思"的诗歌,而他给"邪思"下的定义,却又显得特别。例如他说:"鲁直虽不多说妇人,然其韵度矜持,冶容太甚,读之足以荡人心魄,此正所谓邪思也。"这就让人难于领会了,或者黄诗颇多修饰,恶之者嫌其做作,嗜之者以为有异味,因而引起张戒的反感,认为这类诗歌足以勾引他人走上邪路。

张戒提出了"主文而谲谏"的原则,要求诗歌中有"含蓄"的情趣,这自然是传统的主张。元、白的诗却是"词意浅露,略无馀蕴","若收敛其词,而少加含蓄,其意味岂复可及也。苏端明子瞻〔苏轼曾为端明殿学士〕喜之,良有由然"。说明苏诗轩豁浅露,和白诗同病。

张戒认为学习前代诗人的作品,"其始也学之,其终也岂能过之?"必须取法乎上,研究这些诗人所以成功的历史原因,看他继承了前代的哪些东西,推本穷源,才有可能超过这些可供学习的诗人。他最推崇杜诗,"欲与李、杜争衡,当复从汉、魏诗中出尔"。"学者须以次参究,盈科而后进,可也"。这种见解,从文学发展的前后继承关系来说,有其合理之处;但诗人的成功并不单是决定于继承了前代的哪些遗产,因而这种意见又有其片面的地方。

张戒生活于南宋初年,其时苏、黄诗的流弊还在发展之中,而他在《岁寒堂诗话》中痛下针砭,可以说是得风气之先。这对后来反对苏、黄的一些诗论都有影响。

三、姜夔的《白石道人诗说》

姜夔(公元1155?—1230?年)字尧章,号白石道人。他是南宋著名的诗人和词人,曾从萧德藻(号千岩)学诗,又跟尤、杨、范等人交游。萧也是出于江西诗派又想摆脱其影响的人。范晞文《对床夜语》卷二引其语曰:"诗不读书不可为,然以书为诗不可也。"这种意见,不但影响着姜夔,看来还影响到后来的严羽。

姜夔在《白石道人诗集自序一》中介绍了尤袤的劝导,作诗应该"自出机轴",不必学江西诗派;他自述学诗经过,也提到当年曾"三薰三沐,师黄太史氏。居数年,一语噤不敢吐,始大悟学即病,顾不若无所学之为得,虽黄诗亦偃然高阁矣"。于是他在《白石道人诗集自序二》中介绍了自己的学诗心得：

> 作者求与古人合，不若求与古人异。求与古人异，不若不求与古人合而不能不合，不求与古人异而不能不异。彼惟有见乎诗也，故向也求与古人合，今也求与古人异；及其无见乎诗已，故不求与古人合而不能不合，不求与古人异而不能不异。其来如风，其止如雨，如印印泥，如水在器，其苏子〔轼〕所谓"不能不为"者乎？

这就是说，不管你是有意识地学习前人，还是有意识地想摆脱前人的影响，心目都有前人的作品存在，因而实际上还是受着前人的束缚。只是当你有了"不能不为"的要求，在强烈的创作冲动之下写去，才能出现你个人的风格。显然，这种意见继承了苏轼的理论遗产。

姜夔的诗成就虽然有限，但却出之于精思独造，不傍人门户，有个人的风格。所著《白石道人诗说》仅三十则，集中讨论了形式技巧上的一些问题，已是一部纯粹记录创作经验的诗话，谈的全是个人的体会，很有参考价值。

因为他出于江西诗派，因此也谈诗法，也谈诗病，而谈"活法"之语尤多。如曰："难说处一语而尽，易说处莫便放过；僻事实用，熟事虚用；说理要简切，说事要圆活，说景要微妙。多看自知，多作自好矣。""学有馀而约以用之，善用事者也；意有馀而约以尽之，善措辞者也；乍叙事而间以理言，得活法者也。""波澜开阖，如在江湖中，一波未平，一波已作。如兵家之阵，方以为正，又复是奇；方以为奇，忽复是正。出入变化，不可纪极，而法度不可乱。"这些说法，有与江西诗派相同的地方，而在实质上已有差异。江西诗派以文字为诗，只在用字、造句、使事、谋篇等方面求"活"，姜夔"唯无见于诗"，要求表现自己的创作个性，因此他的求"活"，目的是在突破一些程式的束缚。姜夔填词追求清越冷隽，谈诗时提倡"高妙"，作为最高的境界，而于理、意等处再三致意。

> 诗有四种高妙：一曰理高妙，二曰意高妙，三曰想高妙，四曰自然高妙。碍而实通，曰理高妙；出自意外，曰意高妙；写出幽微，如清潭见底，曰想高妙；非奇非怪，剥落文采，知其妙而不知其所以妙，曰自然高妙。

四种"高妙"都要求超脱于文字的形迹，"自然高妙"一项，更是只可意会不可言传的最高境界。"知其妙而不知其所以妙"，这种论点虽有玄虚之弊，但反对以规矩为巧，强调诗歌创作的特点，破除江西诗派那种用实学代替创造的错误倾向,还是有其合理的因素。

《白石道人诗说》中还说:"文以文而工,不以文而妙。然舍文无妙,胜处要自悟。"也是很有启发性的意见。江西诗派中人的诗,往往停留在"工"上,姜夔则进一步要求"妙"。"妙"不能凭空出现,只能体现在文字上,但"知其妙而不知其所以妙",而又要努力去领会此中"妙"处,"碍而实通","出自意外"云云,又不能用理性去分析,这就只能仰仗于直觉的"悟"了。这种理论,向前再跨进一步,就出现了严羽的《沧浪诗话》。

四、严羽的《沧浪诗话》

严羽(生卒年不详)字仪卿,号沧浪逋客,邵武(今福建邵武)人。他是一个不大出名的诗人,但所著《沧浪诗话》,内分"诗辨"、"诗体"、"诗法"、"诗评"、"考证"五部分,比之时人同类著作,体系最为完整,对后人的影响也最大。

严羽写作《沧浪诗话》的主要目的是攻击江西诗派,自称"其间说江西诗病,真取心肝刽子手"(《答出继叔临安吴景仙书》)。其主要理论根据是:

> ……近代诸公乃作奇特解会,遂以文字为诗,以才学为诗,以议论为诗。夫岂不工,终非古人之诗也。盖于一唱三叹之音,有所歉焉。且其作多务使字,不问兴致;用字必有来历,押韵必有出处。读之反覆终篇,不知著到何在。

宋代的诗人常是忽视诗歌的特点,他们喜欢以学问为诗,以此作为说理的工具。其中一些极端的作品,和学术论文也就相去不远了。南宋一直有人起而反对,继尤、杨、范、陆和前面介绍的一些诗话作者之外,和严羽时代相去不远的诗人,如四灵①及随之而起的江湖诗派,也是为了反对江西诗派而形成自己的诗风的。他们为了反对以学问为诗,改为不用典故成语,尽量采用白描的手法。江西诗派自称师法杜甫,江湖、四灵则改为效法晚唐诗人,特别学习贾岛、姚合一派的作品。他们的诗风浅薄琐碎,走上了狭隘的歧路,所以严羽对此也有不满,称之为"清苦之风",作为江西诗派的另一极端而加以反对。这样严羽左右开弓,对南宋文坛上两种主要的创作倾向都有批判,并对诗歌的艺术特点作了探索。他说:

---

① 徐玑,号灵渊;徐照,字灵晖;翁卷,字灵舒;赵师秀,号灵秀;合称"四灵"。

夫诗有别材，非关书也；诗有别趣，非关理也。然非多读书，多穷理，则不能极其至。所谓不涉理路，不落言筌者，上也。

前面的话指斥江西诗派，后面的话指斥江湖、四灵。这些话乍看起来似有矛盾，实际上只是说明：诗人平时必须注意提高学识，但不能直接把它用进创作中去，这是因为诗歌有它的特点，"诗者，吟咏情性也"，它不是卖弄学问的场所。

严羽提出"学诗者以识为主"，就是说诗人要有很高的见解，才能走上创作的正路。但这识力通过什么途径才能培养呢？严羽提出的办法，却又像是江西诗派的所谓"饱参"了。他认为应该从高标准的作品入手，"功夫须从上做下，不可从下做上。先须熟读楚辞，朝夕讽咏以为之本；及读'古诗十九首'，乐府四篇，李陵、苏武，汉、魏五言，皆须熟读，即以李、杜二集枕藉观之，如今人之治经，然后博取盛唐名家，酝酿胸中，久之自然悟入"。认为这种学诗途径才可"谓之向上一路，谓之直截根源，谓之顿门，谓之单刀直入也"。

大约严羽感到诗歌理论很玄妙，为了"说得诗透彻"，他引用了唐代以来风行于知识界的禅宗哲学，作为譬喻。禅宗之中向有所谓南顿、北渐之说。以慧能为创始者的南宗禅学，不重学习经典，追求某种突发的机缘，觉察人生的至理，顿时成佛，此即所谓"顿悟"；而以神秀为创始者的北宗禅学，仍奉佛经为根据，着重深入体察，逐渐领会，最后达到"大彻大悟"的境界，此即所谓"渐悟"。严羽对佛教哲学没有什么研究，议论中有许多常识性的错误，例如他对大、小乘的区分就有问题。佛教认为人有三种不同的修持途径，并把这三种修持途径比作所乘的三种车，故称"三乘"。内分：一、菩萨乘；二、辟支乘；三、声闻乘。菩萨乘重普度众生，故称大乘。"辟支"为梵语独觉的意思，是说无所师承独自悟道；"声闻"指通过诵经听法而悟道：后面二乘均重自我解脱，故称小乘。由此可知，"声闻""辟支"就是小乘，严羽却认为大、小乘外另有"声闻、辟支果"了。《沧浪诗话》中的这些错误，清初冯班曾著《严氏纠谬》一一辩驳。但严羽的目的是在引用这些道理作为譬喻。因为"禅道唯在妙悟，诗道亦在妙悟"，所以"以禅喻诗，莫此亲切"，只是以其有共通处，故而借用佛教中的一些说法阐明自己的理论主张罢了。

严羽虽然标榜顿悟，但却强调"参诗"，"辨尽诸家体制"，也重视学识方面的功夫。这也就是顿悟而不废渐修的意思。不过在他看来，写诗之时可不能用科学的分析方法，只能"酝酿胸中"，"一味妙悟"，即玩味体会，豁然贯通,突发地掌握住诗歌的美学特点。这种学说带有宗教学说固有的神秘色彩,似乎写诗可以排除逻辑思维的作用,实则这又怎能与理性认识脱离关系?"悟有深浅,有分限,有透彻之悟,有但得一知半解之悟。"则是由于领会的深度不同而引起的。

严羽"参诗"的结论是:"大历以前,分明别是一副言语;晚唐,分明别是一副言语;本朝诸公,分明别是一副言语。"因此他说:"汉、魏、晋与盛唐之诗,则第一义也。""故予不自量度,辄定诗之宗旨,且借禅以为喻,推原汉、魏以来,而截然谓当以盛唐为法。"

盛唐诗的妙处"惟在兴趣"。"兴趣"就是他所重视的诗歌艺术特点。"兴",当指感兴,即诗人受外界事物的感发而激起的思想情绪上的波动;"趣",当指情趣,从作者而言,指他所抒发的诗情画意;从读者而言,则指通过吟咏而体会到的韵味。这类作品,"如空中之音,相中之色,水中之月,镜中之像,言有尽而意无穷"。也就是说盛唐诗的特点是形象鲜明,情意深长,又有含蓄不尽的妙处,出之以神韵悠然的笔法。严羽认为:这类诗歌,你能接受它,但不能分析它。他之所以提出"妙悟",大约就是认为这种诗歌艺术特点难以言说的缘故。其实唐诗的好处还是可以说明的,但应联系每一个作家的时代背景,分析他们的语言特点,作深入细致的研究。

在盛唐诗人之中,他最推崇李、杜二人。"子美不能为太白之飘逸,太白不能为子美之沉郁。太白《梦游天姥吟》《远离别》等,子美不能道;子美《北征》《兵车行》《垂老别》等,太白不能作。论诗以李、杜为准,挟天子以令诸侯也。"从他所举的例子来看,李、杜两家风格上的不同,是由彼此不同的创作特点形成的。李白的作品以浪漫主义为特征,杜甫的作品以现实主义为特征,二者创作手法的不同,严羽已能从不同风格的感受上清楚地加以区分。

为了达到盛唐诗的高度,严羽提倡机械的摹拟,甚至说:"诗之是非不必争,试以己诗置之古人诗中,与识者观之而不能辨,则真古人矣。"这种主意则是很低拙的。但严羽的强调摹拟,重在风格体貌上规仿前人;江西诗派的强调摹拟,重在字句形迹上学步前人。二者虽然都有学古的论调,实质却是不同的。严羽所以提出这种论点,原因还在不能认清文学与现实生活的关系,因而不能了解唐诗兴盛的原因。他只知标举盛唐诗来反对晚唐诗和江西诗派,不知道现实生活才是文学的源泉,妄以流为源,这是他学说中最大的缺陷。

按学术源流来说,严羽的"兴趣"说出于司空图的"诗味"说。司空图在

《与极浦书》中提出"味外之旨"云云,即严羽说的"一唱三叹之音",也就是诗歌"言有尽而意无穷"的妙处。司空图的理论反映了王、孟诗派的创作特点,严羽虽然不谈王、孟而推崇李、杜,实则这些伟大诗人的作品中都有形象鲜明与含蓄不尽之美。李、杜也有一些闲淡高远的作品,只是不如王、孟以此著称罢了。

严羽反对江西诗派堆垛学问,提倡"透彻之悟",强调"不涉理路",对后代神韵之说有影响。他反对江湖、四灵的贫瘠枯窘,提倡"第一义之悟",强调摹拟,则对明代前后七子的"诗必盛唐"之说有影响。

第七章　元好问的优秀诗篇《论诗三十首》

这是我国古代文学理论的一大特点:一些优秀的批评论文,往往也就是不朽的文学名著,而那些用抒情诗形式写作的名篇,更是千古传诵,广泛流传。杜甫首先写出《戏为六绝句》,开创了论诗绝句这一新的体裁,后代一直有人运用它进行写作。总的说来,这种作品又可分为两类。南宋戴复古作论诗十绝,偏于阐说理论;元好问作《论诗三十首》,侧重在品评作家和流派。一般说来,用抒情诗这一文体阐述理论,总要受到形式上的牵制;诗歌用来说理,则常是丧失其抒情的特有情趣,词既不能曲折尽意,也就妨碍了精义的充分表达。因此,这一类作品难于取得令人满意的成就。元好问的论诗绝句,用形象化的语言表达深切的感受,议论风生,情韵盎然,并不丧失抒情诗的长处。因此,这一类作品取得了很好的艺术效果。后代论诗绝句的成功之作也以后一类为多。

元好问(公元1190—1257年)字裕之,号遗山,太原秀容(今山西忻县)人。他是金代最著名的诗人,所作绝句《论诗三十首》,纵论文坛上的兴衰成败,表现出很高的见解。他在第一首诗中开宗明义地说:

　　汉谣魏什久纷纭,正体无人与细论。谁是诗中疏凿手?暂教泾、渭各清浑。

查慎行《初白庵诗评》说他"分明自任疏凿手",点明了这一组诗的宗旨。元好问向以评诗精到自负,《答聪上人书》曰:"……至于量体裁,审音节,权利病,证真赝,考古今诗人之变,有惎直而无姑息,虽古人复生,未敢多让。"

他在论诗绝句中作清本穷源的探讨,目的是在总结前代的创作经验,指导当前的文学活动。

《论诗三十首》中论述了魏晋南北朝、唐、宋三大阶段的诗歌。我国的五、七言近体诗,经过魏晋南北朝的创建阶段,唐代的鼎盛时期,宋代的开拓演变,这时又面临着一个如何发展的新局面。每当历史上出现转折的重要关头,总有人出来作正本清源的探讨,我国古代文人讲求"入门须正",处在纷纭复杂的情况之下,诗坛巨子元好问自然要从总结历史经验着眼,先把正体和伪体区分清楚了。

金朝原是游牧民族建立起来的国家,文化比较落后,但到后期时,由于不断输入中原文化,也就迅速地达到了和南宋文坛相近的水平,而它的诗坛也为苏、黄的诗风所控制。和南宋的许多诗人和诗话作者一样,元好问也反对江西诗派,《自题〈中州集〉后》曰:"北人不拾江西唾。"这与《论诗三十首》之二十八中申明"不作江西社里人"的态度是一致的。

但在金代文坛上,苏轼的影响尤为深广。元好问本人受苏轼的影响也很深,但他自有其文学见解,觉得诗歌要向正确的方向发展,必须克服苏诗的很多流弊。《论诗三十首》之二十六曰:"金入洪炉不厌频,精真那计受纤尘。苏门果有忠臣在,肯放坡诗百态新!"顾奎光《金诗选》解此首谓"苏诗取材极博,亦不免杂,说得深婉"。说明元氏对苏诗的许多"新"创成分是不满的。

《论诗三十首》之二十一曰:"窘步相仍死不前,唱酬无复见前贤。纵横正有凌云笔,俯仰随人亦可怜。"这里指斥古人次韵和诗之弊。早期的和诗之作本不拘体制韵脚,而自元稹、白居易和皮日休、陆龟蒙等人起,反复唱和,刺刺不休,争奇斗险,不免趋于形式。宋代的苏轼和黄庭坚等人更以此为逞才的手段。这样产生的作品,必然缺乏充实的内容和深切的感受,其末流已成为文字游戏。

《论诗三十首》之二十五曰:"乱后玄都失故基,看花诗在只堪悲。刘郎也是人间客,枉向东风怨兔葵。"这里批评刘禹锡诗存讥刺,而其真实用意,恐怕仍在纠正苏诗之弊。因为苏轼曾学刘诗,也喜欢微文讥嘲。

《论诗三十首》之二十三曰:"曲学虚荒小说欺,俳谐怒骂岂诗宜?今人合笑古人拙,除却雅言都不知。"苏轼受庄子的影响很深,喜俳谐为文。黄庭坚《答洪驹父书》曰:"东坡文章妙天下,其短处在好骂,慎勿袭其轨也。"这在元好问看来,也是亟待克服的弊端。

由此可知,元好问对当代文坛上的许多弊病作了针砭。他对苏、黄的诗并不否定,对苏轼的学问成就评价尤高,但从总结创作经验而言,却又觉得必须克服发展中的许多流弊。《论诗三十首》之二十二曰:

奇外无奇更出奇,一波才动万波随。只知诗到苏、黄尽,沧海横流却是谁?

这就说明,他的写作《论诗三十首》,寓有力挽狂澜的意思。

元好问论诗重"雅"。他在《杨叔能〈小亨集〉引》中自我介绍道:"初予学诗,以十数条自警云:无怨怼,无谑浪,无骜狠,无崖异,无狡讦,无嫮阿,无傅会,无笼络,无炫鬻,无矫饰,无为坚白辨,无为贤圣癫,无为妾妇妒,无为仇敌谤伤,无为聋俗哄传,无为瞽师皮相,无为黥卒醉横,无为黠儿白捻,无为田舍翁木强,无为法家丑诋,无为牙郎转贩,无为市倡怨恩,无为琵琶娘人魂馅词,无为村夫子《兔园策》,无为算沙僧困义学,无为稊梗治禁词,无为天地一我今古一我,无为薄恶所移,无为正人端士所不道。"这里着眼于用儒家的道德规范提高个人的修养。假如诗人能够规避上述弊端,也就可以说是近"雅"了吧。联系他对苏诗的评价来看,其中有说得合理的地方,但也有过趋保守而失之于迂拙的毛病。例如他反对怨怼、讥刺,就会消弱文学的批判作用。孔子论诗已经肯定了诗有"可以怨"的功能,《诗经》中不乏尖锐的讥刺之作,元好问连这样的传统都不敢继承,要求作家束手束脚地规行矩步,就以正统诗论而言,也是落后的见解。

《论诗三十首》之二十八曰"古雅难将子美亲",则是以为杜诗最得"古雅"之长。这里所说的"雅"字,具有更深的含义。元氏论诗以唐人为指归,而在唐人之中,尤其推重杜甫。他曾撰《杜诗学》一书,在《杜诗学引》中备致敬仰之意。杜甫自述学诗心得云"法自儒家有",继承的是儒家的诗说。所谓"古雅",就是指风雅比兴的传统,也指温柔敦厚的诗教。这是儒家诗说的最高准则。《杨叔能〈小亨集〉引》中说:"唐诗所以绝出于《三百篇》之后者,知本焉尔矣。何谓本?诚是也。……故由心而诚,由诚而言,由言而诗也。三者相为一。情动于中而形于言,言发乎迩而见乎远,同声相应,同气相求,虽小夫贱妇孤臣孽子之感讽,皆可以厚人伦,美教化,无它道也。故曰:不诚无物。夫惟不诚,故言无所主,心口别为二物,物我邈其千里;漠然而往,悠然而来,人之听之,若春风之过马耳,其欲动天地,感鬼神,难矣。其是之谓本。"他在《陶然集诗序》中要求诗人"复古",也就是要求归复到自《三百篇》

至唐人的风雅比兴、温柔敦厚的"本"上去。这是元氏清本穷源之后向诗人指出的归宿。

所谓"诚",也就是《论诗三十首》中反复强调的"真"。"心口别为二物",是谓不诚;而他在《论诗三十首》之六中批评潘岳"心画心声总失真",也是从个人品德着眼批判其不诚的。《论诗三十首》之十一曰:"眼处心生句自神,暗中摸索总非真。画图临出秦川景,亲到长安有几人?"查慎行曰:"见得真,方道得出。"则是重在亲身体验,反对凭空抒写,模糊影响之谈。因为"心声只要传心了",只有写出了亲身的深切感受,这样的作品才能"真""诚"。

基于这样的认识,元好问能区别"正体"和"伪体",从大处着眼,把握住重要的文学流派。

他在《论诗三十首》中除了推重杜甫的古雅一派之外,还推重曹〔植〕、刘〔桢〕的豪气一派和陶〔潜〕、谢〔灵运〕的高韵一派。《自题〈中州集〉后》曰:"邺下曹、刘气尽豪,江南诸谢韵尤高。若从华实评诗品,未便吴侬得锦袍。"可以与此互证。因为推重建安风骨,所以反对张华的"风云气少";因为推重陶、谢风流,所以也重继承这一流派的白居易、柳宗元。因为重视豪气,所以推重李白、韩愈等人之作,而反对卢仝、孟郊等人的险怪、苦涩诗风;因为重视高韵,所以推重谢灵运的自然,而反对陈师道的拗朴。但元好问论诗并不采取一笔抹杀的态度,例如他多次批判过"温、李新声",而在《论诗三十首》之二十八评江西诗派时则又指责其"精纯全失义山真",认为李商隐的诗中还有其"真"处。这些地方可以看出他的评诗见解还是通达的。

第八章 婉约派和豪放派的词论

宋词号称一代杰作,但理论上建树不大,这是因为文人学士把它作为娱玩之具,不想在此"小道"上下大功夫。只是随着词的发展,各种流派的出现,引起了许多不同的看法,产生了争论,于是在理论上也有了专门的著述。

唐代形成词体之后,经过五代文人的创作,出现了以《花间集》作家为代表的所谓婉约派,到宋初时还为这种词风所支配。其后苏轼崛起,他那豪放的风格,显然和柔靡的婉约派词不同。如何评价这种文坛新物,也就产生了争论。

《后山诗话》曰:"退之以文为诗,子瞻以诗为词,如教坊雷大使之舞,虽极天下之工,要非本色。"这种意见代表传统的看法,对豪放派词表示非议。苏门的另一学士晁补之则起而为之维护,他说:"东坡词,人谓多不谐音律。然居士词横放杰出,自是曲中缚不住者。"(《苕溪渔隐丛话》后集卷三十三引《复斋漫录》)肯定了苏词的创新精神。

所谓苏词"非本色",当指其突破传统词风之处。苏词的豪放风格突破了词律上的束缚。这种大胆的创新态度,最为保守派不满。这是争论的焦点所在。

其后婉约、豪放两派均有发展,都取得了很大的成绩,而两派之间的争论也始终不停止。两宋之交的女词人李清照,写了一篇词论,对当代各家作了比较细致的批评。她说柳永"变旧声作新声","虽协音律而词语尘下"。张先等人"破碎何足名家"。晏殊、欧阳修、苏轼"学际天人,作为小歌词,直如酌蠡水于大海,然皆句读不葺之诗尔,又往往不协音律者"。王安石、曾巩"文章似西汉,若作一小歌词,则人必绝倒,不可读也"。晏几道、贺铸、秦观、黄庭坚等人能懂得词的特点,但"晏苦无铺叙,贺苦少典重,秦则专主情致而少故实","黄即尚故实而多疵病",都有不足之处。从她对各家作出的评语中,可以看到婉约派心目中最高的美学标准,这就是"高雅"、"浑成"、"协律"、"典重"、"有铺叙"、"情致"和"典实"并重。显然,这里反映了文人学士正规的美学情趣。

李清照认为词"别是一家,知之者少",强调词的特点,要求与诗、文分开。这里有着合理的因素。因为一种文体形成之后,作家确是应该根据它的特点进行写作,才能使内容与形式得到最大限度的协调,产生完美的作品。但是随着内容的发展,形式也应不断随之变更;死抱住已经过时的标准不放,只能陷入保守的困境。苏词已经经过时代与读者的考验,说明它是词学上的一种发展,王灼《碧鸡漫志》卷二称为"指出向上一路,新天下耳目",李清照却还要拘守前此的旧音律和纤细的旧情调,说明她的文学思想已经落后于发展中的实际。

李清照是非常讲究韵律的人,她说"诗文分平仄,而歌词分五音,又分五声,又分六律,又分清浊轻重。"南宋末年词学理论家张炎更有专门的研究,所著《词源》,大部分的篇幅都在讨论词乐。本来词是音乐和文词并重的东西,但他们的推敲韵律却已达到因噎废食的地步,例如《音谱》章中载其父张枢所作"惜花春起早"词,中有"琐窗深"之句,"深"字意不协,改为"幽"字,又不协,再改为"明"字,歌之始协。上三字都是平声,只是将齿音改成唇音,但"深"字与"明"字意义正相反,却不以为意了。这一流派由于过度重视形式,带有浓厚的雕章琢句的习气。

张炎对南宋的豪放派作家也有批评,《杂论》中说:"辛稼轩〔弃疾〕、刘改之〔过〕作豪气词,非雅词也。于文章馀暇,戏弄笔墨为长短句之诗耳。"所持论点,与李清照批评苏轼之语如出一辙。

张炎提出词学上的最高标准是"意趣高远"、"雅正"和"清空",后者是他独创的主张。《清空》中说:"词要清空,不要质实;清空则古雅峭拔,质实则凝涩晦昧。姜白石词如野云孤飞,去留无迹;吴梦窗〔文英〕词如七宝楼台,炫人眼目,碎拆下来,不成片段:此清空、质实之说。"这种论调实际上反映了婉约派的一次分化。同样注意形式,但如吴文英一派作家,辞语秾丽,结构细密,然失之于晦涩。这种词风由周邦彦开其端,由吴文英承其流,在形式的琢磨上还未达到无斧凿痕的程度。张炎要求提高一步,用疏快的词语表达超尘脱俗的情趣。应该说明,南宋之时民族矛盾与社会矛盾都极为尖锐,姜夔与张炎等人却忙着写作"清空"的作品,说明这些文人都是回避现实问题的上层知识分子。

当时也有一些人对豪放派词表示推崇,例如胡寅在《题〈酒边词〉》中称苏词"一洗绮罗香泽之态,摆脱绸缪婉转之度","于是《花间》为皂隶,而柳氏〔永〕为舆台〔贱役〕矣"。认为苏轼打破了柔靡的传统词风的束缚。范开在《稼轩词序》中说辛弃疾、苏轼修养怀抱相同,故而辛词似苏。辛弃疾"意不在于作词,而其气之所充,蓄之所发,词自不能不尔也"。这里范开注意到了作者的人格修养与创作之间的关系。

刘辰翁在《辛稼轩词序》中总结了豪放派的创作经验,曰:"词至东坡,倾荡磊落,如诗如文,如天地奇观,岂与群儿雌声学语较工拙,然犹未至用经用史,牵雅颂入郑卫也。自辛稼轩前,用一语如此者必且掩口。及稼轩横竖烂熳,乃如禅宗棒喝,头头皆是;又如悲笳万鼓,平生不平事并卮酒,但觉宾主酣畅,谈不暇顾。词至此亦足矣。"这里点明了苏、辛词的发展,从表达的角度来说,就是融入了散文的手法和写诗的手段,这样也就提高了词的表现能力,开拓了反映现实的新领域。但要说到辛弃疾用经史入词就是什么贡献,则以事实为验证,未必是什么成功的经验。

【第六编】 明至清中叶的文学批评

明代文坛上的冲突非常尖锐,这与当时特定的历史条件有关。中国古代的封建社会,经过自汉至唐的繁荣发达,自宋至元的继续发展,这时已经走上衰殒的道路。封建社会内部的各种矛盾加速发展,社会秩序普遍出现动荡不安,政治上的斗争极为激烈。一方面,统治者采取了严厉的统治手段;另一方面,被统治者起而英勇反抗,农民起义连绵不断,打击着统治阶级政权的基础。在这尖锐的冲突中,统治阶级的队伍走向分崩离析,他们都想稳住当时的秩序,或发展某一阶层利益,因而互相攻讦,思想界的斗争非常复杂。文坛上的纷争,只是社会上动乱的一种反映。自明初起,各个流派此起彼伏,一直到政权的覆灭,而这也正是阶级或阶层之间的纷争的一种曲折表现。

自唐代起,诗文成了创作中的"正宗"文体;到了明、清时期,情况起了某些变化。从表面上看,明、清诗文创作的繁荣达到了空前未有的程度;文人队伍的庞大,传世的文集之多,都是前代无法比拟的。但从实际上看,创作已经逐渐陷入困境。由于找不到继续前进的方向,诗歌纠缠在学唐还是学宋之争上,散文纠缠在学秦汉还是学唐宋之争上。这个时候的文人一般都过于着重摹拟,忽视创新。他们都不能结合现实情况发展文学形式,创造新技巧,因此尽管明代及清初的诗文在某些领域内(如小品文)还有一些特点,但总的来说,成就已是很有限的了。比起其他一些新兴的文体来,总的趋势是诗文正在走向衰落。

而从宋、元之时起,市民阶层已经开始壮大,作为通俗文学的戏曲、小说已经登上文坛,取得了很好的成就。明代中叶以后,东南地区更滋长起了资本主义的经济因素,反映于思想界,更增添了要求思想解放的先进内容，一些超越于儒家正统思想规范之外的文人，通过各种途径发表新颖的见解，影响读者和观众。由于通俗文体和社会保持着密切的联系，所以各个阶层中的人物，代表各种不同的社会力量，都想加以利用进行宣传，从而出现了多种不同的小说观和戏剧观。明、清时代的文人已在理论总结工作中获得了很多成果，并在论争中取得了发展，其中尤以戏曲方面的收获为大。这在传统的文学批评领域内放出了异彩。

清初经过改朝换代，更加强了思想统制，文坛上顺次出现的几个诗文流派，反映了统治者的政治要求。由于这时社会结构和前代相似，文风也和明代相近，故而合在一起进行叙述。

第一章　明代诗文拟古主义者的纷争

一、高棅的《唐诗品汇》

明代文坛受严羽《沧浪诗话》的影响很大。明初高棅（一名廷礼，公元1350—1423年）编了一部百卷之巨的总集《唐诗品汇》，承严氏之馀绪，把唐诗分为初唐、盛唐、中唐、晚唐四个时期，大略以初唐为"正始"；盛唐为"正宗"，为"大家"，为"名家"，为"羽翼"；中唐为"接武"；晚唐为"正变"，为"馀响"。这就是说：初唐为一代诗风的开始，盛唐为鼎盛的正统时期，中唐为继承，晚唐则为馀音。后人常是批评这种分法不够科学，因为唐代两千多名诗人的成就极为丰富多样，不能按照出现时代的先后整齐划一地填嵌到这四个现成的模式里去。但也正如《四库全书总目》的"提要"中所说："限断之例，亦论大概耳!"后人以其简明易解，沿用不废。因此《唐诗品汇》这书，自问世起，一直起着很大的影响。《明史·文苑传》上说："终明之世，馆阁以此书为宗。"其后茶陵诗派的出现，前后七子的风行，尊崇唐音，都与此书有关。

二、台阁体和茶陵诗派

这一时期统治阶级内部的矛盾很严重，明太祖朱元璋和明成祖朱棣采取残酷的手段消灭异己势力，为了统制思想，屡兴大狱，于是文人不大敢谈时事。但这时的社会秩序相对地说还比较稳定，于是一些"元老重臣"竞作歌功颂德、点缀升平的作品，其中杨士奇、杨荣、杨溥三人，自永乐至成化，接连任相位达数十年,所作诗文号"台阁体",风靡一时。然而自明英宗正统年后,政治即日趋混乱,文人再要粉饰太平,似乎与现实距离太远了,由是接着产生了以李东阳(公元1447—1516年)为代表的茶陵诗派,他们企图纠正"台阁体"的"雍容典雅"、呆板平庸,改为推崇李、杜,从声律用字上下功夫;大约想用声调铿锵的诗句,一新时人耳目吧。李东阳为茶陵(今湖南茶陵)人,也是一个执政五十年的大官僚,坐拥权位,不出都门一步,因而在作品中也不可能出现新的内容。所著《怀麓堂诗话》一卷,讨论体制、音节、声调,有精到的见解,但其所长也仅在于此。从理论到创作,茶陵诗派中人都不可能闯出什么新的途径。不过前后七子的推崇唐音,却由此得到了启发。

三、前后七子拟古理论中的同异

前七子为李梦阳、何景明、徐祯卿、边贡、康海、王九思、王廷相,后七子为李攀龙、王世贞、谢榛、宗臣、梁有誉、徐中行、吴国伦。前七子的活动年代在弘治、正德年间,后七子的活动年代在嘉靖、隆庆年间。

这时朝野已经危机四伏,统治者任用宦官和权奸,施行特务统治,百般搜括财富,人民则起而反抗。这时统治阶级阵营内的某些官吏,意在挽救本阶级的危亡,起而和当国者抗争,结果却遭到了残酷的镇压。于是有的文人专事迎奉上意,夤缘求进;有些文人则愤世嫉俗,故为偏激。上述诸人中的代表人物很多人属于后一类型。他们对当时的黑暗政治不满,对阿谀粉饰的文学不满,但他们又是一些浮在上面的官僚,或养尊处优的庄园地主,与人民之间隔着一条鸿沟,因此也难于写出什么深刻的作品。于是他们转到古代文学中去寻求寄托,推崇气势阔大的秦汉散文,音节激昂的盛唐诗歌,这样似乎也就可以给自己一些鼓舞。也正因为当时知识分子普遍有这样的要求,由是前后七子内容贫乏的拟古之作竟然风行达百年之久。

李梦阳首先开了这种风气。《明史·李梦阳传》说:

> 梦阳才思雄骘,卓然以复古自命。弘治时,宰相李东阳主文柄,天下翕然宗之,梦阳独讥其萎弱,倡言文必秦汉,诗必盛唐,非是者弗道。

前后七子中的代表人物——李(梦阳,字献吉,号空同子,公元1472—1530年)、何(景明,字仲默,号大复,公元1483—1521年)、李(攀龙,字于鳞,号沧溟,公元1514—1570年)、王(世贞,字元美,号弇州山人,公元

1526—1590年)四人,对此有过很多具体阐述。例如何景明的《与李空同论诗书》曰:"近诗以盛唐为尚,宋人似苍老而实疏卤,元人似秀峻而实浅俗。"王世贞《艺苑卮言》卷三曰:"西京之文实;东京之文弱,犹未离实也;六朝之文浮,离实矣;唐之文庸,犹未离浮也;宋之文陋,离浮矣,愈下矣;元无文。"这就宣扬了一代不如一代的蜕化观点。李攀龙无理论,但编《古今诗删》时,唐代以下删去宋、元两代而直接明代,作风偏激武断。

前后七子写作上的成就都不高,只是写作一些空套文字,闯不出新的局面,但他们自视都很高,由于文学见解上本有些差异,而且经常意气用事,结果内部争吵得很激烈,李梦阳与何景明在拟古的看法上发生了争执。李梦阳是彻底的拟古派,他认为写作诗文犹如学习书法,《再与何氏书》曰:"夫文与字一也。今人模临古帖,即太似不嫌,反曰能书,何独至于文,而欲自立一门户邪?"说明他以酷肖古人为最高目标,于是何景明便很俏皮地称之为"古人影子"。

李梦阳最重视形式技巧上的摹拟,特别注意学习古人作品中的"法"和"规矩"。他甚至认为一篇文章之所以成功,全在遵循这些自古已然的天生不变的法则。不过当他真的把"法"端出来时,也就可以了解此"法"并不怎么玄虚了。《再与何氏书》曰:"古人之作,其法虽多端,大抵前疏者后必密,半阔者半必细,一实者必一虚,叠景者意必二;此予之所谓法,圆规而方矩者也。"就以最后一"法"来说,此即避免所谓"合掌"是也。例如六朝诗人王籍《入若耶溪》中的写景名句"蝉噪林逾静,鸟鸣山更幽",前后两句意思相同,无非反衬环境幽静而已。唐代诗人已知这种句法过于呆板,他们描写景物时都很注意开阖成势,例如杜甫《送李八秘书赴杜相公幕》中写景曰:"石出倒听枫叶下,橹摇背指菊花开。"一指舟行之险,一指舟行之速,意思迥然不同。这些"法"是古人创作上的经验总结,并不是天生成的。照此"规矩"做去,可使诗句多变化,形象更丰富,但也不是什么绝对不可变动的原则。而且作家掌握这种技巧后,贵在灵活运用,而李梦阳却提出"学不的古,苦心无益"(《答周子书》),只是模仿古人句法,这就不免降为古人奴隶了。其后李攀龙更公开声言"视古修辞,宁失诸理"(《送王元美序》)。说明这些拟古成癖的人已经发展到连思想内容能否表达出来也在所不问了。

何景明也重摹拟,也重视"法",《与李空同论诗书》曰:"仆尝谓诗文有不可易之法者,辞断而意属,联类而比物也。"有些字句看似不相连接,但因文意贯通,故而不妨碍阅读,反而觉得有奇趣。学习这种"法",就不能亦步亦趋,而要从精神上去领会,故何云:"仆则欲富于材积,领会神情,临景构结,不仿形迹。""法同则语不必同。"

按何景明的理论来说,只是把摹拟作为一种过渡手段,最后还应开辟一种境界,只是他后来也未能实现这项主张。李梦阳到晚年则承认了过去创作上的错误,《诗集自序》说:"予之诗非真也,王子〔叔武〕所谓文人学子韵言耳,出之情寡而工之词多者也。"

四、唐宋文派的改弦更张

在前、后七子之间,曾有一个流派起来反对,他们推崇唐宋古文,故有"唐宋文派"之称。实际上这也是一个重视摹拟的流派,只是摹拟的对象有不同罢了。

这个流派自王慎中(号遵岩,公元1509—1559年)始,至唐顺之(公元1507—1560年)而声势始著,其后茅坤(号鹿门,公元1512—1601年)编《唐宋八大家文钞》一百六十四卷,对宣传唐宋古文影响颇大。归有光(公元1506—1571年)是这一流派中创作成就最高的一个。

唐顺之批评前七子时,嬉笑怒骂,尖锐泼辣。他说七子之文"本无精光,遂尔销歇"(《答蔡可泉书》),可谓击中要害。李梦阳等人的古文缺乏深刻的思想内容,价值不大。唐顺之服膺宋儒道学,晚年又受王阳明学派中右翼巨头王畿的影响,放言高论,发表种种唯心的见解。他在《答茅鹿门知县二》中强调作家应是"具千古只眼人",作品中应有"真精神与千古不可磨灭之见",因此他提出创作时应"直据胸臆,信手写出",此即所谓"本色"。在另一处他又说:

> 近来觉得诗文一事,只是直写胸臆,如谚语所谓"开口见喉咙"者,使后人读之,如真见其面目,瑜瑕俱不容掩,所谓"本色",此为上乘文字。(《与洪方州书》)

这种意见,乍看起来似有道理,实则他一味强调伦理道德方面的主观修养,抹杀生活和写作技巧的重要意义,只是重弹宋代道学家的老调而已。他"以为三代以下之文,未有如南丰〔曾巩〕;三代以下之诗,未有如康节〔邵雍〕者"(《与王遵岩参政书》),也就透露出了他的主张的真面目。他要求文章"可以阐理道而裨世教",目的是在巩固明代摇摇欲坠的政权。

但是后来的人一般认为唐宋文派写作上的成就比前七子的摹拟秦、汉古文水平要高些,这是由于二者学习的对象与方法不相同的缘故。王、唐等人也喜欢谈论作文之法。王慎中《与江午坡书》曰:"文字法度规矩一不敢背于古,而卒归于自为其言。"唐顺之在《董中峰侍郎文集序》中更对秦、汉古文和唐、宋古文中的"法"作了分析与比较,他认为汉以前之文有"法",只是这时的文人并不斤斤计较于形式技巧,因此又可说"未尝有法",前七子看不到其中的"法",只能从词汇与句法等方面机械摹拟,结果成了假古董。唐、宋古文之法则甚严密,他们曾经做过很多研究,唐顺之曾在自编的《文编》一书中对所收的唐、宋古文作过分析,综括言之,即"开阖、首尾、经纬、错综之法",也就是一些比较容易掌握的起伏照应的法门就是了。不过唐、宋古文一般"文从字顺",距明代时间较近,语法、词汇方面变化不大,故而摹拟它写出的作品较易为人接受。当然,这也只是相对而言的,充其量也只是五十步笑百步罢了。

其后归有光与王世贞之间更有针锋相对的冲突。归有光在《项思尧文集序》中旁敲侧击地骂王为"妄庸""巨子",据说王世贞听到后曾解嘲似地说:"妄诚有之,庸则未敢闻命。"归有光又说:"唯妄故庸,未有妄而不庸者也。"(钱谦益《列朝诗集·震川先生小传》)实则后七子中人至此也认识到了拟古之路不通,但这可不能反证唐宋文派的道路是正确的。

第二章　李贽和公安派的创新学说

一、李贽的童心说

明自中叶以后,资本主义经济因素有了发展;尤其是在东南地区,因为和西洋各国有所接触,航海业与手工业更为发达,市民阶层也就随着不断壮大,反映在思想领域内,出现了要求摆脱封建礼教束缚的异端学说。由左派王〔阳明〕学中发展而来的杰出人物李贽可以作为这一思潮的代表。

李贽(公元1527—1602年)字卓吾,号温陵居士,晋江(今福建晋江)人。他的祖先中曾有很多人经商外洋,精通外语。这种特殊的生活环境,对他异端思想的形成当有关系。他的学说虽然还不能完全突破封建思想的体系,但在很多地方却也发表了很多叛逆性的意见,诸如要求个性解放,否定某些传统的礼教，攻击程朱理学，甚至直接指斥世代奉为神圣的孔子。他说：

> 夫天生一人，自有一人之用，不待取给于孔子而后足也。若必待取足于孔子，则千古以前无孔子，终不得为人乎？（《焚书·答耿中丞》）

在当时来说，这是一种大胆的见解，对传统的儒家思想起着极大的冲击作用。他在《藏书·世纪列传总目前论》中还说：汉、宋时无是非可言，因为"咸以孔子之是非为是非，故未尝有是非耳"。显然，他主张每一个人在观察外物时都要有自己的是非观念。

为此，他提出了著名的"童心说"：

> 夫童心者，真心也，……绝假纯真最初一念之本心也。……童心既障，于是发而为言语，则言语不由衷；见而为政事，则政事无根柢；著而为文辞，则文辞不能达。……所以者何？以童心既障，而以从外入者闻见道理为之心也。（《童心说》）

这种学说，按其渊源而言，当是孟子人皆有"赤子〔孩童〕之心"说的发挥。它是一种唯心主义的哲学思想。大家知道，人的思想是由出身、教育、经历等多种因素所决定的，成人又怎能保持婴儿似的思想状态呢？况且作文只强调真情实感，也是不妥当的。奸恶文人的作品也有其真情流露，难道也可称作"天下之至文"么？

但李贽用这种学说批判当时的各种不良文风，却起到了犀利匕首作用。因为明代的摹拟学派所讲的"道理闻见皆自多读书识义理而来"。他们内心缺乏真切的感受，又无独立见解，只能"以假人言假言，而事假事、文假文"，写作虚假的作品。有人还要高谈性理，殊不知"六经、《〔论〕语》、《孟〔子〕》，乃道学之口实，假人之渊薮也，断断乎其不可以语于童心之言明矣！"有人只讲求"结构之密，偶对之切，依于理道，合乎法度，首尾相应，虚实相生"（《杂说》），这样，"言虽工，于我何与"？

李贽反对假道学，反对拟古主义的创作，这些都是很有战斗性的言论。他以"童心"为最高标准，认为出之于真心的文学都是好的作品，历代都有出自真心的东西，因而历代都有佳作。

> 诗何必古《选》？文何必先秦？降而为六朝，变而为近体，又变为传奇，变而为院本，为杂剧，为《西厢曲》，为《水浒传》，为今之举子业，大贤言，圣人之道，皆古今至文，不可得而时势先后论也。

(《童心说》)

这里有许多不寻常的看法。他反对复古主义者的厚古薄今之风,反对摹拟的作风,又认为各种文体的价值无高低之分,提高了戏曲、小说的地位。但是这种看法之中也有不足之处,因为厚古薄今的观点固然是错误的,但文学作品自有它的特点,也不能说后出的作品一定是好的,李贽持文学发展的观点而肯定时文,也就作出了形而上学的错误结论。《水浒》等作品之所以可贵,主要在于反映了深刻的社会矛盾和表现了先进的思想,决不是什么童心的表现,这里李贽又把复杂的文艺问题简单化了。

以杂剧院本而言,李贽推崇《西厢记》《拜月记》而贬抑《琵琶记》,认为后者只是人为的工巧,只能称为"画工"之笔;前两种作品则有真实的感触,可以称为"化工"之笔。他在阐述作者内心感受时的一段文字,可以说明要求摆脱封建压迫的进步思想家具有怎样郁勃的感情。

且夫世之真能文者,比其初皆非有意于为文也。其胸中有如许无状可怪之事,其喉间有如许欲吐而不敢吐之物,其口头又时时有许多欲语而莫可所以告语之处,蓄极积久,势不能遏;一旦见景生情,触目兴叹,夺他人之酒杯,浇自己之垒块〔郁积〕,诉心中之不平,感数奇〔屡遭不遇〕于千载。……遂亦自负,发狂大叫,流涕恸哭,不能自止,宁使见者闻者切齿咬牙,欲杀欲割,而终不忍藏于名山,投之水火。(《焚书·杂说》)

二、公安派的文学发展观点

袁宗道(字伯修,公元1560—1600年)、袁宏道(字中郎,公元1568—1610年)、袁中道(字小修,公元1570—1623年)弟兄三人籍贯公安(今湖北公安),故称公安派。

他们都是李贽的后学友辈,对李氏很敬仰,他们大张旗鼓地反对前后七子的复古主义,所持理论,主要内容为"独抒性灵,不拘格套"(袁宏道《叙小修诗》)。所谓"性灵",就是作家个人对外界事物独到的领会,因此他们论文之时强调真实的感情与个性的流露。袁宗道说:"有一派学问,则酿出一种意见;有一种意见,则创出一般言语。无意见则虚浮,虚浮则雷同矣。"(《论文下》)袁宏道也说:"文章新奇无定格式,只要发人所不能发,句法、字法、调法一一从自己胸中流出,此真新奇也。"(《答李元善》)在这种思想的指导下创作出来的诗文,确有一些摆脱老套的好处,只是他们一味强调主观感受,忽视生活历练,因此作品的内容显得贫薄,还宣扬了许多士大夫阶层享乐主义的腐朽观点。

公安派创作和理论上的短处,跟他们的政治态度密切有关。万历之时,政局已趋危亡,各种矛盾都在急剧地展开。他们看到李贽因反抗黑暗统治而被迫害致死,不愿参加政治斗争,也不敢在思想领域中作全面的冲击。袁中道《李温陵传》中曾说"其人不能学者有五,不愿学者有三",其一即"公直气劲节,不为人屈,而吾辈胆力怯弱,随人俯仰"。因此他们趋向于独善其身,至多发表一些反对做官或反对假道学的议论,而把主要精力放在文学活动上面。这些政治上软弱的人自然不可能写出气魄很大的进步作品。

前后七子创作上的流弊,至此已经暴露无遗,因此他们在这一点上超过了李贽,直接攻击拟古派。袁宏道说近人"以剿袭为复古,句比字拟,务为牵合。弃目前之景,摭腐滥之辞"(《雪涛阁集序》)。无异"粪里嚼查〔渣〕,顺口接屁","一个八寸三分帽子,人人戴得"(《与张幼于》)。袁宗道指出,拟古派所以陷于这样的境地,"其病源则不在模拟而在无识。若使胸中的有所见,苞塞于中,将墨不暇研,笔不暇挥,兔起鹘落,犹恐或逸,况有闲力暇晷引用古人词句耶?"(《论文下》)指出拟古派的毛病在于缺乏深刻的见解,只能敷衍搪塞。

三袁反对复古,重视"性灵",必然承认每一个时代都有其佳作。袁宏道在《与丘长孺》书中以唐诗为例,详细地说明了这个问题。以时代而言,"初、盛、中、晚自有诗也,不必初、盛也"。以作家来说,元、白等人自有诗,不必李、杜。《叙小修诗》曰:"唯夫代有升降,而法不相沿,各极其变,各穷其趣,所以可贵,原不可以优劣论也。"不但这样,他还认为写作的题材和技巧都是愈来愈进步的。袁宏道说:"诗之奇、之妙、之工、之无所不极,一代盛一代,故古有不尽之情,今无不写之景。"(《与丘长孺》)他又说:

> 赋体日变,赋心亦工。古不可优,后不可劣。若使今日执笔,机轴〔构思〕尤为不同。何也?人事物态,有时而更;乡语方言,有时而易。事今日之事,则亦文今日之文而已矣。(《与江进之》)

他们认识到社会上的事物都是在不断演变着的,文学也应该随之不断演变,"《毛诗》'郑''卫'等风,古之淫词媟语也,今人所唱'银柳丝''挂针儿'之类,可一字相袭不?"这种见解是大胆的,也是通达的,它对促进文学(包括通俗文学)创作的发展起了很好的作用。

但以文学的演变而言,各种不同的流派,各种不同的风格,此起彼伏,相互替代,这到底是由什么原因支配的呢？袁宏道对此作了探索。《雪涛阁集序》曰:"夫法因于敝而成于过者也。"例如六朝诗歌的缺点是"骈俪饤饾〔堆砌〕",所以初唐用"流丽"的风格去矫正;其后"流丽"变为"轻纤",于是盛唐诸人以"阔大"矫之……他从诗歌的语言风格方面着眼,考察文学的递嬗演变,接触到了文学史上的一些现象,有供后人参考的地方。但是诗歌领域中风格与流派的变化,决不是某些语言特点的问题。文学反映社会现实,社会现实起了变化,文学也随之起变化,一个时期的文学特点总是由这个时期社会上的种种情况所决定的。当然,它与过去的文学作品也有继承与发展的关系,但主要原因应当从现实中去寻找。

为了纠正不良文风,公安三袁就性之所近,遵循自己的文学史观,提出一些"矫枉"主张。"世人喜唐,仆则曰:唐无诗;世人喜秦汉,仆则曰:秦汉无文;世人卑宋黜元,仆则曰:诗文在宋元诸大家。"(《与张幼于》)为了反对前后七子的摹拟文风,三袁主张"信心而出,信口而谈","率性而行","任性而发",极力提倡率易平淡的作风,这样他们也就倾向于继承白居易与苏轼的写作传统。袁宗道就是以"白苏"为其书斋命名的。但是这种文风也有很大的流弊,袁中道晚年已经看出了问题,指出"及其后也,学之者稍入俚易,境无不收,情无不写,未免冲口而发,不复检括,而诗道又将病矣"(《阮集之诗序》)。这是因为他们又走到了另一极端,不讲究取材,不讲求构思与锤炼,这样的作品,草率马虎,水平自然不高。"由此观之,凡学之者,害之者也;变之者,功之者也"。袁中道最后希望"变之者""学其发抒性灵,而力塞后来俚易之习",再经历一次"因于敝而成于过"的过程。

三袁对前后七子的弊病作了较深的挖掘。自公安派兴起后,拟古之风走向下坡路。

三、竟陵派追求"别趣奇理"

就在公安派声势还很盛的时候,兴起了另一个企图矫正其流弊的派别。它的代表人物钟、谭都是竟陵(今湖北天门)人,故称"竟陵派"。

钟惺(字伯敬,公元1574—1624年)、谭元春(字友夏,公元1586—1637年)身处明代末期,眼看文学流派的兴替经历着几个反复,为了避免重蹈覆辙,他们想走一条有利无弊的道路。前后七子和公安派兴起时,为了克服前一时期创作上的缺点,都曾推举前代某一时期的作品为楷模,提倡写作某一种格调的作品,结果却产生了另一种流弊。在钟、谭看来,这是"取异于途径"的缘故。"途径"是有局限的,因此不能再照他们的办法去做。竟陵派的新办法是通过选诗标出古人的"精神","接后人之心目",实际上是打算提出某些"典范"的作品,吸引后人,以此形成某种风格流派。他们认为这样既可克服上面一些流派的缺点,也可避免新的流弊的滋生。但从事实来看,既然想吸引他人写作某种题材狭隘风格单调的作品,这又何尝不是一种取异于途径的办法?

"精神"是抽象的,它落实在"真诗"上。那么又有什么办法可以鉴别真诗呢?钟、谭无计可施,只能说些虚无缥缈的话来搪塞。谭元春《诗归序》说"真有性灵之言,常浮出纸上,决不与众言伍,而自出眼光之人"研索时,"觉古人亦有炯炯双眸从纸上还瞩人"。大抵他们就是这样见神见鬼地选出了"真诗",并编为"精神"宝库《诗归》(内分《古诗归》十五卷、《唐诗归》三十六卷两部分)的。

钟惺的话讲得老实一些。他在《唐诗归》评王季友的诗时说:"每于古今诗文,喜拈其不著名而最少者,常有一种别趣奇理,不堕作家气。"说明他们只想出冷门,走僻径,避免走上肤熟和俚率的老路。于是在创作上,喜欢用怪字,押险韵,构造一些奇特的句子;在趣味方面,追求"幽深孤峭"的风格,表现孤僻淡漠的情怀。因此,他们宣传的"别趣奇理",实际上是一些不健康的趣味和不正常的心理。钟惺在《诗归序》中说:"真诗者,精神所为也。察其幽情单绪,孤行静寄于喧杂之中,而乃以其虚怀定力,独往冥游于寥廓之外。"这种情调体现出他们的精神状态,它是明代亡国之前知识分子逃避现实斗争的一种没落消极情绪。

第三章 明末清初三大学者的文学见解

前人批评明代文风,一般都说它虚浮。这是因为明代文人大都喜欢标榜声气,强立宗派,然而了解国计民生、接触社会实际的人很少,因此文坛上此起彼伏似很热闹,然而旋兴旋歇成就不大。明末清初三大学者——黄宗羲(公元1610—1695年)、顾炎武(公元1613—1682年)、王夫之(号薑斋,公元1619—1692年)怀抱亡国之痛,探求明代政治文教的得失,重新对明代几种突出的坏学风作了批判。他们的学术成就各不相同,文学见解也不完全一样,但因出发点有一致之处,故而在理论上有很多相近的地方。

他们都很重视文学的社会作用。顾炎武说:"凡文之不关于六经之指、当世之务者,一切不为。"(《与人书三》)这话就是有代表性的。他们的文学思想基本上属于封建正统的思想体系,但他们关心当前现实,强调经世致用,因而企图设法补救时弊。

从文学上来说,他们对明代诗文的各个流派都有不满。王夫之在《明诗评选》卷四评汤显祖诗时说:"三百年来,李、何、王、李、二袁、钟、谭,人立一宗,皆教师枪法,有花样可仿,故走死天下如鹜。"顾炎武《日知录》中有《文人摹仿之病》一条,说:"近代文章之病,全在摹仿,即使逼肖古人,已非极诣,况遗其神理而得其皮毛者乎?"他指出某些人的毛病在胸中有杜诗与韩、欧文之蹊径,故而"终身不脱'依傍'二字"。黄宗羲在《金介山诗序》等文中提出了同样的见解。

诗文确立宗派,为什么会有这么大的流弊?王夫之解释道:"才立一门庭,则但有其局格,更无性情,更无兴会,更无思致,自缚缚人,谁为之解者?"(《薑斋诗话》卷二)这等于说宗派一立,也就设下了框框,宗派内部遵循的一些写作原则,也就成了束缚作者创造活动的僵化模式,学习者钻进去后,必然丧失真实的思想感情。这种论断有不全面处,然而用在批评明代诗文各流派时却还恰切。

三人经历国破家亡的大变故,心中都有深沉的悲痛,因此论诗着重亲身经历、切身感受,反对浮泛之作,推崇血泪之作。王夫之说:"身之所历,目之所见,是铁门限。"(《薑斋诗话》卷二)黄宗羲说:"盖诗之为道,从性情而出。人之性情,其甘苦辛酸之变未尽,则世智所限,易容埋没。即所遇之时同,而其间有尽、不尽者,不尽者终不能与尽者较其贞脆。"(《陈苇庵年伯诗序》)即使是那些经历过社会大变乱的人,对时局的感受,在程度上也大有不同。一些所得甚浅而惺惺作态的人也不能写出真有性情的作品,只是那些孤愤绝人的作者,迫于中之不能自已,"而后至文生焉"。在《万履安先生诗序》中他甚至还提出"史亡而后诗作"之说。处在每个封建王朝危亡之时,统治阶级的文人中总是出现两种倾向,一逃避现实,一悲歌慷慨,后者往往成为古代诗文中的杰出作品,尽管这类作品之中往往伴随着浓厚的感伤情调。

为了强调真实感,王夫之还反对讲求炼字炼句,贾岛《题李凝幽居》诗中的名句"僧敲月下门",起先拟作"僧推月下门",经再三斟酌,且经韩愈指点,才决定用"敲"字,从而传下了"推敲"的佳话。王夫之认为大可不必费此苦心,作者如果"即景会心",或推或敲,必居其一,只需顺其自然就是了。"因景因情,自然灵妙,何劳拟议哉?"这里所举的例句,发表的议论,都很偏颇,是不妥当的。创作而不讲推敲,则字句如何能精炼?认识如何能深化?写作如何能提高?这里王夫之片面地发展了《二十四诗品·自然》中"俯拾即是,不取诸邻"的观点,认为诗人必须及时捕捉住刹那时"即景会心"的感受,"以神理相取,在远近之间,才着手便煞,一放手又飘忽去,如'物在人亡无见期',捉煞了也"。这就是一种强调灵感的诗论了。它对后来王士禛的神韵说有影响。

王夫之对构成诗歌意境的问题还作了分析。诗歌的内部可分"情""景"两项因素,但"情景名为二,而实不可离","景以情合,情以景生,初不相离,唯意所适"。不过二者结合的好坏还是有程度上的差别。"神于诗者,妙合无垠",也就是说二者取得了高度的和谐,宛如天衣无缝。"巧者则有情中景,景中情",这就显得有所偏长了。例如李白《子夜吴歌》中云"长安一片月",可作"景中情"的例子,从月夜景色中透露出"孤栖忆远之情";又如杜甫《奉和贾至舍人早朝大明宫》诗中的"诗成珠玉在挥毫"之句,则可作为"情中景"的例子,从兴高采烈的情绪中"写出才人翰墨淋漓自心欣赏之景"。比较起来,"情中景"更难写,所以古人的名句大都是景语,在形象生动的诗句内寓托着深厚的感情。因此他说:"以写景之心理言情,则身心中独喻之微〔独到的体会和感受〕轻安拈出。"(《薑斋诗话》卷二)这也是一种经验之谈。他已认识到抒情诗的一大特点,作者不能单纯地吐露心声,作简单的陈述,即使是那些写作水平很高的诗人,也难于在"情中景"的作品中见功夫。这就说明诗人应该借助外界事物的景象映衬内心的感情,采用融情入景的方式表现。这里对抒情诗的形象问题作了比较深入的分析。

第四章 叶燮探讨诗歌原理的著作《原诗》

清初三大学者指责明代诗文之病,可谓义正词严,沉痛迫切,然而文坛上仍然没有多大起色,还为摹拟之风所支配。钱谦益《题怀麓堂诗钞》曰:"近代诗病,其证凡三变:沿宋、元之窠臼,排章俪句,支缀蹈袭,此弱病也;剽唐选之馀潘,生吞活剥,叫号膋突,此狂病也;搜〔孟〕郊、〔贾〕岛之旁门,蝇声蚓窍,晦昧结愲,此鬼病也。救弱病者必之乎狂,救狂病者必之乎鬼,传染日深,膏肓之病已甚。"这样叙述诗风变迁,愤激有馀,说服力不足,因为他所指出的诗坛弊病还只是暴露出来的一些现象。这些问题是怎样产生的?如何才能走上正路?缺乏缜密的分析和论证。

有叶燮出,用历史的观点考察文学的发展,深入探讨了创作过程中的许多问题,在理论建设上达到了新的水平。

叶燮(公元 1627—1703 年)字星期,嘉善(今浙江嘉善)人。康熙进士,官至宝应知县,被劾归。居吴县之横山,学者称为横山先生。著有《已畦集》三十卷。同郡汪琬以写作古文享大名,叶燮取他的十篇文章细加纠诘,名《汪文摘谬》,表现出很强的分析能力。他的文学理论主要见于《原诗》内、外篇中。

叶燮把文学的发展看成是自然运行的过程,他从研究文学史的角度提出问题:"诗始于《三百篇》",一直发展到当代,"上下三千馀年间,诗之质文、体裁、格律、声调、辞句,递嬗升降不同,而要之诗有源必有流,有本必达末;又有因流而溯源,循末以返本,其学无穷,其理日出。乃知诗之为道,未有一日不相续相禅而或息者也。"这种历史进化的观点,认为每一阶段的文学创作都有它存在的理由,是由文学发展的内在规律所支配而不能不如此的,这就为文学上的创新提供了理论上的根据。

明代前后七子的看法与此相反,李梦阳倡言不读唐以后书;李攀龙说唐无古诗,又说陈子昂写的古诗其实不能称作古诗,这就是缺乏历史发展的观点而产生的偏见,因为文学是随时代的发展而进化的,这里既有继承的关系,又有发展的关系。举例来说:建安、黄初的诗,继承了"古诗十九首"的传统,"然十九首止自言其情,建安、黄初之诗乃有献酬、纪行、颂德诸体,遂开后世种种应酬等类"。从它"达情"而言,这是"因"〔继承〕;从它流为"诸体"而言,这是"创"〔创新〕:这是由于人事日繁而不得不如此的。古代事物都很简朴,后代的东西都比较精致,"大凡物之踵事增华,以渐而进,以至于极。故人之智慧心思,在古人始用之,又渐出之,而未穷未尽者,得后人精求之而益用之出之"。文学作品中形式和技巧的发展情况同样如此。自《尚书》中的"虞廷'喜''起'"之歌起,"自后尽态极妍,争新竞异",这些都是由"理"、"势"二者所决定的。"理"是事物发展的内在规律,"势"是事物发展的必然趋势,一切事物都为"理""势"所支配而不断向前发展着。后人学习前代作品而又有不同,"因而实为创",这样的继承也就是创新。唐人写作古诗,如果只去摹习汉、魏的声调字句,那只能称作汉、魏古诗,不能说是自己的古诗。惟其"不肯沿袭前人以为依傍",才有自己的成就。因此,文学史上的"健者","虽各有所因,而实——能为创";"正有渐衰,故变能启盛",也只有创新才能使文学生生不已。唐诗固然高妙,宋诗也有成就,后人崇唐抑宋,入主出奴,都是缺乏历史观点的一偏之见。"窃以为相似而伪,无宁相异而真,故不必泥前盛后衰为论也"。这是基于历史进化观而提出的文学发展观,用来批判崇古非今的谬论,甚为有力。

叶燮的这种意见,汲取了公安派的研究成果,而"踵事增华"之说,则又继承了萧统的学说。他比前人说得更为透彻,但还不能算是他的创见。

诗歌必须创新。怎样才能创新?公安派一味强调独抒"性灵",偏重主观的感受,立论偏颇,无法开拓宽广的诗境。叶燮则从主客观两方面的结合着眼,并对二者所包孕的许多重要因素作了细致的分析。

> 曰理,曰事,曰情,此三言者,足以穷尽万有之变态。凡形形色色,音声状貌,举不能越乎此。此举在物者而言,而无一物之或能去此者也。曰才,曰胆,曰识,曰力,此四言者,所以穷尽此心之神明。凡形形色色,音声状貌,无不待于此而为之发宣昭著。此举在我者而为言,而无一不如此心以出之者也。以在我之四,衡在物之三,合而为作者之文章,大之经纬天地,细而一动一植,咏叹讴吟,俱不能离是而为言者矣。

他举草木为例,说是"其能发生者,理也;其既发生,则事也;既发生之后,夭乔滋植,情状万千,咸有自得之趣,则情也"。据此可知:"理"是事物发生的依据,"事"是事物存在的现实,"情"是事物表现的情状。客观事物无不具备这三个方面,这就表现为万事万物的千姿百态和变化无穷。明代诗文各派喜欢谈"法",老是想用几条刻板的写作手法去穷尽诗文创作的奥秘,殊不知作为反映对象的客观世界极为繁富多样,决不是几条僵死的法所能牢笼的。这里叶燮用反映论的观点批判了前人的模式论。

叶燮反对先验的"法",否认诗文中有这类万应良药,但并不是说创作诗文不存在"法"的问题。他要求从反映客观事物的角度去概括出"法"来。"先揆乎其理,揆之于理而不谬,则理得。次征诸事,征之于事而不悖,则事得。终絜诸情,絜之于情而可通,则情得。三者得而不可易,则自然之法立。"所谓"自然之法",就是区别于前人的人为之法而言的。"自然之法"又可分为"死法"和"活法"。"死法"只能用来反映事物的常态,例如脸上耳、目、口、鼻的位置,这是人人都能看得到讲得出的,叶燮称之为"定位"。但世上还有"美之绝世独立"者,尽管五官位置与常人无异,而自有一种超乎形迹的风流体态,这就得讲求"活法"了,叶燮把这称之为"虚名"。"虚"是相对于实而言的,它要求诗人"遇之于默会意象之表"。正如下文所说的,"虚名不可以为有,定位不可以为无。不可为无者,初学能言之;不可为有者,作者之匠心变化,不可言也"。

叶燮所以创造"定位""虚名"这一对概念,从反映对象而言,是要求区分开事物的常态和变化;从文学创作而言,则是维护诗歌的美学特点,批判执而不化的写作程式。"作诗者实写理、事、情,可以言言,可以解解,即为俗儒之作。惟不可名言之理,不可施见之事,不可径达之情,则幽渺以为理,想象以为事,惝恍以为情,方为理至、事至、情至之语,此岂俗儒耳目心思界分中所有哉!"说明叶燮追求的诗歌境界,超出于事物的形迹表象,它要离"实"就"虚",呈现出文学作品虽出之于虚构而更为真实可信的艺术特点。"所谓言语道断,思维路绝;然其中之理,至虚而实,至渺而近,灼然心目之间,殆如鸢飞鱼跃之昭著也",则又提出了诗歌"虚"中有实的美学特点。这里阐述了诗人的构思特点。它超越于事物的具体形态,不用理性的陈述而具有完美的思想深度,似乎排除了逻辑思维的参与,然而依靠形象思维的特殊方式却达到了高度的思想性,塑造的形象超越于形似而达到了神似的境界。

他举杜甫的许多诗歌作说明。《摩诃池泛舟作》中有句曰"高城秋自落","秋"不能自"高城"而落,"理""事"俱似不通,然而细细体会,又觉得"理与事俱不可易"。这类有关诗歌的形象特点的阐述都是精到而富于启发性的。但他为了强调"虚名"的重要意义,有时把诗歌的特点说得过于玄虚,而对"定位"的重要性又过分加以压抑,则是理论上的不足之处。因为"虚名"有赖于"定位",只有在"定位"的基础上提高到"虚名",才是可信的提高,否则诗歌创作仍会重犯"独抒性灵"者"不拘格套"而出现的弊病。

以上是就创作中所反映的客观事物方面而言的。从诗人本身来说,其水平的高下,又为"才、胆、识、力"四项条件所决定。

叶燮曾经分析过四者的重要性。"大凡人无才则心思不出,无胆则笔墨畏缩,无识则不能取舍,无力则不能自成一家"。人的"才"似乎是先天的,但它为"识"、"胆"所决定,"唯胆能生才","内得之于识而出之而为才",所以"才"也为后天的因素所支配。

四者之中,"识"最重要。"四者无缓急,而要在先之以识,使无识,则三者俱无所托"。"识"对具体事物的理、事、情而言,是指观察,表现为对客观世界的分析、判断和鉴别、取舍的能力;对诗学原理的探讨而言,是指见解,这就是思想水平高下的问题了。观察外物,"其道宜如《大学》之始于格物",这样就能提高见解。见解一高,"胆"也壮了,"才"也外现了,于是又落实到"力"上。"力"指诗人的创造力。叶燮重创新,凡能开辟一代诗风的人,都曾详加论列。唐诗重杜甫,宋诗重苏轼,而"唐诗为八代以来一大变,韩愈为唐诗之一大变,其力大,其思雄,崛起特为鼻祖。宋之苏〔舜钦〕、梅〔尧臣〕、欧、苏、王〔安石〕、黄,皆愈为之发其端,可谓极盛"。大约就是看到了韩愈"以文为诗"而导致宋诗的形成和成长,目光是敏锐的,说明他对文学上的变迁递嬗确有研究。叶燮对韩愈的创造力持赞赏的态度,但对受"以文为诗"的影响而产生的流弊却缺少应有的叙述。

这些观点又是怎样形成的呢?论学主识,当然是受到了刘知幾的影响,《新唐书》本传上载其语曰:"史有三长,才、学、识。"对后代影响很大。但形成叶氏这种观点的直接源头,应当是前代的理论遗产。《续藏书》卷十二《席书传》载其选学子事王阳明为师事,李贽评曰:"即此一事,公之才、识,已足盖当世矣。……然有识而才不充,胆不足,则亦未敢遽排众好,夺时论,而遂归依龙场,以驿丞为师也。"他在《焚书·二十分识》中又指出"才与胆皆因识见而后充者也"。袁中道《妙高山法寺碑》载李贽评袁宏道"真英灵男子","盖谓其识力胆力皆迥绝于世"。说明叶燮的文学理论确曾受到李贽和公安派的很大影响。

叶燮还对创作理论作了进一步的概括。从"理、事、情"来说,"又有总而持之、条而贯之者,曰气。事、理、情之所为用,气为之用也"。"气"是唯物主义者经常用来指称物质本体的一个概念,叶燮以为它是事物的"理、事、情"之本,说明他的理论奠基在唯物主义反映论的原理之上。从诗人的主观方面来说,叶燮强调的是胸襟,胸襟指诗人的修养和抱负,这又是由"才、胆、识、力"所决定的。胸襟可由后天的各种条件形成。它的理论之所以突过前人，就在于摆脱了前人论述抒情诗时偏重主观的缺点，而把理论置于唯物主义的基础之上，反对形而上学的先验和武断，具有若干辩证法的因素。

叶燮克服了就诗论诗的局限，分析了诗人创新的主客观因素，细密详备，自成体系，取得了不少新收获。

叶燮以名位低下之故，声名远逊于同时之王士禛，然而王氏对其诗论颇为尊重，以为能独立起衰。沈德潜是叶燮的弟子。他的个别论点曾受叶氏的影响，如重视"识"，强调"第一等胸襟"……这是承袭师说的地方；但他转而推崇前后七子的复古道路，则与叶氏主张发展的学说正相反对。由于清初复杂的政治形势的影响，三人的学说呈示出各不相同的面貌。今为叙述上的方便，先把叶氏之说介绍如上。

第五章　清初诗坛的纷争

文学活动总是随着政治形势的发展而起变化的。自从清统治者建立政权之后，种族压迫很严重，他们对待文人采取笼络和迫害的两手政策，这在文学上也产生了深远的影响。神韵派取远离现实的态度，写作闲淡高远的作品；格调派取关心现实的态度，宣扬封建的伦理教化，这些都是适应统治者在政治上的需要而产生的不同文学流派，但在文学理论上也自有其历史渊源。在这些理论的指导下进行的创作活动，取得的成就虽然有限，但因包孕着个人的辛勤劳动，故而也不能截然否定。

一、王士禛的神韵说

王士禛（公元 1634—1711 年）字贻上，号阮亭，别号渔洋山人，新城（今山东桓台）人。他在清初文坛上声誉很高，生平论诗宗旨凡数变：早年推崇唐音，后来看到那些依附盛唐的诗人老是"学为'九天阊阖'、'万国衣冠'之语，而自命高华，自矜为壮丽，按之其中，毫无生气"（王士禛口授、何世璂述《燃灯纪闻》），故而中年以后又转为推崇宋诗，然而"清利浸以佶曲"，流弊又生。于是他选了一部《唐贤三昧集》，标举宗旨。书中不选李、杜两家，而是推崇王维、孟浩然、韦应物等人所谓"山水清音"的一派，欣赏那些描写自然景物的作品。翁方纲《七言诗三昧举隅》说:"先生于唐贤独推右丞〔王维〕、少伯〔王昌龄〕以下诸家得三昧之旨。盖专以冲和淡远为主,不欲以雄鸷奥博为宗。若选李、杜而不取其雄鸷奥博之作,可乎? 吾窥先生之意,固不得不以李、杜为诗正轨也,而其沉思独往者,则独在冲和淡远一派,此固右丞之支裔,而非李、杜之嗣音矣。"这种文学见解和他的政治倾向也是一致的。王士禛毕生过着养尊处优的生活,他推崇《沧浪诗话》中"羚羊挂角,无迹可求"之说,以为"不独喻诗,亦可为士君子居身涉世之法"(《香祖笔记》卷一)。由此出发而提倡写作脱离现实的作品,也就势必会对关心现实的杜甫表示不满,并旁敲侧击地诋之为"村夫子"了。

从理论的历史渊源来说,王士禛继承了司空图等人的学说。他说:"表圣论诗,有'二十四品',予最喜'不著一字,尽得风流'八字。"(《香祖笔记》卷八)有人要求解释,他举李白《夜泊牛渚怀古》和孟浩然《晚泊浔阳望庐山》诗为例,说是:"诗至此,色相俱空,政如羚羊挂角,无迹可求。画家所谓逸品是也。"(《分甘馀话》卷四)这里发挥的就是严羽的学说;而所谓"逸品"云云,则又说明这种诗论曾受绘画中南宗山水画的影响。因为二者所追求的都是那种闲淡冲和情韵悠然的逸趣。

这种说法虽似神秘,但也并非无法把握,可以举他一些最能反映"神韵"特点的七言绝句为例以说明之。王士禛《冶春绝句》诗曰:"红桥飞跨水当中,一字栏杆九曲江。日午画船桥下过,衣香人影太匆匆。"叙述春游之时偶然遇到美女之后的怅惘情绪,但他并不明白点出,只用含蓄的笔法,抒写某种突发的印象和感受,使人感到情韵悠长,此即所谓"不著一字,尽得风流"是也。他在写作景物诗时,常用融情入景的手法,如《江山》诗曰:"吴头楚尾路如何,烟雨秋深暗白波,晚趁寒潮渡江去,满林黄叶雁声多。"末句寓托旅途的萧条之感,涂抹上一层淡淡的哀愁,这里没有什么主观抒情的炽烈情绪,然而让人玩味之时,感到馀味不尽。这些地方也就是所谓"神韵天然"的妙处了。

王士禛很注意撷取刹那时的印象和感受,抒发个人逸兴。他在《渔洋诗话》卷上中引用了萧子显自序中的话:"若乃登高目极,临水送归,风动春朝,月明秋夜,早雁初莺,开花落叶,有来斯应,每不能已也。""每有制作,特寡思功,须其自来,不以力构。"(《梁书·萧子恪(附弟子显)传》)还引用了王士源序孟浩然诗中的话:"每有制作,伫兴而就。"并说:"余生平服膺此言,故未尝为人强作,亦不耐为和韵诗也。"这些意见,强调灵感的萌发,近于浪漫主义作家的创作特点。他还称颂王维画雪中芭蕉,并说:"大抵古人诗画,只取兴会神到,若刻舟缘木求之,失其指矣。"(《池北偶谈》卷十八)或许他的一些成功之作,确是在"偶然欲书"的情况下产生的吧。《渔洋诗话》卷中载施闰章评王氏论诗"如华严楼阁,弹指即现;又如仙人五城十二楼,缥缈俱在天际"。说明神韵诗派人追求的是空灵的妙处,风流蕴藉,无斧凿痕,应该是在兴会淋漓的情况下一气呵成。但王士禛篇章杂沓,每到一处必有诗,未必像他说的那样都出之于真实感受,实际情况可能还是在多方面修饰上暗下功夫。《烟画东堂小品》于一"王贻上与林吉人"手札陶澍跋曰:"……如《蠡勺亭》诗'沐日浴月'四字,初欲改'虎豹骐马',既又改'骐马'为'水兕',此等字亦在捻髭求安之列,岂所谓华严楼阁者,固亦由寸积尺累而始成耶!"何绍基跋曰:"壬辰在都,于厂肆见渔洋诗手草五册,涂乙俱满。不惟字意疏宕,其研诗之细,亦具可见。"说明他的大部分作品还是"强作"而成的。但他下笔之时,藏头露尾,欲吐还吞,借以显示神龙见首不见尾的样子,追求"神韵"的妙处。袁枚批评他"一味修饰容貌",则是掌握到了王诗弱点,说他装腔作势写作"假诗"。

清初文人已经厌倦于明代的拟古模仿和门户纷争,王士禛自出手眼,排除以时代和家派论诗的陈腐风气,写作清新可咏的作品,能够一新时人耳目。自是文学理论逐渐摆脱了明代的馀风。

二、格调派和性灵派的争论

继王士禛提倡的神韵说之后,兴起了沈德潜提倡的"格调说"和袁枚提倡的"性灵说"。沈德潜(公元 1673—1769 年)号归愚,江南长州(今江苏苏州)人。生前受到乾隆宠信,官至内阁学士,兼礼部侍郎〔时人通称之曰大宗伯〕。他所阐述的理论,也是积极为宣传封建伦理服务的。袁枚(公元1716—1797 年)字子才,号简斋,钱塘(今浙江杭州)人,中年以后长期寓居江宁(今江苏南京),筑随园以自适。他是一个游离于统治集团当权派之外的文人,在文学思想上有突破传统思想束缚的要求,把诗歌创作当作抒发个人感情的工具。沈、袁的意见在许多地方有矛盾,因而展开过一些针锋相对的争论。

袁枚《随园诗话》卷五曰:"自《三百篇》至今日,凡诗之传者,都是性灵,不关堆垛。""性灵"一词的含义,就是指真性情,即真的思想感受。《答何水部》曰:"诗者,心之声也,性情所流露者也。"沈德潜论诗也重性情,但其含义却显然有别,《清诗别裁》"凡例"曰:"诗必原本性情,关乎人伦日用及古今成败兴坏之故者,方为可存,所谓其言有物也。"这种看法正是封建正统文艺观点的表现。两人对文学的社会作用有不同的见解。

沈德潜在《说诗晬语》中说:"诗之为道,可以理性情,善伦物,感鬼神,设教邦国,应对诸侯,用如此其重也。"他选《清诗别裁》时,贯彻其理论主张,不选王次回《疑雨集》中的艳情诗。袁枚对此大不以为然,称其论调"有褰衣大袑〔裤〕气象",实际上是讥刺沈德潜的观点虚假迂腐。他在《再与沈大宗伯书》中说:"一集中不特艳体宜收,即险体亦宜收。""艳诗宫体,自是诗中一格。孔子不删郑卫之诗,而先生独删次回之诗,不已过乎?"坚决维护艳情诗的地位。

袁枚对艳情诗为什么这样感兴趣呢?这是与他本人的思想品质有关的。袁枚论诗主情,而他又是一个追求享乐的文人,思想感情中有很多庸俗的东西。他说:"情所最先,莫如男女。"(《答戢园论诗书》)似乎描写男女的欢爱之情最适合他的所谓"人情"。比起前代汤显祖等人的思想来,他所强调的"情"缺乏积极的思想解放的内容,因而并不值得重视。

但袁枚标榜真感情来反对假道学,毕竟是他学术思想上的可贵之处。他在《答戢园论诗书》中说:"来谕谆谆教删集内缘情之作,云以君之才之学,何必以白傅〔白居易〕、樊川〔杜牧〕自累。大哉,足下之言,仆何敢当。夫白傅、樊川,唐之才学人也,仆景行之,尚恐不及,而足下乃以为规,何其高视仆卑视古人耶? 足下之意,以为我辈成名,必如濂、洛、关、闽而后可耳。然鄙意以为得千百伪濂、洛、关、闽,不如得一二真白傅、樊川。以千金之珠易鱼之一目,而鱼不乐者,何也? 目虽贱而真,珠虽贵而伪故也。"他在《答友人论文第二书》中还说:"三代后,圣人不生,文之与道离也久矣。然文人学士必有所挟持以占地步,故一则曰明道,再则曰明道,直是文章家习气如此。而推究作者之心,都是道其所道,未必果文王、周公、孔子之道也。"清初统治者极力颂扬程朱理学,袁枚敢于发表这些叛逆性的意见,应该说是一种大胆泼辣的可喜见解,无怪乎正统派文人和卫道者视之若洪水猛兽,竟欲置之死地而后快了。袁枚以在野之身公开批判文坛正宗,矛头直指封建社会中的正统思想,态度是勇敢的。这些地方还能看到自李贽发展而来的思想馀波。

沈德潜还提出"诗贵温柔,不可说尽",重新端出"诗教"说来训人。这种意见也与袁氏之说不合。袁枚端出"兴观群怨"说来作为抵制。《再答李少鹤书》曰:"《礼记》一书,汉人所述,未必皆圣人之言。即如'温柔敦厚'四字,亦不过诗教之一端,不必篇篇如是。……故仆以为孔子论诗,可信者兴、观、群、怨也,不可信者温柔敦厚也。"为了突破儒家伦理教化的束缚,袁枚敢于怀疑作为经典的《礼记》和正统的诗教说,对传统的文艺思想起过冲击的作用。

从理论的渊源来说,格调派继承了前后七子的复古论调。沈德潜说:"诗贵性情,亦须论法。"法即技巧,也就是总结出来的前人的一些创作经验。和七子相同,古诗宗汉魏,近诗宗盛唐,其中特别推崇杜、韩两家。李梦阳在《潜虬山人记》中说:"夫诗有七难:格古、调逸、气舒、句浑、音圆、思冲、情以发之。七者备而后诗昌也。"在《驳何氏论文书》中则说:"高古者格,宛亮者调。"沈德潜追求的就是这种艺术效果,所以博得了"格调派"的名称。他以为杜、韩两家的诗最得"格"、"调"之美。袁枚的思想比较灵活,反对以时代和家数论诗。《与沈大宗伯论诗书》曰:"尝谓诗有工拙而无今古。自葛天氏之歌至今日,皆有工有拙,未必古人皆工,今人皆拙。即《三百篇》中颇有未工不必学者,不徒汉、晋、唐、宋也。今人诗有极工极宜学者,亦不徒汉、晋、唐、宋也。"对厚古薄今的传统思想作了有力的批判。其中否定《诗经》的一些话,应该说是很不寻常的议论。和袁枚观点接近的诗人赵翼更是昌言无忌,《论诗》绝句曰:"李、杜诗篇万古传,至今已觉不新鲜。江山代有才人出,各领风骚数百年。"这些地方袁枚等人表现出较高的识见。

袁枚的文学思想,受杨万里和袁宏道的影响很深,要求摆脱前人旧的格局的束缚,自创新的风貌。《何南园诗序》曰:"杨诚斋曰:从来天分低劣之人,好谈格调,而不解风趣。何也?格调是空架子,有腔口易描;风趣专写性灵,非天才不辨。余深爱其言。"杨万里贬抑格调,袁枚用以批判明代前后七子至沈德潜等奉法的"空架子";杨万里与公安派主性灵,袁枚继承此说,而又不废学习,主张博采众人之长而形成一家面目。《与梅衷源》曰:"且诗中的题甚多,而古人之擅长不一……我辈宜兼收而并蓄之。到落笔时,相题行事,方不囿于一偏。追至真积力久,神明变通之后,其中又有我在焉。"这样做的目的并不在于自立一种宗派,袁枚的目的只在保证诗中能有真实的思想感情,体现出个人的精神面貌,因此他强调"兼收并蓄"之后,并不让前代的大作家牵着鼻子走。《随园诗话》卷七曰:"作诗不可以无我,无我则剿袭敷衍之弊大,韩昌黎所以'惟古于词必己出'也。"除此之外,凡是妨碍个人自由抒发感情的东西,也应一律摒弃。《随园诗话》卷一曰:"余作诗雅不喜叠韵、和韵及用古人韵,以为诗写性情,唯吾所适。……既约束,则不得不凑拍;既凑拍,安得有性情哉?"但自宋元之后,文人作诗,学习某一时代或某一流派,已经成为文坛上的通病,而在清初,更是宗派杂出,创新精神很差。袁枚一一加以批判。他说:"抱韩、杜以凌人而粗脚笨手者,谓之权门托足;仿王、孟以矜高而半吞半吐者,谓之贫贱骄人;开口言盛唐及好用古人韵者,谓之木偶演戏;故意走宋人冷径者,谓之乞儿搬家;好叠韵次韵刺刺不休者,谓之村婆絮谈;一字一句自注来历者,谓之骨董开店。"(《随园诗话》卷五)"贫贱骄人"指神韵派,"木偶演戏"指格调派,"乞儿搬家"指以厉鹗为代表的浙派。此外袁枚还曾着力批判了以翁方纲为代表的肌理派。陆廷枢《复初斋诗集序》说翁方纲"纯乎以学为诗者……自诸经传疏以及史传之考订,金石文字之爬梳,皆贯彻洋溢于其诗"。袁枚坚决反对这种作风,诋之曰:"填书塞典,满纸死气,自矜淹博。"(《随园诗话补遗》卷三)但由于清代政治空气的酝酿,这一流派后来竟然得到了很大的发展,和浙派等结合后,形成了晚清最有势力的宋诗派。

袁枚已经接触到了生活与题材的问题。上述各宗派,大都脱离实际,只从文字上下功夫,袁枚的作风有所不同,还能注意扩大自己的生活知识,因而发表过一些深知甘苦的言论。

> 欲作好诗,先要好题,必须山川关塞,离合悲欢,才足以发舒情性,动人观感。若不过今日赏花,明日饮酒,同寮征逐,吮墨挥毫,剔鬎无休,多多益累。纵使李、杜复生,亦不能有惊人之句。(《答祝芷塘太史》)

为此他曾多次出游,多方面地学习,扩大自己的知识面,但这也不过是古人常说的"行万里路,读万卷书"罢了。在袁枚讲来,这方面的生活锻炼,实际上只是游山玩水、享清福罢了。因此作品之中自然也不能有"惊人之句"。他在这种认识的基础上,还对生活作了如下的理解,"行止坐卧,说得着便是好诗"(《随园诗话补遗》卷五)。因此他把夏天拍蚊子经常自打耳光等一类低级趣味的东西都列为诗歌的好题材,不仅违反了自己在前面提出的意见,而且颇近于耍弄插科打诨似的无聊玩意儿了。

三、肌理说和宋诗派

前面已经提到翁方纲的"肌理说"。翁方纲(公元1733—1818年)字正三,号覃溪,顺天大兴(今北京大兴)人。他是一个博学的学者,著作很多,但在诗文方面可没有像王士禛、沈德潜、袁枚等人声名显赫;他所提倡的"肌理说",也不像"神韵"、"格调"、"性灵"诸说倾动一时。然而按之实际,这一学说所起的影响却极为深远。后来兴起的宋诗运动,一直延续到清末民国之初,都与翁方纲的理论有着内在的联系。

翁方纲的理论,承三家之后,是为反对神韵派的虚寂、格调派的空套、性灵派的滑脱而兴起的。所谓"肌理",是指诗歌中的义理和文理,犹如人体充实的肌肤,密致丰腴。根据这种理论产生的作品,也就与前此各派的作风大不相同了。但翁方纲所理解的内容、形式方面的充实,主要指学识的笃实。他处在乾隆、嘉庆年间汉学兴起之时,自身就是一个著名的汉学家,因此力主吸收汉学家治学的作风入诗。《蛾术编序》曰"考订训诂之事与词章之事未可判为二途",必须吸收汉学家的考订成果充实到诗歌的义理中去。《诗法论》说"穷形尽变"之法乃"立乎其节目,立乎其肌理界缝者","大而始终条理,细而一字之虚实单双,一音之低昂尺黍,其前后接笋、乘承转换、开合正变,必求诸古人也"。这是要求吸收前人写作上的经验充实诗歌文理方面的需要。肌理说的理论,从内容到形式,确是处处不忘以学为诗。尽管翁方纲也曾提出:"凡所以求古者,师其意也,师其意则其迹不必求肖之也。"(《格调论中》)但他如此重视以学为诗,创新之意也就很有限的了,诗中必然缺少个人的真情实感,所以袁枚在《仿元遗山论诗》诗中讥嘲他说:"天涯有客太诊痴,错把抄书当作诗,抄到钟嵘《诗品》日,该他知道性灵时。"

康熙之时,浙派诗人已有以学识代替才情的主张。朱彝尊说:"天下岂有舍学言诗之理"(《楝亭诗序》),厉鹗说:"未有能诗而不读书……书,诗材也……诗材富而意以为匠,神以为斧,则大篇短章,均擅其胜。"(《绿杉野屋集序》)这些意见,当然会给翁方纲以影响。这种以学为诗的主张,和江西诗派的理论相合,因此肌理派宗奉黄庭坚,也就是顺理成章的事了。崇尚宋诗的理论一经建立,因为它符合清统治者政治上的要求,与当时的学术空气也切合,因此成了后起的宋诗运动的先导。

道光、咸丰年间,有程恩泽、祁寯藻、郑珍、何绍基等人出,掀起了一次规模较大的宋诗运动。何绍基(字子贞,号蝯叟,公元1799—1873年)在理论上多所阐发。他强调诗文要自成一家,关键在于培育真性情。《与汪菊士论诗》曰:"平日明理养气,于孝弟忠信大节,从日常起居及外间应务,平平实实,自家体贴得真性情。"这是要求遵循宋儒的修养功夫。他还主张多读书,《题冯鲁川小像册论诗》曰:"故诗文中不可无考据,却要从源头上悟会。""于书理有贯通处,则气味在胸,握笔时方能流露。"这是要求像汉学家那样读书明理。因此,这一流派仍然重视以学为诗,而他们主张的学,又有调和汉、宋的特点。曾国藩也是这一时期的宋诗运动的参加者,他在写作古文时也是主张调和汉、宋的。

同治、光绪年间,陈三立、郑孝胥、沈曾植、陈衍等人掀起了清末最后一次宋诗运动。陈衍(字叔伊,号石遗,公元1856—1937年)是这一流派的理论家,所著《石遗室诗话》达三十六卷,篇幅之巨古今所无。他以生当晚近之故,分析问题时,在科学性逻辑性上时能超越前人,但其内容已是无甚精彩可言了。因为这一批人身处封建社会覆亡的前夕,想要挽回局势,却又无可奈何,只能看着清廷沦亡以致逊位,而以遗老自居。于是他们回避现实,钻到古书堆里去,提倡"学人之言与诗人之言合"(陈衍《近代诗钞序》),写作所谓"同〔治〕光〔绪〕体"。他们赞美"生涩奥衍"和"清苍幽峭"的风格,还曾提出所谓"三元"之说,《石遗室诗话》卷一载其与沈曾植论诗之语曰:"余谓诗莫盛于三元,上元开元,中元元和,下元元祐也。君谓三元皆外国探险家觅新世界、殖民政策开埠头本领。"而他们意之所在,还是推尊下元之时以黄庭坚为代表的江西诗派。传统的旧体诗歌发展至此,已近穷途末路,于是在封建社会的这个最后发展阶段,抱残守缺的宋诗派,只能在凄清孤冷的气氛中趋于没落了。

第六章　桐城派的基本理论和发展

桐城派的得名,是由它的三个创始人——方苞、刘大櫆、姚鼐都是安徽桐城(今安徽桐城)人的缘故。他们先后奠定了桐城派的理论基础。方苞确立了写作上的几项基本原则,刘大櫆把理论具体化、通俗化,姚鼐则把古文创作结合汉学兴起后的新局面,作了深入一步的发挥。

一、方苞提倡"义法"之说

方苞(公元 1668—1749 年)字灵皋,号望溪,早年曾因文字狱遭到牵累而被囚,然而由于他在文学和理学上有很好的修养,得到了清统治者的宠爱,官位不断升迁,成了显赫一时的正统派文人,由他开创的桐城派,成了清代文坛上最大的一个流派。袁枚《仿元遗山论诗》说:"一代正宗才力薄,望溪文集阮亭诗。"说明两人创作成就都不太大。

桐城派产生时,散文发展已有千年之久,方苞等人以归有光接唐宋八家,上溯先秦两汉,探源六经、《左》《史》,建立他们的道统和文统。因为前代积累的许多写作经验和理论认识可以供他们参考,因此每当他们叙述一般原理时,也有说得中肯的地方;但他们的目的是在利用这些认识成果为其政治目的服务,因而按其理论的具体内容来看,却是充满着陈腐的说教。这些都应该联系他们的政治和时代背景,加以具体的考察。

桐城派的核心理论是"义法"说。

"义法"一词,最早见于《史记·十二诸侯年表序》,但它的内涵和方氏之说不同。《史记》中说的"义法",只是"仪法"的异写,"仪"即"法",它是一个同义复词。明代唐宋文派也提到过"义法"之说,王慎中《曾南丰文粹序》上说:"士之才庶可以有言矣,而病于法之难入,困于义之难精。"它对桐城派的理论有着直接的影响。

什么叫做"义法"?《又书货殖传后》说:

> 义即《易》之所谓"言有物"也,法即《易》之所谓"言有序"也。
> 义以为经而法纬之,然后为成体之文。

前者指内容,内容要充实;后者指文章的条理,有关结构等方面的问题。因此,这里涉及的是内容和形式的关系。二者应该协调,但"义"是第一位的,"法"是第二位的。《书五代史安重诲传后》说:"夫法之变,盖其义有不得不然者。"说明"法"是随着"义"的要求而改变的。这样的"法",就不会是什么僵死的教条,学文之时,不致摹拟剽窃;写作之时,也不致生搬硬套了。

方苞在《古文约选序》中说:"义法最精者,莫如《左传》《史记》。"关于《左传》,曾撰《左传义法举要》一文;关于《史记》,也曾举过很多例证。如"伯夷、孟、荀、屈原传",这些人的突出之处在于"道德节义",而生平事迹则很简单,因此文章的写作特点是"议论与叙事相间";如《陆贾传》,于分奴婢装资等琐碎小事都详加记载，如作《萧曹世家》也细书其治绩，则文字虽增十倍，也不可能记全，因此他在写作《留侯世家》时，只记录有关天下存亡的大事，而把次要的事情略去了。这些"虚实详略"之法，即根据内容的要求而决定题材的剪裁和安排，方苞是有体会的，《与孙以宁书》曰："古之晰于文律者，所载之事必与其人规模相称。"这项原则可以适用于以人物为中心的散文写作。

桐城派的最高艺术标准是"雅洁"。

王兆符在《望溪文集序》中称方苞"学行继程、朱之后，文章介韩、欧之间"。可见方苞的文学活动就在写作韩、欧式的古文宣扬程、朱的理学，而程、朱理学正是清代法定的统治思想。统治者为了束缚天下读书人的头脑，培养忠实的官僚臣仆，还曾委托方苞主编过几部应科举考试用的八股文读本。雍正、乾隆都曾下"上谕"，说是作文要以"清真雅正"为准。方苞作《钦定四书文》"凡例"也说："凡所录取，皆以发明义理、清真古雅、言必有物为宗。"桐城派的古文也把这些要求作为最高准则，这与清统治者取士的标准密切一致。桐城派的文风反映了统治者的口味与要求。

钱大昕《与友人书》中引"王若霖言：灵皋以古文为时文，却以时文为古文"。后人也一直批评桐城派的古文是高级八股，这个问题应该作些具体分析。桐城古文的内容一般都很陈腐贫薄，而在文章的起承转合、虚实呼应上却颇下功夫，这就必然给人八股腔的感觉。方苞又是写作时文的能手，因此它的古文实践必然受到时文的影响。但从他的主观意图来说，却是界限区分很严的。古文托体甚尊，不同于诗赋等其他文体，不能让尘垢污秽的东西缠绕笔端，应该达到古人立言不朽的标准。《史记·十二诸侯年表序》上说：孔子"次《春秋》，上记隐，下至哀之获麟，约其辞文，去其烦重，以制义法，王道备，人事浃"。其中"约其辞文，去其烦重"二语，也就成了他们写作上的准则。《书萧相国世家后》说："柳子厚称太史公曰'洁'，非谓辞无芜累也，盖明于体要，而所载之事不杂，其气体为最洁耳。"说明"雅洁"的标准也是根据内容方面的需要而提出的。桐城派古文虽因思想方面的原因而产生不出宏大的作品，然而他们讲求言简意赅，去俚去俗，一般作品能够做到结构严谨，清顺可读，这与他们理论上的一些可取之处是有关系的。但方苞等人过分强调删繁就简，刊落浮词，由是文章简洁有馀，而又缺少波澜萦回之妙和一唱三叹之音，则是这种理论过趋极端而产生的流弊了。

但方苞为了追求这种"澄清无滓"的风格,在文学语言方面,提出了许多要求,则又成了束缚人手脚的清规戒律。他认为:"古文中不可入语录中语,魏、晋、六朝人藻丽俳语,汉赋中板重字法,诗歌中隽语,《南、北史》佻巧语。"(沈廷芳《隐拙斋集》卷四十一《书方望溪先生传后》)其后桐城派的后学吴德旋续作发挥,声言"古文之体,忌小说,忌语录,忌时文,忌尺牍"(《初月楼古文绪论》),排斥一切已被证明为生动的文学语言,因循保守,维护其士大夫的艺术趣味,是不可取的。

二、刘大櫆讲求神气音节

刘大櫆(公元1698—1779年)字才甫,号海峰。曾事方苞为师,姚鼐则从他受学。他在仕途上很不得意,声名逊于方、姚,然而却是桐城派理论演变中承前启后的重要人物。方宗诚《桐城文录序》曰:"海峰先生之文,以品藻音节为宗。虽尝受法于望溪,而能变化以自成一体。义理不如望溪之深厚,而藻采过之。"也就点明了刘大櫆的贡献和作用。

他的理论主张发表在《论文偶记》一文中。

刘大櫆说:"文人者,大匠也;神气、音节者,匠人之能事也;义理、书卷、经济者,匠人之材料也。"这种看法就和方苞的主张大不相同了。义理只是写作中的一种"材料",而不是决定文章高下的主要因素。"义理、书卷、经济者,行文之实,若行文自另是一事。"因为"作文本以明义理,适世用。而明义理,适世用,必有待于文人之能事"。可见写作上的表达问题倒是具有决定成败的关键性作用。因此,他把精力集中在钻研行文之"法"上。因为"古人文字最不可攀处,只是文法高妙","至专以理为主者,则犹未尽其妙也"。这里又对方苞的"义法"之说委婉地作了否定。

刘大櫆还说:"古人文章,可告人者惟法耳。"他在这方面的心得,总结在下面一段话中。

  神气者,文章最精处也;音节者,文之稍粗处也;字句者,文之最粗处也。然论文而至于字句,则文之能事尽矣。

"神者,文家之宝",它"只是气之精处"。二者有着主从的关系。"神者气之主,气者神之用。""气随神转,神浑则气灏,神运则气逸,神伟则气高,神深则气静,故神为气之主。"神指精神,它是形成作家个人风格的灵魂,气指体现于文章中的气势。文章表现出种种不同的气势,体现出作家各不相同的风格特征。

　　神气是抽象的东西,它要通过具体的音节和文字而表现出来。因为语言的气势反映了作者独特的个性和在一个时候的感受。作家若要表达某一种特定的思想感情,就会通过某一种气势的语言来表达,而语言的气势又表现为一定的音节,音节的抑扬顿挫构成了语言的气势。文字是音节的符号,它通过各种不同的句式,从蕴藏丰富的词汇宝库中采择最能符合音节上需要的词汇,组织成文。"神气不可见,于音节见之;音节无可准,以字句准之"。这就是由文之最精(神气)——→文之稍粗(音节)——→文之最粗(文字)的由内到外的发表过程。

　　刘大櫆把古文家的奥妙拆穿了。"神气"都是字句上的功夫,所以他们注意增减字数和调谐平仄,还注意运用虚字和讲求起承转接。为了揣摩古文音节,他们讲求朗读,说是这样才能把古文的"神气音节"都控制于"我喉吻间"。这方面的经验,刘大櫆又合起来说:"积字成句,积句成章,积章成篇。合而读之,音节见矣;歌而咏之,神气出矣。"

　　这种学习和写作的方法,近于细枝末节。文章之妙,首先要有充实的内容,形式技巧毕竟只是为了表达内容服务的。刘大櫆等人着重在形式技巧上下功夫,掩盖其内容的贫乏,只能侈谈什么神气音节之妙。这是评价桐城派古文理论时必须注意到的一点。但是刘大櫆的学说也有它的可取之处,那就是把古文理论具体化了。前人论文侈谈神气,往往流于抽象而难以掌握,刘大櫆把玄妙的理论落实在可以具体掌握的音节字句上,初学者以此为阶梯,而又不以此自限,进窥创作的妙境,也不能说全无是处。大匠能与人规矩,不能使人巧,但若规矩都难于掌握,那离巧字更觉迷惘;如能掌握规矩而进窥于巧,则毕竟对学者有所裨益。

　　韩愈《答李翊书》曰:"气,水也;言,浮物也。水大而物之浮者大小毕浮。气之与言犹是也,气盛则言之短长与音之高下者皆宜。"这种意见对于刘大櫆的学说有直接的影响,只是经过刘大櫆的阐发,体系更严密,论断更明晰了。这也说明,"神气音节"并不是桐城派的独创,前人对此已经有所体会。元代程端礼《程氏家塾读书分年日程》讨论句逗时说:"凡议论体自然读〔逗〕多句少。凡叙事体自然句多读〔逗〕少(意未尽者,或为读亦可)。"因为逗多句少,读时感到欲止而不可住,这就显出文章中的所谓气势来了。桐城派的意见大约也是从这些地方揣摩出来的。

三、姚鼐主张义理、考证、文章相济

姚鼐(公元1731—1815年)字姬传。曾任四库全书纂修官。他继方苞、刘大櫆之后,崛起为桐城派的大师,一般认为他的成就超过方、刘,而在理论上也多所修正。著有《惜抱轩文集》二十卷,《惜抱轩诗集》二十卷,选有《古文辞类纂》四十八卷。

方苞倡导"义法"之说。尽管他也注意到了"法"随"义"转,但既强调"法",则仍然不免着重在造句、修辞、谋篇等一般写作方法上。姚鼐认为这些地方还不能算是行文中的精微之处,《覆鲁絜非书》曰:"抑人之学文,其功夫所能至者,陈理义必明当,布置取舍繁简廉肉不失法,吐辞雅驯,不芜而已。古今至此者,盖不数数得,然尚非文之至;文之至者,通乎神明,人力不及施也。"所以他在《与陈硕士》书中又说:"望溪所得,在本朝诸贤为最深,而较之古人则浅。其阅《太史公书》,似精神不能包括其大处、远处、疏淡处及华丽非常处。止以义法论文,则得其一端而已。"

但他对"义法"之说虽有贬抑,而对"义法"中的精髓"义理"则极重视,认为它是文章中的首要因素,这又是和刘大櫆的意见有所差异的地方。

姚鼐生当乾隆、嘉庆之时,以考据为特色的汉学,正风行朝野。清统治者仍把宋学的心性之道树为正宗,而以汉儒的经义作为辅助。汉学家每自负渊博,瞧不起空谈义理的宋学,桐城派把维护法定的正统思想作为首要任务,当然不肯放弃程朱理学的义理,但他们也要适应汉学兴起后的新局面,于是姚鼐提倡义理、考证、辞章三者并重之说,企图吸收汉学上的成就,为其古文创作服务,形成一种儒雅的学风。

段玉裁在《戴东原集序》中说:"……始玉裁闻先生之绪论矣,其言曰:有义理之学,有文章之学,有考核之学。义理者,文章、考核之源也。孰乎义理,而后能考核,能文章。玉裁窃以谓义理、文章未有不由考核而得者。"这种意见反映了汉学家本身的演变。早期的汉学大师戴震还重视义理之学,到了他的学生段玉裁、王念孙等人,已经纯以考核为能事,不再重视义理、文章的重要作用了。姚鼐也能考证,曾想拜戴震为师,为戴氏所拒,然而他在这方面的意见,仍然受到了戴氏的影响。

  余尝论学问之事有三端焉,曰:义理也,考证也,文章也。是三者,苟善用之,则皆足以相济;苟不善用之,则或至于相害。(《述庵

文钞序》）

姚鼐克服了刘大櫆忽视文章思想内容的不足之处，强调义理的重要意义，从理论建设的角度来说，体系更为完整。但他所追求的"义理"，正像《复汪进士辉祖书》中所说的，"明道义维风俗以诏世者"，发挥的是陈腐的程朱理学。桐城派紧握不舍，把宋学作为指导思想，不能不影响他们创作上的成就。

但比较起来，桐城派的文学见解还是有其胜过汉学家的地方。两派人物对文学的特点都缺乏明确的认识，都把学术论文和作为文学作品的散文混为一谈，只是桐城派古文讲求雅洁，还是注意到了散文的艺术特点。姚氏作考证时，常是把结论性的东西容纳在整篇文章中，不像汉学家那样动辄旁征博引，缺乏散文的情趣。例如姚鼐的著名作品《登泰山记》，就目之所见，首先介绍了春秋时齐国的长城，但并不掉书袋，而是把考订所得的结论娓娓道出，引起后文。假如让汉学家做这文章，就要引用《管子》《战国策》《史记》《水经注》《括地志》等典籍，喋喋不休地先考订一番，这样也就不能收到姚文的创作效果。因此他在《述庵文钞序》中说："世有言义理之过者，其辞芜杂俚近，如语录而不文；为考证之过者，至繁碎缴绕，而语不可了当。"说明他对正宗的宋学家和汉学家的文辞都有不满，因为他虽有宋学和汉学的修养，但毕竟是个文人。《与陈硕士》书中说："以考证累其文，则是弊耳；以考证助文之境，正有佳处。"这比汉学家的论文就要高出一筹了。

文章以义理为主，文辞才不至于游荡无所归。而文章中所用的材料，所发挥的思想，都经过翔实的考证，贯彻着求实的精神，文章才不至于空疏。"议论考核甚辨而不烦，极博而不芜，精到而意不至于竭尽"，这样的文也就"有唐宋八大家之高韵逸气"。

一篇好的文章，里面应该含有哪些重要因素，刘大櫆列出了神气、音节、文字数项，姚鼐于此也有新的发展。他在所编《古文辞类纂》的"序目"中说：

> 凡文之体类十三，而所以为文者八，曰：神、理、气、味、格、律、声、色。神、理、气、味者，文之精也；格、律、声、色者，文之粗也。然苟舍其粗，则精者亦胡以寓焉。

关于这八个字的含义，桐城后学姚永朴在《文学研究法》中作过解释，如曰："神者，人功与天机相凑泊，其义在可解不可解之间。"仍然抽象而难于捉摸。实际说来，神当指精神，理当指义理，气当指气魄或气势，味当指韵味，格当指体式,律当指法度,声当指音调,色当指辞藻。姚鼐在文之精处列入气势和韵味,文之粗处细分为格、律、声、色,对构成作品艺术性的一些重要因素更为注意;文章的精妙之处寓于可学可感的粗处,对文学中内容形式上许多重要因素之间的关系理解得更全面了。这里把"神"字置于首位,然而意之所属,可能仍在义理的"理"字上。谢应芝《蒙泉子》曰:"文以理为主,神以运之,气以充之,酝酿以取味,抑扬以取韵,声贵能沉能飞,色淡而不黯,丽而不耀。"(《会稽山斋全集》卷后)看来就是发挥了姚鼐的学说,切合桐城派的宗旨和要求。它说明八者之间有着紧密的内在联系,作者应该运用各方面的修养围绕着"理"写好"立言"的古文。

姚鼐还对文章的风格问题作了研究。前此如司空图的《二十四诗品》,已对风格问题作过细致的分析,但分类过细,不免趋于烦琐。刘勰《文心雕龙·镕裁》篇曰"刚柔以立本",《定势》篇曰"势有刚柔",姚鼐本于前人学说而又作了详细的阐述,提出所谓阴阳刚柔之说。

  鼐闻天地之道,阴阳刚柔而已。文者,天地之精英,而阴阳刚柔之发也。(《复鲁絜非书》)

下面他用许多譬喻作了说明。"其得于阳与刚之美者",则喷薄出之,"其文如霆,如电,如长风之出谷,如崇山峻崖,如决大川,如奔骐骥;其光也,如杲日,如火,如金镠铁;其于人也,如冯空视远,如君而朝万众,如鼓万勇士而战之"。这类作品以雄伟劲直胜。"其得于阴与柔之美者",则蕴藉出之,"其文如升初日,如清风,如云,如霞,如烟,如幽林曲涧,如沦,如漾,如珠玉之辉,如鸿鹄之鸣而入寥廓;其于人也,漻乎其如叹,邈乎其如有思,暖乎其如喜,愀乎其如悲"。这类作品以温深徐婉胜。这些风格与作者的个性又是一致的,所以"观其文,讽其音,则为文者之性情形状举以殊焉"。

阴阳刚柔并行不可偏废,只有阳刚之美,或只有阴柔之美,都有不足之处。虽然姚鼐更为推重阳刚之美,然而"文之雄伟而劲直者,必贵于温深而徐婉"(《海愚诗钞序》),必须要用阴柔之美加以补救。作家应该认清自己的长处和短处,既"能避所短而不犯",又"能取异己者之长而时济之",这样就能形成个人完美的风格。

这种阴阳刚柔之分,一般人的口头上也是常说的,因为一切事物都包含着对立统一的两个方面,《易·系辞》中早就提出"一阴一阳之为道",因此用来说明风格问题,既有传统的依据,又符合众人的习惯,还不失为虽很简单但尚扼要的概括。前人也曾运用两分法来研究风格问题,如严羽在《沧浪诗话·诗辨》中把诗品归为九种,而又总起来说:"其大概有二:曰优游不迫,曰沉着痛快。"但像李贺一类诗歌,既不能说是"优游不迫",也很难说是"沉着痛快",说明这种分法概括力不强,反而不如阴阳刚柔之说的更能适应文坛上的多种情况了。姚鼐本于"阴阳刚柔"之说而对作者提出的一些规诫,也是切实可行的。

自韩愈起,已有所谓道统之说。桐城派以古文正宗自命,又以宣扬儒家正统思想为责志,故而结合新的历史条件,依傍道统,进一步发展了所谓文统之说。姚鼐在《古文辞类纂》中以六经、《语》《孟》为古文之源,以《左》《史》、八家、归〔有光〕、方〔苞〕、刘〔大櫆〕为文统,自己则以继承者自命,这里也可以看到他们与唐宋文派之间的继承关系。

四、桐城派的支流与馀波

在姚鼐提出的八个字中,理、格、律三者多袭方说,神、气、声三者多袭刘说,而神、气二者又远承归有光之说。归有光曾用五色笔圈点《史记》,每一种颜色表示一种义例,其中之一便是精神气魄。八字中之味、色二者则是姚氏的独创,这也是为了补弊救偏而提出的。

桐城古文的普遍缺点是贫薄。文理清顺,语言质朴,只是藻彩不足,使人有枯瘠之感。于是姚鼐在《古文辞类纂》十三类中特辟"辞赋类",希望扩大散文写作的源头,吸收骈文写作的成果,使桐城古文在味、色方面丰富起来。

一些反对或不满桐城派古文的人,也常是从这个方面提出问题的。

李兆洛编《骈体文钞》三十一卷,就想与姚鼐的《古文辞类纂》分庭抗礼。但他并不排斥散文,而是主张奇、偶"相杂而迭用",综合散文、骈文的长处。阮元则援用六朝时的文笔之说,认为散文只是古之所谓"直言之言,论难之语",不能称之为"文"。孔子曾说"言之无文,行而不远",阮元据之立论,在《文韵说》中提出"凡为文者,在声为宫商,在色为翰藻";而在《文言说》中更是具体说明文之特点在于"多用韵"和"多用偶"。这是公开要求以骈文为正宗,把散文逐出文苑。这种一偏的理论当然也是不可能实现的。阮元为江苏仪征人,因此这一流派曾被称为"仪征派";又因这派人奉《文选》为宝典,故又被称之为"文选派";五四运动起来之后,文选派也极力反对白话文的写作,于是又被斥之为"选学妖孽"。

　　桐城派自身也经历着演变。乾隆、嘉庆时出现了以恽敬为代表的阳湖派,这也是因为这一流派中的人大都出于阳湖(今江苏常州)地区的缘故。他们不满于桐城古文的贫瘠,追本穷源,认为方、刘、姚等几位宗师识见不高,影响到写作上的成就。恽敬《上曹俪笙侍郎书》谓方苞"旨近端而有时而歧,辞近醇而有时而窳"。《上举主笠帆先生书》谓刘大櫆"识卑且边幅未化",《与章澧南》书谓刘"字句极洁而意不免芜近",谓姚鼐"才短不敢放言高论"。后起的文人要想取得更大的成就,不能"有意于古文",以文人自限,而是应该提高修养,扩大学习的面。《大云山房文稿二集自序》说:"后世百家微而文集行,文集敝而经义起,经义散而文集益漓。"补救之方,则"百家之敝,当折之以六艺;文集之衰,当起之以百家"。这就跟桐城派的见解有所不同了。阳湖派于不废唐宋古文的前提下,还主张吸收汉学成就,采纳骈文的笔法,与阮元等人的见解有相通处。总的说来,缘饰经术,纵横百家,是这一流派的特点,也是桐城古文的扩展。

　　到了咸丰、同治年间,又有所谓桐城中兴之说。曾国藩(公元1811—1872年)利用他政治上的声势,大力提倡桐城古文,曾给处于后劲不继状态中的这一流派注入过一支强心剂。因为曾国藩是湖南湘乡人,后人有称围绕曾国藩而形成的这一流派为湘乡派的,藉以区别于原来的桐城文派。

　　曾国藩在《圣哲画像记》中说:"国藩之粗解文章,由姚先生启之也。"王先谦在《续古文辞类纂序》中也说:"〔曾文正〕于惜抱遗书,笃好深思,虽謦欬不亲,而途迹并合。"但分析起来,所谓湘乡派的文论,对姚氏的"义理、考证、文章"三者已经都作了修改。

　　曾国藩在《复吴南屏》书中说:"仆尝称古文之道,无施不可,但不宜说理耳。"因为他看到了清政府的摇摇欲坠,觉得空谈义理已经不能充分适应变乱中的实际,故而想用直接为现实政权服务的内容充实进去。刘大櫆在《论文偶记》中已经提出"经济"是行文之宝,至是曾国藩便把它置于首要的地位,要求文人讲求经世济民之道,用直接为政治服务的"经济"来充实"义理"。《示直隶学子文》曰:"苟通义理之学而经济该乎其中矣。"由于当时社会已经沦入半封建半殖民地阶段,而曾国藩又是洋务派的领袖,因此他的"经济"内容之中也包括洋务。其后曾门弟子吴汝纶继起为桐城派〔或湘乡派〕的首领,在《答严几道》书中,主张西学堂中学生仍然应该娴习《古文辞类纂》一书,这样中国学术就不会废坠,可见这一流派就是在迎合西化的情况下,仍然苦心孤诣企图维系桐城一脉。

曾国藩兼收并蓄地网罗人才,在学术上也主张调合汉学和宋学,因此在《圣哲画像记》中把王念孙和姚鼐并列。而从文学方面说,则是主张"以精确之训诂,作古茂之文章"(同治二年三月初四日《家训》)。从所用文笔来说,则又主张骈、散合一,《复吴子序》书曰:"弟尝劝人读《汉书》《文选》,以日渐于腴润。"他自己作文时就遵循这样的途径,吴汝纶《与姚仲实》书说,桐城派的文章气精体洁,平易而不能奇崛,"曾文正公出而矫之,以汉赋之气运之,而文体一变"。这些主张,已与桐城文论的本来面目大不相同了。

但桐城派可并不因为曾国藩的大声疾呼而挽回殆势,这是因为他们文章中的"义理"或"经济",都已赶不上时代潮流,只在文章作法上努力,无法写出成功的作品。尽管其后还有严复和林纾出来维持桐城派的残局,林纾以孤臣孽子自命,而又热衷于翻译小说,这就犯了该派"古文之体忌小说"的禁律,因此自命为桐城文派正宗的人还不肯引之为同调。只是不管桐城文派如何抱残守缺或曲意迎新,还是无法避免衰亡的命运。五四运动起来之后,在一片声讨"桐城谬种"的呼声中,这一流派终于随着古文写作的衰殆而渐趋消亡。

第七章　明清文人对民间歌曲的评述

劳动人民的诗歌创作,反映了他们的生产实践和社会生活中的切身感受,情深意挚,富于生活气息。它灌溉着诗坛园地,给予文人巨大的影响。中国文学上的许多次重大发展,都是跟一些民间文学的兴起密切相关的。《诗经》中的民歌部分给予后代的影响,这里可以不多说了,南朝之时吴歌、西曲盛行,曾给鲍照、汤惠休等一些注意民间文学的文人以影响,从而促进了五、七言诗的进一步发展。白居易、刘禹锡等人赞赏巴山楚水之间的民谣,摹拟其创作,促进了词体的形成。这些例子说明,有见识的文人应该注意吸收民间文学中的新鲜养料,作为借鉴,推动文学的发展。

明代的民间文学创作极为繁荣。沈德符《野获编》卷二十五《词曲·时尚小令》中说:"自宣〔德〕、正〔统〕至成〔化〕、弘〔治〕后,中原又行'锁南枝'

'傍妆台''山坡羊'之属。……自兹以后,又有'耍孩儿''驻云飞''醉太平'诸曲,然不如三曲之盛。嘉〔靖〕隆〔庆〕间乃兴'闹五更''寄生草''罗江怨''哭皇天''干荷叶''粉红莲''桐城歌''银纽丝'之属……比年以来,又有'打枣竿''挂枝儿'二曲,其腔调约略相似,则不问南北,不问男女,不问老幼良贱,人人习之,亦人人喜听之,以至刊布成帙,举世传诵,沁人心腑。其谱不知从何来,真可骇叹!"可见当时民间歌曲风行全国的盛况,决不是那些只在少数文人之间流传的拟古派诗人的作品所能比拟的了。当时就有很多热情搜集民间歌曲的人将之汇辑成书,例如著名的通俗文学工作者冯梦龙(字犹龙,别署龙子犹、墨憨斋主人,公元1574—1645年)就刊有《挂枝儿》(一名《童痴一弄》)、《山歌》(一名《童痴二弄》)二书,其他散见于明清人的曲选、笔记、杂著等书中的民间歌曲,数量也不在少数。说明民间歌曲已经引起广泛的注意。

有的文人随即提出,明代文学应以民间歌曲为代表。卓人月曰:

> 我明诗让唐,词让宋,曲又让元,庶几"吴歌""挂枝儿""罗江怨""打枣竿""银绞丝"之类,为我明一绝。(陈宏绪《寒夜录》引)

这是值得注意的一种论点,因为他是把民间歌曲和文人作品比较而得出的结论。过去的正统文人总是把民间歌曲看作下里巴人,认为不登大雅之堂,明代的这些文人却一反"常"态,他们又为什么这样热情地赞美民间歌曲呢?有趣的是,那些拟古派的著名诗人也自惭形秽,贬损自己的作品,转而推崇民间文学。李开先《词谑》论时调曰:"有学诗文于李崆峒者,自旁郡而之汴省,崆峒教以'若似得传唱"锁南枝",则诗文无以加矣。'请问其详,崆峒告以不能悉记也,只在街市上闲行,必有唱之者。越数日,果闻之,喜跃如获重宝。即至崆峒处谢曰:'诚如尊教。'何大复继至汴省,亦酷爱之,曰:'时调中状元也,如十五"国风",出诸里巷妇女之口者,情词婉曲,自非后世诗人墨客操觚染翰刻骨流血所能及者,以其真也。'"说明民间歌曲的最大优点就在一个"真"字。拟古派诗人的作品之中缺乏真实的思想感受,只能"以假人言假言",因此李梦阳不得不承认"真诗乃在民间",李开先在《市井艳词序》中也再次重申:"故风出谣口,真诗只在民间。"

民间歌曲又为什么会有"真"的特点呢?

因为劳动人民身受统治阶级的沉重压迫。艰苦的生活,繁重的劳动,都使他们感受到痛苦和不平,需要通过亲自创作的文学作品来宣泄。统治阶级还用礼教作为枷锁,束缚人民大众的爱情生活,精神上的折磨,也使他们增加了思想上的郁结,于是反映广大人民思想感情的民间歌曲广泛流传起来。袁宏道《陶孝若〈枕中呓〉引》曰:"夫迫而呼者不择声,非不择也,郁与口相触,卒然而声有加于择者也。古之为风者,多出于劳人思妇,非劳人思妇为藻胜于学士大夫,郁不至而文胜焉,故吐之者不诚,听之者不跃也。"这就把文人之中无病呻吟的常见病清楚地映现出来了,特别是在虚假的作品充斥文坛的明代。

文人写作诗文常有名利观念存于胸中,因而总是不能真实地抒发内心深处的感受。还有一些装模作样的正统派文人,更是时时不忘名教二字,以此作为沽名钓誉猎取利禄的手段,他们的作品,臭腐之气扑人。民间歌曲不然,它无所顾虑,无所企求,无非只是想表达出一些真实的想法就是了。冯梦龙《序山歌》说:"今虽季世,而但有假诗文,无假山歌,则以山歌不与诗文争名,故不屑假。"那些抒发男女真挚爱情的民歌,"借男女之真情,发名教之伪药",更是具有冲决罗网的战斗意义。冯梦龙是受李贽影响很深的文人,他的重视民间文学,也是他先进思想的一种表现。时至明代,随着资本主义经济因素的发展,市民阶层的思想也得到了更多的反映。民间文学中的不少作品,正是反映了社会上的这一新鲜因素。

而在明代文坛上,文人好尚门户之争,此起彼伏,贯彻终始,一直延续到清代。论诗不分感情真假,水平高低,入此门者即为同志,摹拟此格调者都是杰作,这也是妨碍诗文发展的重重陷阱。民间文学中不存在这些问题。袁宏道《叙小修诗》说:"吾谓今之诗文不传矣,其万一传者,或今闾阎妇人孺子所唱'擘破玉'、'打草竿'之类,犹是无闻无识真人所作,故多真声。不效颦于汉魏,不学步于盛唐,任性而发,尚能通于人之喜怒哀乐、嗜好情欲,是可喜也。"戴名世《吴他山诗序》中也说:"世之士多自号为能诗,而何其有义意者之少也?盖自诗之道分为门户,互有訾謷,意中各据有一二古人之诗以为宗主,而诋他人之不能知,是其诗皆出于有意,而所为自然者,已汩没于分门户、争坛坫之中,反不若农夫细民倡情冶思之出于自然,而犹有可观者矣。"这里指出了有意为文和无意为文的差距,是有见地的。

明代文坛上出现的许多新现象,促使文人更多地向民间文学学习,于是在通俗文学普遍发展的情况下,戏曲、小说等理论也蓬勃发展起来。此时传统的诗文创作日趋衰殆,正经历着深刻的危机,有识之士转而注意民间歌曲,以此作为效法的榜样,也使传统的诗文增加了一些生气。公安派的活动,就曾从民间歌曲中汲取养料,才使他们的作品具有一些新的面貌。袁宏道《与伯修》书中说:"近来诗学大进,诗集大饶,诗肠大宽,诗眼大阔。世人以诗为诗,未免为诗苦;弟以'打草竿''劈破玉'为诗,故足乐也。"但这也只能算是初步的尝试,虽在当时具有振聋发聩的意义,但只学习其脱口而出的一面,成就不太大;其后有"诗界革命"起,黄遵宪等人注意向民间歌曲学习,进而模仿其句法结构,取得的成就就要更可观一些。

第八章 明代戏曲理论的争论和发展

一、早期戏曲理论家的先导作用

我国戏曲的创作和表演,到元代已经成熟,但在理论上却还没有作出系统的总结。当时只有一些接近艺人的文人,对表演中的一些具体问题作过探索,如燕南芝庵在《唱论》中对有关散曲清唱的一些技术问题作了研究,胡祗遹在《紫山大全集·黄氏诗卷序》中对歌唱时的仪态、修养等问题作了分析,周德清在《中原音韵·作词十法》中对作曲的技巧作过探索。

明代传奇大盛。作品篇幅扩大,情节丰富,人物众多,写作上更见功夫。这时对戏曲特点作深入探讨的人比前代加多了。但在明初一段时间内,由于朱明皇室的提倡,还曾兴起过一阵杂剧的复古运动,一些南戏的作者,也受到了刻意追求声律的影响,把原很自由的音乐结构复杂化了。万历之时,徐渭(字文长,公元1512—1593年)著《南词叙录》,开始对这种潮流加以抵制。他主张自然,反对寻宫数调,但认为南戏原无宫调组织,则也是一种片面的看法。当时传奇创作中有以《香囊记》等为代表的所谓"骈绮"派,好用故实,作对子,以四六骈俪之文做宾白,徐渭认为这是"南戏之厄"。他说:"吾意与其文而晦,曷若俗而鄙之易晓也。"纠正时弊,维护戏曲的特点,起了好的作用。

二、吴江派和临川派的争论

明代中叶以后,杂剧走下坡路,传奇得到了迅速的发展。在这过程中,各种流派之间又发生了争执。所谓重音律的"吴江派"和重文辞的"临川派",由于文学思想上的差异以及对戏曲创作中这两个重要因素有不同的看法,引起了激烈的争论。

这两个流派是以地区命名的。实则汤显祖(字若士,号清远道人,公元1550—1617年)并没有有意识地培植过什么流派,沈璟(字伯英,号宁庵,又号词隐,公元1553—1610年)虽曾努力扩大影响,但吴江一地的其他戏曲家并不完全信从他的学说,因此这种命名只能算是习惯上的称呼。

沈璟一系的人都是曲律专家,沈璟就著有《南九宫十三调曲谱》〔即《南曲全谱》〕。有人将沈璟的著作送给汤显祖看,汤答复道:"凡文以意、趣、神、色为主。四者到时,或有丽词俊音可用,尔时能一一顾九宫、四声否?如必按字摸声,即有窒、滞、迸、拽之苦,恐不能成句矣!"(《答吕姜山》)他在考虑这项问题时,把保证内容的完美表达放在首要地位,一任才情的纵横,反对戏曲格律的束缚。

汤显祖作《牡丹亭》,实现了自己的主张,文辞很美,而不便歌唱的地方很多。沈璟等人径加窜改,引起了汤氏的严重不满。时人记载道:

> 临川之于吴江,故自冰炭。吴江守法,斤斤三尺,不欲令一字乖律,而毫锋殊拙;临川尚趣,直是横行,组织之工,几与天孙争巧,而屈曲聱牙,多令歌者龃舌。吴江尝谓"宁协律而不工,读之不成句,而讴之使协,是谓中之之巧。"曾为临川改易《还魂》〔即《牡丹亭》〕字句之不协者,吕吏部玉绳以致临川,临川不怿,覆书吏部曰:"彼恶知曲意哉!余意所至,不妨拗折天下人嗓子。"其志趣不同如此。(王骥德《曲律》"杂论"第三十九下)

沈璟重视曲律的意见,曾经发表在一组散套里面①。他引用何良俊的话说:"名为乐府,须教合律依腔。宁使时人不鉴赏,无使人挠喉捩嗓。说不得才长,越有才越当着意斟量。"矛头所指,显然是针对着汤显祖这一类人。

汤显祖的意见,除上文所引者外,还再见于《答孙俟居书》中。他说:"曲谱诸刻,其论良快。久玩之,要非人了者。庄子云:'彼恶知礼意。'此亦安知曲意哉?……弟在此自谓知曲意者,笔懒韵落,时时有之,正不妨拗折天下人嗓子。"再次强调曲意第一,批判了曲谱作者音律第一的观点。他在与《宜

---

① 载所著《博笑记》卷首,题曰《词隐先生论曲》。

伶罗章二》书中还郑重嘱咐道:"《牡丹亭》记,要依我原本,其吕家〔指吕玉绳〕改的,切不可从。虽是增减一二字以便人俗唱,却与我原做的意趣大不同了。"

实际说来,这两派的意见是各有所偏的。我国戏曲向以歌剧的形式演出,音乐歌唱占有非常重要的位置。但音律毕竟是为表达内容服务的。把音律放在首要的地位,忽视其传情达意的目的,也就是一种形式主义的倾向,沈璟走的就是这样一条道路。汤显祖重视曲意,把思想内容的表达放在首位,见解高出一筹。创作上要求突破格律拘谨的南曲曲律的限制,实际上反映了戏剧界的一种前进趋势,也就要求戏曲音乐随着创作实践和演出实践的进步而不断发展。但他的提法却不免过趋偏激,贬低音律的重要性,甚至声称能否歌唱也在所不问,则也难以为人接受。

联系当时的文学动态来看,汤显祖的这种思想和他写作《牡丹亭》的旨趣相同,也有冲决罗网的意义。汤显祖受王学左派的影响很深,曾与李贽有交往,与公安三袁有交情。他也是一个反对后七子的重要人物,曾经揭露过王世贞作品中的种种缺点,使王氏大为狼狈。因此他在思想领域中反对清规戒律的种种束缚,都是个性解放要求在不同方面的表现,也是明代后期资本主义因素在思想领域中的曲折反映。

但是正如其他一些浪漫主义作家一样,汤显祖的理论中也有许多偏颇的观点。他为反对道学家言性理,极端强调言情,并把男女之情说成可以起死回生,虽是在用幻想的手法表达进步思想,然而终究给人以玄妙的感觉。《耳伯麻姑游诗序》曰:"世总为情。情生诗歌,而行于神。天下之声音笑貌大小生死,不出乎是。……其诗之传者,神情合至或一至焉,一无所至而必曰传者,亦世所不许也。予常以此定文章之变,无解者。"这里所说的"情",就是一种抽象的感情,似乎可以超越理智的支配。他行文时重"神",则是强调不受理智控制的灵感。《合奇序》曰:"予谓文章之妙,不在步趋形似之间。自然灵气,恍惚而来,不思而至。怪怪奇奇,莫可名状,非物寻常得以合之。苏子瞻画枯株竹石,绝异古今画格,乃愈奇妙。"也是一种浪漫主义者常用的论调。虽有打破陈规旧矩束缚的要求,然而从理论上说,总是沾染上了神秘的不可知论的色彩,读者应拨开迷雾,掌握其实质。

沈璟与汤显祖的矛盾,还表现在对文学语言的看法上。

汤显祖欣赏"丽词俊音"。像《牡丹亭》等作品,文采富艳,能够博得读者的喜好,然而不便于舞台演出。沈璟重视曲律,还说"鄙意僻好本色"①;这在纠正骈绮派和文辞派的流弊方面也有一些积极的作用。

沈璟是一个热衷于维护封建秩序的人。他的著名作品《义侠记》,把梁山泊好汉武松改写成一个封建礼法的忠实信徒,吕天成在《义侠记序》中也说:"先生诸传奇命意皆主风〔讽〕世。"因此他的追求演出效果,目的还在更好地为封建政治服务;而且沈璟眼光不高,"欲作当家本色俊语,却又不能,直以浅言俚句,捆拽牵凑,自谓独得其宗,号称'词隐'"(凌濛初《谭曲杂札》),文学成就是不高的。

三、王骥德发展了两派的理论

沈璟与汤显祖之间的争论,牵涉到戏曲理论上的许多根本问题,两派各执一端,又把彼此的合理与谬误之点暴露无遗。继之而起的人,很自然地想到了应该撷取两派之长,扬弃两派之短,创造出另一种较全面的理论。

吕天成著《曲品》,仿钟嵘《诗品》的体例,以品位的高下定作者的水平。他定沈璟和汤显祖为"上之上",评之曰:"不有光禄〔沈璟曾为光禄寺丞〕,词硎不新;不有奉常〔汤显祖曾任南京太常博士,世称奉常〕,词髓孰抉?倘能守词隐先生之矩矱,而运以清远道人之才情,岂非合之双美者乎!"但吕天成毕竟是沈璟的嫡传弟子,因此尽管说是沈、汤二人难分高下,然而仍把沈璟放在前面一位,认为沈璟的理论更能针砭时弊。他的主观愿望总是想把"清远道人之才情"纳入"词隐先生之矩矱"中去。吕天成本是一个酷好曲律的人,所以隐然仍以曲律为重,只是他对曲律应该不断革新这一点却是认识不足。

王骥德(公元?—1623年)字伯良,号方诸生,会稽(今浙江绍兴)人。曾经师事过徐渭,与沈璟、汤显祖都有交往,而和吕天成的关系特别深切。所著《曲律》〔一称《方诸馆曲律》〕融合各家之长,组成了较严密的理论体系。他虽以曲律研究方面的成就见赏于沈璟,但更推崇汤显祖的文学成就。因此,《曲律》中论格律的部分固然已较沈璟的学说更趋精密,而在泛论戏曲的其他构成部分方面见解也有精到之处。

下面介绍他几点有价值的理论。

---

① 见《词隐先生手札二通》之一,附王骥德《新校注古本西厢记》卷六。

王骥德把戏剧创作看成一个完整的艺术品,作者必须注意各种戏剧因素的和谐调配。

  贵剪裁,贵锻炼。以全帙为大间架,以每折为折落。以曲白为粉垩,为丹腹。勿落套,勿不经。勿太蔓,蔓则局懈,而优人多删削;勿太促,促则气迫,而节奏不畅达。毋令一人无着落,毋令一折不照应。传中紧要处,须着重精神,极力发挥使透。……若无紧要处,只管敷演,又多惹人厌憎:皆不审轻重之故也。又用宫调,须称事之悲欢苦乐……以调合情,容易感动得人。(《论戏剧》第三十)

这里有许多可贵的经验之谈。写作一部作品,不能草率从事,必须注意结构的完整,要有笼罩全局的观点,注意每一折和每一个人物的协调。情节结构的开展要恰如其分,音乐与情节要相称,重点要突出,这些确是写作一部戏剧作品的必要条件。

明代许多剧作家,写作剧本犹如写作诗文,寻章摘句,按律填词,虽则文采斐然,然而不能在舞台上演出,只能置之案头,供人欣赏,这样也就失去了戏剧创作的特点。王骥德认为这类作品已落"第二义",只有那些"大雅与当行参间,可演可传"的作品,才是"上之上也"。至于那些"既非雅调,又非本色,掇拾陈言,凑插俚语"的作品,"勿作可也"。这种意见也有可取的地方。戏剧作品应该能够公开演出,具有"当行本色"的特点,又要成为具有文学价值作品,这样才可算是完美的剧作。

剧本要做到可演可传,那就要认清它区别于其他一般文艺作品的特点。它应该继承前代丰富的文学遗产,广泛地从中汲取养料,《诗经》《楚辞》、历代诗歌、两宋词、金元曲,以及古今诸部类书,"俱博搜精采,蓄之胸中,于抽毫时,掇取其神情标韵",才能写出"千古不磨"的佳作。但是戏剧又是一种要在舞台上直接和观众见面的艺术,必须让各式人等即时了解剧情,于此不能"卖弄学问,堆垛陈腐",应该做到像古人所说的那样:"作诗原是读书人,不用书中一个字。"(《论须读书》第十三)即将丰富的学养融会贯通而以易感易解之笔出之。

王骥德注意到了演出效果的问题,必然会对唱词和宾白赋予同样的注意。上述那些脱离舞台实际的文人,因为不懂演出情况,常把宾白看作次要的东西,因此他们写作曲词时花尽心血,写作宾白时却马虎潦草,这样也就难以产生完美的剧作。王骥德郑重提出,"〔宾白〕虽不是曲,却要美听。诸戏曲之工者,白未必佳,其难不下于曲"。为此他对定场白与对口白还作了分析,"定场白稍露才华,然不可深晦","对口白须明白简质,用不得太文字,凡用之、乎、者、也,俱非当家"(《论宾白》第三十四),就是一种切实可行的办法。这些地方都是从舞台实践中积累下的经验。

他论插科打诨的意见也很合情理。他说大凡戏剧冷场之时,插入净、丑去逗逗趣,可使观众愉快起来,也是一种好的手法。但"须作得极巧,又下得恰好"(《论插科》第三十五),即掌握好时机和分寸。如果勉强安排,反而使人难受,还不如任其冷场为佳。这些具体的意见,都可供参考。

第九章　李渔《闲情偶寄》论戏曲创作与舞台表演

一、李渔的为人

李渔(公元1611—1680年?)字笠鸿,号湖上笠翁,兰溪(今浙江兰溪)人。长期居住于南京、杭州两地。所著《闲情偶寄》一书,内容包括声容、居室、饮食、器玩等方面,是一部封建社会贵族阶层追求享乐生活的专著,但其中"词曲部""演习部"两部分,涉及到戏剧创作和舞台演出的各个方面,虽然也是作为封建文人享乐生活的一部分而加以讨论的,但以内容较有体系,在若干具体问题的论述上有精到之处,故而仍有很高的学术价值。

自从昆曲兴起后,经过万历时期的鼎盛阶段,剧作界积累下了丰富的创作经验和演出经验,再经过各个流派之间的争论,一些研究工作者的探索,客观上已有将零星的经验提升为系统理论的可能。况且明末其他剧种也已陆续兴起,各个剧种之间相互影响,对昆曲的发展也有很大的促进作用。

李渔著有《意中缘》等传奇十种,称为"笠翁十种曲"。他还自己组织戏班子,经常率领游食各地,进行演出。因为他在写作、教唱、导演等方面经验很丰富,有与各地剧作家交换心得的机会,具备总结各方面成果的条件,所以能够写出《闲情偶寄》中的这两大部分。

二、几项重要理论

一、明代中叶以前,封建文人一般都很贱视小说、戏曲。自李贽起,情况有所改变,公安派和临川派都很重视戏曲的价值,李渔继起大声疾呼道:

　　　　填词〔指作曲〕非末技,乃与史传、诗文同源而异派者也。(《结构》第一)

　　说戏曲与史传、诗文同源,不免牵强附会,李渔说这话的目的,只在抬高戏曲的地位,使与史传、诗文并列而已。

　　封建文人总是念念不忘利用文艺作品为其政治目的服务。李渔既然认为戏曲和其他传统文艺一样重要,也就必然会利用它为封建政教服务。他的行为在很多地方并不符合封建道德的原则,但是为了迎合统治阶级的喜好,总是处处想方设法满足观众的趣味。李渔的作品内容浮浅庸俗,常以情节的曲折离奇取胜,但却不忘宣传伦理道德,此即论科诨时所谓有"关系"是也。"关系维何? 曰:于嬉笑诙谐之处,包含绝大文章,使忠孝节义之心,得此愈显"(《重关系》)。这样观众在笑乐之时,已经接受封建的伦理道德的教育。撇开这种理论的浮渣来看,李渔的这种认识之中也包含着可取的成分,他已经懂得了戏剧创作寓教育于娱乐的特点。

　　明代有些文人,写作戏曲,影射他人,作为报私怨的工具。李渔非常反对这种作风。他说:"凡作传奇者,先要涤去此种肺肠。务存忠厚之心,勿为残毒之事。以之报恩则可,以之报怨则不可;以之劝善惩恶则可,以之欺善作恶则不可。"(《戒讽刺》)本来文人通过创作中伤人的恶劣作风确是不宜提倡的,但一概反对讽刺却又不对了。自古以来,人民大众即以怨刺为手段,发挥了文学的武器作用,这里首先需要突破所谓"忠厚"的封建道德的束缚。但李渔却惟恐得罪他人,惹人疑心,不惜对天发誓,表明自己的作品决无损伤他人的用意。他在《闲情偶寄》"发端之始即以讽刺戒人",这些地方反映出了李渔的思想境界是不高的。

　　二、明代一般文人不大注意演出效果,他们或则讲求声腔,把文学作品当音乐来研究;或则讲求辞采,写作一些不便演出的案头文学。王骥德对此已有较全面的认识。李渔以演剧为职业,自然特别懂得舞台效果的重要意义,这是他比一般脱离舞台实践的文人高明的地方。

　　他拿戏曲和其他文学作品比较,说道:

　　　　传奇不比文章,文章做与读书人看,故不怪其深;戏文做与读书人与不读书人同看,又与不读书之妇人小儿同看,故贵浅不贵深。(《忌填塞》)

　　舞台联系群众的面最广。写作剧本,应该注意这个特点,但文人学士习惯于舞文弄墨,他们"多引古事,叠用人名,直书成句",为的是"借典核以明博雅,假脂粉以见风姿,取现成以免思索",因而常犯"填塞之病"。李渔反对这种作风,认为"能于浅处见才,方是文章高手"。即使援引诗书,也应该是那些早为观众熟悉的东西。不但曲文如此,就在戏剧情节等方面,也应处处注意观众的理解问题。他自述创作经验道:"笠翁手则握笔,口却登场,全以身代梨园〔演员〕,复以神魂四绕,考其关目〔情节〕,试其声音,好则直书,否则握笔,此其所以观听咸宜也。"(《词别繁减》)眼前有观众在,确是李渔写作上的特点,因此尽管他的作品格调不高,但却容易为人理解。

由于注意演出效果,他还提出过一些具体建议,都有值得参考的地方。如:(一)少用方言——方言流通地区有限,如"频用方言"则"令人不解"。"即作方言亦随地转",那么当地的观众也就能够充分理解剧情了。(二)锣鼓忌杂——"打断曲文,罪犹可恕;抹杀宾白,情理难容"。因为观众常是依赖宾白了解剧情的。戏曲中的锣鼓起着渲染气氛和掌握节奏的作用,如果使用不当,大轰大嗡,则非但不能起到它应有的作用,而且直接妨碍观众的看戏听曲,也就起了帮倒忙的作用。(三)吹合宜低——我国的戏曲是以歌剧的形式出现的,声乐占有主导的地位,器乐起着帮衬的作用。如果反客为主,器乐盖过声乐,则观众何以听戏?所以李渔再三强调戏曲须以歌唱为主,"丝竹副之",二者协调,"始有主行客随之妙"。

三、李渔说:"千古文章,总无定格。"因此文章贵在创新,不能守成不变,修修补补,也不能一味模仿元曲。

他追求的"新"突出在两个方面。

内容方面,要"脱窠臼"。当时有些剧作家,"取众剧之所有,彼割一段,此割一段,合而成之,即是一种传奇。但有耳所未闻之姓名,从无目不经见之事实"。这样的新剧本,倒像僧人缝缀而成的百家衣,东拼西凑,毫无新鲜之处。

李渔解释"传奇"二字,说是剧作"非奇不传,新即奇之别名也"。因此他所重视的地方,侧重在情节方面的新奇,而不在内容方面的先进。明代后期的传奇一般都有重情节曲折而忽视性格刻画的缺点,李渔的作品更以情节新奇取胜,虽然匠心独运,逗人笑乐,然而趣味不高,意味不深,这都是跟他的理论指导有关的。

形式方面,李渔特别强调宾白的重要性。过去的文人大都忽视这点,他们把精力集中在"填词"上,写作宾白时草率从事,甚至根本不写,让演员临时凑词,这样产生的作品,当然很难谈到通体完美。李渔提出"宾白一道,当与曲文等视"。他自己写宾白"当文章做,字字俱费推敲",而且有意识地增加分量,《意中缘·画遇》"降黄龙"后对口白有七八百字,《比目鱼·改生》"生查子"后对口白至一千五百多字,都是前所未有的新尝试。这样做的原因是:

  词曲一道,止能传声,不能传情。欲观者悉其颠末,洞其幽微,单靠宾白一着。(《词别繁减》)

  若说唱词不能传情,是与事实不符的,但观众主要依靠说白了解剧情,则有说得中肯的地方。这种认识也是因为注意演出效果而取得的。

  四、明代王公贵族官僚地主常在家中组织演出,挑选若干出辞采、声律并茂的作品,浅吟低唱,细细玩味。在此风气之下,出(齣)子戏开始盛行,文人只注意写好剧本中的若干单出,全剧的结构反而不注意了。李渔有多方面的演出经验,懂得写作剧本的一些原则,他举"工师之建宅"等事作为借鉴,说明"作传奇者,不宜卒急拈毫","结构二字,则在引商刻羽之先,拈韵抽毫之始"(《结构第一》)。这里包括题材处理、情节组织等各方面的内容。

  李渔认为古人每作一篇文章都定有一篇的"主脑",传奇也应当如此。"主脑非他,即作者立言之本意也。"(《立主脑》)似乎他已懂得确定主题思想的重要,实则不然,这里所说的主脑,只是指发生在主要角色经历中的关键性情节,例如《琵琶记》中的"重婚牛府",《西厢记》中的"白马解围",都是影响全剧情节开展的关键性情节。他说作者写作全书的"初心"就是为了这一人一事而设的,这里对构成戏剧性的因素虽然作了些分析,但也说明李渔的注意力只放在情节的安排上。我国古典戏曲向来重视剧情的引人入胜,这是民族的特色,也是时代风气的反映。

  李渔对情节的具体安排是有心得体会的,他在《密针线》一节中的分析,说得很在行。"每编一折,必须前顾数折,后顾数折。顾前者,欲其照映;顾后者,便于埋伏。照映,埋伏,不止照映一人,埋伏一事;凡是此剧中有名之人,关涉之事,与前此、后此所说之话,节节俱要想到。宁使想到而不用,勿使用而忽之"。他说明代剧本处处逊于元人,而在结构方面则"胜彼一筹",如《琵琶记》的结构就"背谬甚多",不足取法。

  五、戏剧作品大都是虚构的。有人读了传奇之后,寻根究底,一定要问这里根据的是什么事实,人物出在何地,无异痴人说梦。但这并不是说作者可以随便编造荒唐的剧情。他说:"凡作传奇,只当求于耳目之前,不当索诸闻见之外。""凡说人情物理者,千古相传;凡涉荒唐怪异者,当日即朽。"(《戒荒唐》)但他自己可并不贯彻这项主张。他虽反对剧中出现鬼魅,然而"笠翁十种曲"中却常出现神仙,原来他的写作是以投合观众心理为前提的。"有吉事之家",演出堂会戏时,看到神仙自然高兴,看到鬼魅自然扫兴,可见李渔的这项主张并无反对迷信的意思。

有人说,日常生活中的事情已被前人写尽,后人很难再措手,李渔不以为然。例如以伦理道德而言,他认为不同的时代有不同的忠孝节义,各人表现出来的忠孝节义又各不相同。又如妇人的贞节和嫉妒,后代的表现就有异于前人之处。这里举出的一些原则有其合理的地方,见解是通达的,但他注意之点就是这么一些女人嫉妒之类的事例,趣味低下,可以想见。

为了旌表忠节,使作品发挥更好的"劝惩"效果,可以采取如下的手法:要想劝人为孝,可以塑造一个孝子的形象,"但有一行可纪,则不必尽有其事,凡属孝亲所应有者,悉取而加之"(《审虚实》)。这种描写近于情节的堆凑,还不可能是经过高度概括的个性化形象。只是结合当时的创作实际,考虑到古人在理论文章中表达上的限制,则又可以认为这里所说的道理已经深入到了典型化的问题。

李渔也曾讨论到人物性格的问题,要求"说何人,肖何人;议某事,切某事"(《戒浮泛》)。勿使雷同,弗使浮泛。例如《琵琶记》中"中秋赏月"一场,"牛氏有牛氏之月,伯喈有伯喈之月",两人之语不可挪移,就是语言个性化的好例子。要想取得这样的成绩,作者必须先沉潜到人物的内心中去。"欲代此一人立言,先宜代此一人立心,若非梦往神游,何谓设身处地?"这些地方对创作中形象思维的特点作了生动的描述,都是深知甘苦之言。

三、馀　　论

清代初年之后,所谓"雅部"的昆曲逐渐衰落,包括在"花部"内的各种地方戏逐渐兴盛。清代中叶焦循(公元1763—1820年)著《花部农谭》,指出昆曲的缺点:一是声腔"繁缛",听者如果没有看过本文,也就无从理解;一是内容"猥亵",多才子佳人戏,题材狭隘。这是切中要害的批评。戏曲为士大夫垄断,脱离广大人民之后,生命力即告衰竭。花部戏中也有很多落后的封建意识,但从以上两点来说则比昆曲好得多,易为一般观众接受。焦循以学者身份推崇花部,反映了戏曲史上兴衰变迁的趋势。

第十章　李贽和金人瑞的小说理论

自从市民阶层逐渐壮大之后,某些通俗文学也就随之得到了发展。戏曲、小说在元、明之时已经取得很大的成就。一些见识较高的文人,特别是那些带有市民意识的人,开始重视戏曲、小说的价值。李贽把小说提高到了与经典并重的地位。

〔李卓吾〕常云:宇宙内有五大部文章:汉有司马子长《史记》,唐有《杜子美集》,宋有《苏子瞻集》,元有施耐庵《水浒传》,明有《李献吉集》。(周晖《金陵琐事》卷一"五大部文章")

批点诗文,古已有之;批点小说,则是从李贽开始的。这是我国古代文学批评上的一种特殊形式。作为思想家的李贽,批点小说成了他发表进步思想的一种手段。他在评论作品中的人物事件时,经常联系明代社会的不良现象,一并加以抨击。此外,他对作为文学样式之一的小说从艺术上也作了些分析。

李贽能够根据小说的特点肯定虚构等艺术手段的重要性。《李卓吾先生批评三国志》四十五回评"群英会周瑜智蒋干"曰:"此等机关,如同儿戏,不知者以为奇计也。真是通俗演义,妙绝! 妙绝!"四十六回总评"诸葛亮计伏周瑜"曰:"孔明借箭,亦谋士之奇用到,非奇秘也。通俗演义中不得不如此铺张耳! 为将者勿遂以此为衣钵也。"说明作为小说之一种的通俗演义应该具有虚构、铺叙、夸张等特点,这就触及到了文学上的一个重要问题。一般封建文人总是混淆历史真实和艺术真实之间的关系,他们经常引经据典,认为小说中的一些情节,这也错了,那也错了,用正统的史学观点嗤鄙和否定通俗文学的创作。李贽见解的高明之处,就在能够认清二者之间的不同要求,维护文学作品的艺术特点,从而高度评价通俗小说的艺术技巧。也只有在这种观点树立之后,小说才能够顺利地发展起来。其后无碍居士在《警世通言序》中说:"人不必有其事,事不必丽其人。其真者可以补金匮石室之遗,而赝者亦必有一番激扬劝诱、悲歌感慨之意。事真而理不赝,即事赝而理亦真。"说明小说的灵魂在于合"理"。只要小说反映了客观现实的本质,体现了生活的内在规律,也就具有真实可靠的内容。读者阅读"理真"的作品,"触性性通,触情情出",就能受到多方面的感染。这种认识,更把李贽的见解大大地发展了。

李贽对文字的表达能力很重视,对于小说中的一些精彩描写,总是密点浓圈,郑重提示,例如他在袁无涯本《忠义水浒全传》第三回中对"鲁提辖拳打镇关西"的一段描写,就曾从头到尾一再加圈加点,赞叹不已。鲁智深三拳下去时,第一拳打在鼻子上,第二拳打在眼眶上,第三拳打在太阳穴上,书中都有大段文字加以形容。李贽评曰:"鼻、眼、耳三处,以味、色、声形容,妙甚!"这样的分析,着墨不多,但对指导阅读有启发意义。末复总评这段文字道:"庄子写风,枚生〔枚乘〕写涛,此写老拳,皆文字中绝妙画手。"说明他很注意文学作品中的形象问题。同书第十五回写"吴学究说三阮撞筹",李贽又点出这三个人写得有状有声,激昂如生,积愤堪涕,对作品中具有性格特征的人物语言也加以注意。

李贽对《水浒传》中人物性格的分析,是前所未有的新鲜见解。容与堂本《忠义水浒传》第五十二回批曰:"我家阿迷,只是真性,别无回头转脑心肠,也无口是心非说话。如殷天锡横行,一拳打死便了,何必誓书铁券?柴大官人到底有些贵介气,不济!不济!"同书第三回中,他还对同一类型的人物性格作了区分,虽然语焉未详,但对帮助后人注意个性分析却有指导意义。批语曰:

《水浒传》文字妙绝千古,全在同而不同处有辨,如鲁智深、李逵、武松、阮小七、石秀、呼延灼、刘唐等众人都是急性的,渠形容刻划来,各有派头,各有光景,各有家数,各有身份,一毫不差,半些不混。读者自去分辨,不必见其姓名,一睹事实,知某人某人也。

上述人物性格之间的差异,决定于他们每一个人都有特定的社会地位,特定的发展道路,特定的个性特征,特定的体貌风度,这就扼要地点出了写好人物性格的关键所在。这种分析人物性格的理论,对于帮助读者理解作品有很好的作用,对于指导后人塑造鲜明的人物性格也有重要的作用。

公安三袁继承李贽的传统,也很重视小说。袁宏道《听朱先生说〈水浒传〉》曰:"少年工谐谑,颇溺《滑稽传》,后来读《水浒》,文字益奇变。六经非至文,马迁失组练〔工致〕。"则是认为《水浒》的写作水平超过了六经和

《史记》。

其后以评点小说著称的人,有明末清初的金人瑞。

金人瑞(公元1608—1661年)一名喟,号圣叹;本名采,字若采;长州(今江苏苏州)人。他是一个著名的狂生,在文学上也有一些与众不同的见解,曾评《离骚》《庄子》《史记》、"杜诗"、《水浒》《西厢》为"六才子书",还曾作过一些论证《水浒》文字超过《史记》文字的具体分析。这里实际上是在对以真人真事为特点的史传文学和以虚构为特点的小说创作进行比较的研究。历史著作受到事实的限制,只能"以文运事";文学创作不受具体的人和事的限制,可以充分发挥想象的作用,"因文生事",表达的天地要广阔得多。

金人瑞的批点第五才子书——《水浒》,受到李贽很大的影响。可以说,有关评论《水浒》艺术的一些意见,发展了李贽的学说,而他对《水浒》思想内容的评价,则与李贽的观点正相对立。

这里应该说明一下的是:明代那些署名李贽评点的小说,其真伪却很难判断。陈继儒《国朝名公诗选·李贽小传》云:"坊间诸家文集,多假卓吾先生选集之名,下至传奇小说,无不称为卓吾批阅也。惟《坡仙集》及《水浒传叙》属先生手笔,至于《水浒传》中细评,亦属后人所托者耳。"这种说法应当可信,但也难作定论。姑不说《三国》《水浒》中的某一种批点其作者究竟是谁,把它作为早期的小说理论看待,则仍有其历史价值。金人瑞的一些小说理论,就是在这些批点的基础上发展出来的。

李贽认为,由于宋代政治黑暗和民族矛盾尖锐,"驱天下大力大贤而尽纳之水浒",所以"忠义""归于水浒"。这里对水浒英雄的才能和品德作了充分的肯定。当然,李贽希望的是"忠义不在水浒而皆在于君侧",因此他对动摇投降的宋江评价很高,这也表明他的用心还是想维护明代政权。但他与金人瑞的态度是不同的。金人瑞慑于明末农民起义的威力,对此表示仇视,因而把一百二十回本的《水浒》腰斩成七十回。应该说,金人瑞把后五十回中关于征方猎等芜杂粗率的文字删去,保留了小说的精粹之处,使之成为一部完整的艺术珍品,具有很高的文学见解,对传播此书客观上也起了好的作用。但他在末尾加上了一段梁山泊英雄在梦中骈首就戮的情节,表示参加造反的人都应一一正法,则又只能说是他落后思想的表现了。为此他还极力反对李贽称水浒英雄为"忠义",并反问道:"且水浒有忠义,国家无忠义耶?"这里他虽急于"正名",可也无法证明《水浒传》中的国家到底有哪些"忠义"之处。

李贽引用了司马迁的"发愤著书"说,认为作者施耐庵、罗贯中二人"虽生元日",但看到宋代政治黑暗,小人窃居高位,引起外族入侵,因而愤恨不平,写作《水浒》。这种解释未必切合《水浒》写作的实际,但他意在说明《水浒》作者确是内心有了很深的感受才"喷玉唾珠"的。金人瑞又起而反对,说什么施耐庵只是"饱暖无事",故而"伸纸弄笔",写作《水浒》来消遣。"后来人不知,却于《水浒》上加'忠义'字,遂并比于史公发奋著书一例,正是使不得"(《读第五才子书法》)。足见他有意识地站在反对李贽的立场上,对《水浒》作者的创作动机作了庸俗的说明。其思想水平之低,与李贽无法并论。

但金人瑞对小说的写作毕竟是有体会的。尽管他受时文的影响,用批点八股文的方法分析《水浒》,用了许多形式主义的名目,什么"草蛇灰线法"、"绵针泥刺法"、"鸾胶续弦法"等等,反映了他思想上的陈腐之处。然而《水浒》评点工作中的这些缺点,仍是瑕不掩瑜的。他能注意文学作品中的形象性问题,特别对人物性格作过细致的分析,达到了前所未有的高度。

《读第五才子书法》中说:"别一部书,看过一遍即休,独有《水浒传》,只是看不厌,无非为他把一百零八个人性格都写出来。"又说:"《水浒传》写一百零八个人性格真是一百零八样。若别一部书,任他写一千个人,也只是一样;便只写得两个人,也只是一样。"这就说明写作小说能否成功,关键在于写好人物;而写好人物的关键,又在于刻画性格。这种认识,接触到了小说这种文学体裁的本质问题。

金人瑞是通过人物的言语和行动分析性格的。例如第十回描写林冲谋求王伦等人收录时,批语曰:"林冲语。……虽非世间龌龊人语,然定非鲁达、李逵声口,故写林冲,另是一样笔墨。"又如第二十五回写武松从东京赶回阳谷县,急着与哥哥武大见面时,批语曰:"并不用'友于''恭敬'等字,却写得兄弟恩情,筋缠血渗,观今之采集经语涂泽成篇者,真有金屎之别。"说明文人运用概念化的陈腔滥调无法塑造丰满的形象,只有通过行动描写人物才能刻画出有血有肉的性格。

金人瑞用比较的方法分析人物的性格,例如第四十二回描写李逵杀虎之事,就用武松打虎一事进行比较。批语曰:"写武松打虎纯是精细,写李逵杀虎纯是大胆。"这种分析是细致的,有助于读者清楚地掌握人物的性格特征。他还用比较的方法,在一组同类型的人物之中,分析出每一个人独特的个性特征来。《读第五才子书法》中说:"《水浒传》只是写人粗卤处,便有许多写法,如鲁达粗卤是性急,史进粗卤是少年任气,李逵粗卤是蛮,武松粗卤是豪杰不受羁靮,阮小七粗卤是悲愤无说处,焦挺粗卤是气质不好。"这里根据前人的意见作了发挥,分析得更细致了。他在正文中对上述人物还有许多精彩的分析,读后可以进一步领会此书的文笔之妙。

《水浒传》中人物众多,上至英雄豪杰,下至淫妇偷儿,各式人等,无不写得栩栩如生。作者为什么具有这样的能力,能够写出这么多复杂的人物?他能塑造英雄豪杰的形象,尚有可说,因为他或许具有英雄豪杰的气质;但他"写淫妇居然淫妇,写偷儿居然偷儿,则又何也?"金人瑞在第五十回总批中回答道:

> ……惟耐庵于三寸之笔、一幅之纸之间,实亲动心而为淫妇,亲动心而为偷儿。既已动心,则均矣,又安辨泚笔点墨之非入马通奸,泚笔点墨之非飞檐走壁耶?

这里说的"动心",也就是有关形象思维问题的粗浅说法了。作者之"心"深入到了书中人物的思想感情中去,犹如演员的进入角色,演英雄就是英雄,演豪杰就是豪杰,演淫妇就是淫妇,演偷儿就是偷儿。不管人物如何千变万化,只要作者临文"动心",就能写出各种各样形象逼肖的人物。问题在于:作者需要长期积累生活知识,才能达到挥洒自如的境地。《水浒传序三》曰:

> 《水浒》所叙,叙一百八人,人有其性情,人有其气质,人有其形状,人有其声口。夫以一手而画数面,则将有兄弟之形;一口而吹数声,斯不免再映也。施耐庵以一心所运,而一百八人各自入妙者,无他,十年格物而一朝物格,斯以一笔而写百千万人,固不以为难也。

他用哲学上的问题来说明文学上的问题。所谓"十年格物而一朝物格",对一个写作小说的人来说,就是要求他随时随地细心观察社会上的人和事,长期积累生活知识,对于书中描写到的一切全然烂熟于心,临文执笔,自然左右逢源,一百八人之性情、气质、形状、声口,不难活灵活现地表现出来。这种见解是很精到的,已经深入到了创作过程中的许多重要领域。

总观明清人的小说研究工作,可以认为,不论在生活积累、创作构思、体裁特征、文字表达等方面,都已取得了很多成果。其中对人物性格的探讨工作尤其值得重视。他们一般都很注意遵从生活的真实进行创作,这自然是现实主义的创作方法所要求的。睡乡居士在《二刻拍案惊奇序》中说:"今小说之行世者,无虑百种,然而失真之病,起于好奇。知奇之为奇,而不知无奇之所以为奇。舍目前可纪之事,而驰骛于不论不议之乡,如画家之不图犬马而图鬼魅者,曰:吾以骇听而止耳。"就是对不遵循这一原则而进行创作者的谴责。所谓"无奇之所以为奇",是说一些遵循现实主义原则进行创作的作品,看似平淡无奇,但若反映了生活的真实,也就可以取得"奇"的效果。反之,作者如果一味追求新奇诡异,那就只能起到惊动视听的作用,而不能产生"使人欲歌欲泣"的效果。这里可贵的是,睡乡居士还把运用浪漫主义创作方法而出现的"奇"给区别了开来。"有如《西游》一记,怪诞不经,读者皆知其谬。然据其所载,师弟四人,各一性情,各一动止,试摘取其一言一事,遂使暗中摸索,亦知其出自何人,则正以幻中有真,乃为传神阿堵"。这里对《西游记》中的性格描写作了充分的肯定。这些人物是非现实的,书中的故事情节也是非现实的,但这不是仅能"骇听"的"鬼魅",作者并非"驰骛于不论不议之乡",因为《西游记》"幻中有真",所以能够"传神",这里对《西游》之"真"的叙述,不是接触到了浪漫主义作品中的艺术真实问题了么?

第十一章 浙派和常州词派的词论

明代词学中衰,其时没有产生什么著名的词人,也没有产生什么深刻的理论著作。清代号称词学中兴,相继出现过几个词学流派,并曾出现过一些有影响的理论。

清初出现了以朱彝尊为代表的浙派。朱彝尊(字锡鬯,号竹垞,公元1629—1709年)是秀水(今浙江嘉兴)人。他学识渊博,词亦著称,曾编《词综》三十四卷,体现他的爱尚。汪森在给《词综》作序时,反对柳永一派的言情之作,认为失之于"俚";也反对苏、辛一派的激昂之作,认为失之于"伉"。"鄱阳姜夔出,句琢字练,归于醇雅"。这就表明了浙派的宗旨。他们推崇南宋的词风,以姜夔、张炎等人为宗师。他们的创作"句琢字练",追求"醇雅"的风格。

浙派词人一时称盛,其后继者为厉鹗(字太鸿,号樊榭,公元1692—

1752年)等人,创作上更讲求格律,但在理论上没有什么进展。张其锦于凌廷堪《梅边吹笛谱目录》后跋曰:"朱竹垞氏专以玉田〔张炎〕为模楷,品在众人上。至厉太鸿出,而琢句炼字,含宫咀商,净洗铅华,力排俳鄙,清空绝俗,直欲上摩高〔观国〕、史〔达祖〕之垒矣。又必以律调为先,词藻次之。"说明浙派的后辈更为重视形式上的琢磨,然而不能再开辟什么词学上的新境界。

总的说来,浙派词的所长在于字句之间,因而所作的咏物小词,尚能达到形似的境地,然而他们的作品内容普遍缺乏深厚的寓意,因而产生了意旨枯寂的流弊。这与他们理论上的不足有关。朱彝尊《紫云词序》曰:"昌黎子曰:'欢愉之言难工,愁苦之言易好。'斯亦善言诗矣。至于词或不然,大都欢愉之辞,工者十九,而言愁苦者十一焉耳。故诗际兵戈俶扰、流离琐尾,而作者愈工;词则宜于宴嬉逸乐,以歌咏太平,此学士大夫并存焉而不废也。"这就明确地把词作规定为"歌咏太平"的一种文体,在这种思想指导下产生的作品,不可能有什么先进的思想内容。结合清初社会的具体情况来看,这种理论正反映了统治者的要求,它和诗歌中的神韵派一样,也是在改朝换代社会秩序渐趋稳定而又处在高压政策之下产生的一个文学流派。朱彝尊在《词综·发凡》中又说:"词至南宋始极其工,至宋季而始极其变。"则是一种缺乏历史发展眼光的纯艺术观点。词在唐末五代之时正式形成,南、北宋之际发生变化,南宋末期刻意追求格律,形式趋于凝固。浙派词把"句琢字炼"的作品作为效法的对象,当然会带来偏重形式的缺陷。

常州词派重视词的特点,强调内容的首要意义,是在浙派词的缺点充分暴露之后代兴的一个词派。

常州派的创始人是张惠言。张惠言(字皋闻,公元1761—1802年)是武进(今江苏常州)人。他曾编《词选》一书,只录唐宋词人四十四家,词一百十六首,态度极为谨严。我国古代诗文传统中向有讲求比兴的传统,这时他有见于浙派"无寄托"之弊,以比兴说词,产生了很大的影响。

作为两种不同的表现手法,比与兴是有区别的,前人对此作过很多分析,但到后来应用时,也就作为一个词组,不太区别其间的同异了。"比兴"只是一种譬喻的意思,但这不是修辞手法上常用的譬喻,而是通过作者精心构拟的一种完整形象,以小喻大,以近喻远,藉以暗喻某种寓意。词人强调比兴,目的不仅在于着重这种手法,更为重要的是着重其寓意,以及由此体现的讽喻或美刺的运用。张惠言《词选序》曰:"传曰:'意内而意外,谓之词。'其缘情造端,兴于微言,以相感动,极命风谣。里巷男女,哀乐以道。贤人君子幽约怨悱不能自言之情,低徊要眇,以喻其致。盖诗之比兴,变风之义,骚人之歌,则近之矣。"这里他用《说文解字》中对"词"字的解释来说明词这种文体的特点,不免附会,但其意思是明白的,那就是强调寓意,即内容的重要。他说词的手法近于诗骚,则是藉以抬高词的地位。

常州词派追求"低徊要眇"的效果,也就是寻求含蓄隽永的情趣。继张惠言以比兴说词之后,又出现了周济的以"寄托"说词和陈廷焯的强调"沉郁"。

周济(字介存,号止庵,公元1781—1839年)在《介存斋论词杂著》中说:"初学词求有寄托;有寄托则表里相宣,斐然成章。既成格调,求无寄托;无寄托则指事类情,仁者见仁,知者见知。"这也是他在《〈宋四家词选〉目录序论》中所总结的:"夫词非寄托不入,专寄托不出。"

常州词派突出比兴手法而讲求寄托,有其合理的地方。他们注意到了我国文学写作上的一个特点,那就是比兴的运用,奠基在事物的联想之上。事物之间常有某些类似或相通之处,词人通过丰富的联想,将某些不便明言或不适于明言的话借用另外事物来表达,语在此而意在彼,这就是比兴的运用。读者通过词人构拟的完整的优美形象,领会到更深的含义,享受到隽永的情趣,这就是"有寄托"的作品。但作者既要看到联想的可能性,还要注意到联想的多种可能性,词人应该塑造一种形象,联想的弹性最大,读者可以由此引起多方面的极为丰富的联想。他在从事创作时,就不能把联想的途径局限在某些很具体的事物上,束缚读者联想作用的充分发挥,这就是"专寄托不出"的原意所在了。因此,周济的"寄托"之说,是在张惠言"比兴"说的基础上作出的发展。

这里试举一例以说明之。周济辑《词辨》,录冯延巳《蝶恋花》词,词曰:"六曲栏干偎碧树,杨柳风轻,展尽黄金缕。谁把钿筝移玉柱,穿帘燕子双飞去。 满眼游丝兼落絮,红杏开时,一霎清明雨。浓睡觉来莺乱语,惊残好梦无寻处。"描写的是一片春残景象,好梦乍醒时的怅惘情绪。阅读此词,每一个人都可以用自身的体会去丰富词作的内容,这就给各种各样的联想展示了无限的可能性。谭献评曰:"金碧山水,一片空濛,此正周氏所谓'有寄托入,无寄托出'也。"周济追求的就是这么一种空濛迷惘的境界。

但常州词派的这种学说也很容易产生流弊。从创作上来说,作者内心感受不深，或虽有某些感受，却不明白说出，偏要用美人香草的手法来迷离恍惚地描画一番，表示自己"有寄托"，这种生造的"寄托"，往往是陈陈相因的滥调。况周颐《蕙风词话》卷五曰："词贵有寄托，所贵者流露于不自知，触发于弗克自已。身世之感，通于性灵。即性灵，即寄托，非二物相比附也。恒亘一寄托于搁管〔握笔〕之先，此物此志，千首一律，则是门面语耳，略无变化之陈言耳。"这是创作方面常见的弊病。而从欣赏方面来说，有一比兴之念存于胸中，往往刻意求深，流于牵强附会。例如张惠言评温庭筠《菩萨蛮》词中"小山重叠金明灭"一首曰："'照花'四句，《离骚》'初服'之意。"这就不免与事实距离太远。因为晚唐之时词体产生不久，一般用于歌台舞榭，温庭筠也是一个喜作狭邪游的人，所写的作品，不可能有什么忠君爱国之思，更不能与屈原的《离骚》硬相附会。假如把它作为"有寄托"的佳作而捕风捉影地乱加猜测，只能与事实隔得更远。

　　其后陈廷焯（字亦峰，公元 1853—1892 年）著《白雨斋词话》十卷，进而提倡"沉郁"之说。卷一中说："所谓沉郁者，意在笔先，神馀言外，写怨夫思妇之怀，寓孽子孤臣之感。凡交情之冷淡，身世之飘零，皆可于一草一木发之，而发之又必若隐若见，欲露不露，反复缠绵，终不许一语道破。匪特体格之高，亦见性情之厚。"卷二中说："感慨时事，发为诗歌，便已力据上游。特不宜说破，只可用比兴体。即比兴中亦须含蓄不露，斯为沉郁，斯为忠厚。"说明"沉郁"之说乃是将儒家的"诗教"说结合比兴手法而提出的一种美学要求。常州词派由比兴而倡言"寄托"，由寄托而追求"沉郁"，理论上有一系相承的地方。他们重视词的特点，固有合理之处，作品确是应该意蕴深厚而耐人寻味，但把沉郁夸大为最好的风格，并且认为只有用比兴手法写出的作品才能具备这种风格，这就排斥了作品风格的多样性，并且否定了"赋"这种表现手法的重要意义。例如韦庄的《思帝乡》"春日游"一词，纯以直率之笔出之，一气直下，略无馀蕴，然而千古以来视为佳作。贺裳《皱水轩词筌》曰："小词以含蓄为佳，亦有作决绝语而妙者，如韦庄'谁家年少足风流，妾拟将身嫁与一生休，纵被无情弃，不能羞'之类是也。"常州词派反对直捷痛快的词作，也就显得极为偏颇，只是反映了部分封建文人的情趣。

第七编 清代中后期的文学批评

自1840年鸦片战争之后,随着帝国主义侵略的逐步深入,中国沦入半封建半殖民地社会。腐朽的清统治者,先是闭关自守,后又屈从帝国主义势力,共同压迫人民,而广大的人民群众也就展开了不屈不挠的斗争,进行着反帝、反封建的革命。反映在文化上,主要表现为资产阶级的新文化反对封建地主阶级的旧文化的斗争。这时衰殆的统治阶级已经拿不出什么新的货色,只是利用桐城派和宋诗派,散播其消极的影响。随着民族危机的不断加深,统治者为了挽救自身的危亡,地主阶级内部出现了一些开明的改革派,提出了一些要求变革现状的主张。其后随着国内资本主义经济因素的不断扩大,阶级结构起了较大的变化,晚清之时,更出现了资产阶级改良派和资产阶级改革派。前者的思想中仍然夹杂着浓厚的封建成分,但他们熟悉各种传统的文学样式,而且把主要精力放在通过文艺争取群众上面,所以在文学创作的各个方面都有新的尝试,从而在理论领域内也提出了一些新的主张。这时写作的一些研究小说、戏剧的理论文章,已是严谨的学术性论文,不同于前此的序、跋或随笔,说明他们在写作方式上也有了发展,作出了贡献。资产阶级革命派中一些最先进的人物大都集中精力从事武装斗争,因此在文化领域之内,除在诗歌和戏剧上有些成就之外,总的看来,成绩是不大的。当然,这和中国资产阶级本身的幼稚与软弱也有关系。

第一章 地主阶级改革派的文学见解

就在鸦片战争前后,正当地主政权发生严重危机之时,从这一阵营之中分裂出了某些带有民主色彩的官僚和知识分子。他们具有较开阔的眼界,了解一些西洋的知识,能够看到封建制度的某些弊端,提出过一些局部改革的主张。这些人物可以龚自珍(字定盦,公元1792—1841年)、魏源(字默深,公元1794—1857年)、冯桂芬(公元1809—1874年)、王韬(公元1828—1897年)等人为代表。由于所处历史阶段不同,他们的思想也有很多差异。特别是王韬,后期的思想已经发展而成资产阶级改良派的体系。但他与康、梁等人的情况又有不同,其文学思想,仍与地主阶级改革派的观点相近,故而仍然可以放在这里叙述。

他们一致要求摆脱前代各种文学流派的束缚,而在当时来说,尤其反对那些无病呻吟的陈腐之作。魏源在《定盦文录序》中介绍龚自珍的创作特点时说:"昔越女之论剑曰:'臣非有所受于人也,而忽然得之。'夫忽然得之者,地不能囿,天不能嬗,父兄师友不能佑。其道常主于逆:小者逆谣俗,逆风土,大者逆运会。所逆愈甚,则所复愈大,大则复于古,古则复于本。"龚、魏论文主"逆",也就是要求与传统诗文决裂;而所谓"复于古",从文学上来说,则是要求继承《诗》《骚》的传统。魏源在《诗比兴笺序》中主张恢复比兴的手法,反对"专取藻翰"、"专诂名象"、"专揣于音节风调",均"不问诗人所言何志"的作风。龚自珍在《歌筳有乞书扇者》诗中也说:"天教伪体领风花,一代人材有岁差;我论文章恕中、晚,略工感慨是名家。"推崇那些区别于"伪体"的作品,作家应该有真实的感受,作品中有不平之气。《己亥杂诗》之一有云:"少年哀乐过于人,歌泣无端字字真。"既是个人风貌的写照,也是理论上提出的新要求。

龚自珍在《书汤海秋诗集后》中还提出了"诗与人为一"的主张,要求"人外无诗,诗外无人,其面目也完"。所谓"完",即"要不肯捃撦〔摭拾〕他人之言以为己言,任取一篇,无论识与不识",都能认出这是某一诗人的作品。这就说明:"完"是要求作家真实而充分地表现个人独特的创作个性的一种美学要求。

王韬论诗,反对"宗唐祧宋","摹杜范韩",但也不想"别创一格"。因为诗歌重在表现"性情","与苟同,宁立异",只要保留"一家面目"。《蘅花馆诗录自序》曰:"余不能诗,而诗亦不尽与古合。正惟不与古合,而我之性情乃足以自见。"强调反对传统的束缚而重视表现自己的个性,所论与龚氏之说一致。

这批近代史中首先出现的思想家,要求突破过去的陈旧文风而另闯一条新路,这就使得其中一些诗人比较明确地倾向于采用浪漫主义的创作方法。龚自珍的倾向更为明显。他对李白的诗作了详细的研究,说:"庄〔子〕、屈〔原〕实二,不可以并,并之以为心,自白始。儒、仙、侠实三,不可以合,合之以为气,又自白始也。"(《最录李白集》)这里未能对浪漫主义创作方法的特点作进一步的阐述,但他举出的例子,却正好指出了我国古代积极的与消极的浪漫主义的两个源头,李白的诗也确是混合着这两种不同的因素。于此可见其眼光有独到之处。龚自珍也继承着这种创作传统。《自春徂秋偶有所触拉杂书之漫不诠次得十五首》中有句云:"庄骚两灵鬼,盘踞肝肠深。"说明他和李白之间有着共同的特点。

魏源在《定盦文录序》中介绍龚自珍的思想特点时说:"于经通《公羊春秋》,于史长西北地理。……以朝章国故世情民隐为质干。"其他的人具有更多的西洋文化知识,特别是王韬,不但游历过西洋各国,帮助外国人译书,而且主持香港《循环日报》达十年之久。这样的经历迥异于昔人。他们关心的是一些新问题;他们写作的文章,内容上有了新的因素,这就不能沿用秦汉古文或唐宋古文的笔法来表达了。冯桂芬《校邠庐抗议》和王韬《弢园文录外编》中的一些论文,可以说是近代政论文的开端。他们要求自由畅达地表达思想,不再容忍什么清规戒律的写作方式的约束。冯桂芬还着力批判桐城派古文。《复庄卫生》曰:"……顾独不信义法之说。""称心而言,不必有义法也;文成法立,不必无义法也。""操觚〔执笔〕者以义法为古文,而古文卑,必非先秦两汉之作也。"对桐城派的核心理论作了尖锐的抨击。因为文章主要是依内容的需要而写作的,它不能受某种固定格式的限制,作家若要写好文章,首要的问题在于熟悉需要表达的内容。因此他又说:"道非必'天命''率性'之谓,举凡典章制度、名物象数,无一非道之所寄,即无不可著之于文。有能理而董之,阐而明之,探其奥赜,发其精英,斯谓之佳文。"王韬在《弢园文录外编自序》中也说:"宣尼有云:'辞达而已。'知文章所贵在乎纪事述情,自抒胸臆,俾人人知其命意之所在而一如我怀之所欲吐,斯即佳文。"说明两人的见解有一致之处。只是王韬在《续选八家文序》中又推尊方苞古文,则又显示出了略有不同之点;但王韬推崇方文"简洁有法",或许是后来的一些散文作家也能接受的写作要求吧。从冯、王等人的散文写作上,可以看出其下开"新民体"的发展脉络来。

第二章　太平天国的文学主张

　　为了反对帝国主义的侵略,为了反对腐败的清统治者,中国人民前仆后继,展开了坚决的斗争。1860年时,爆发了太平天国的农民起义。他们建立了自己的政权,采取了一系列的革命措施;限于条件,他们还不能系统地提出文学理论主张,但以洪仁玕为首的一批起义领袖,结合斗争实践的需要,颁布过几项文教政策方面的命令,阐明他们对文学问题的一些看法,提出了文学服从于政治的要求。

　　太平天国的领袖们从农民的利益着眼,反对封建文人的陈腔滥调。洪仁玕(公元1822—1864年)在《军次实录·谕天下读书士子》中宣告说,他到处禁止焚书,想寻求经济之方策,但所见多是吟花咏柳之句,空言无补,"与其读之而令人拘文牵义,不如不读尤有善法焉"。可见其时文风之糜烂。因此他在《戒浮文巧言谕》中又申述道:

　　　　照得文以纪实,浮文所在必删;言贵从心,巧言由来当禁。……况现当开国之际,一应奏章文谕,尤属政治所关,更当朴实明晓,不得稍有激刺、挑唆、反间,故令人惊奇危惧之笔。

　　这是内容方面提出的要求。与此有关,在具本章应用的词汇方面,不能用"龙颜"、"龙德"等字样;在祝寿用词方面,不得用"鹤算"、"龟年"等字样:因为这些都是"妄诞"的浮词。但这些不良的社会现象又是怎样出现的呢?"盖由文墨之士,或少年气盛,喜骋雄谈;或新进恃才,欲夸学富。甚至舞文弄笔,一语也而抑扬其词,则低昂遂判;一事也而参差其说,则曲直难分。倘或听之不聪,即将贻误匪浅。可见用浮文者不惟无益于事,而且有害于事也。"这里对封建文人不良文风的危害分析得很透彻。当然,他们还不可能对这种文风产生的社会根源作深入一层的挖掘。

　　太平天国提倡的文风,要"切实明透,使人一目了然"。"不得一词娇艳,毋庸半字虚浮。但有虔恭之意,不须古典之言"。虽然这些都是对日常应用文字方面的意见,但也不难看出他们的文学主张具有农民阶级朴素而注重实际效果的特点。

　　在有关文学源头的问题上,太平天国的领袖们的看法也与一般封建文人有所不同。在漫长的封建社会中,统治阶级总是强调经典为众理之源,钻研六经即可求得至理,发为文章,必然符合封建文学的原则。洪仁玕等人则提出了截然不同的看法,认为文章中所应阐明之理,应从生活中去寻找。他们说:

> 盖读书不在日慕书卷,惟在诚求上帝,默牖[诱]予衷,则仰观俯察之间,定有活泼天机来往胸中,非古箧中所有者。诚以书中所载之理,亦不外乎宇宙间所著现者,岂天地外复有所谓精理名言乎哉!(《谕天下读书士子》)

这番道理,用了"上帝"之类的宗教用语,但其内涵之中含有合理的因素,那就是确认现实生活为文学的重要源头。文人若要取得活泼的文思,就应深入现实生活中去。当然,他们对生活的内容还不能作出具体的阐述,但也不难看出,这是一种在宗教信仰的笼罩下引导文人注意观察客观现实的文学主张。

总的说来,太平天国的一些领袖在破除清王朝的腐朽文风方面做了很多工作,这些都是他们革命性的表现。但是农民阶级毕竟属于小生产者,狭隘的眼界,片面地强调文艺服从于宗教,则又使他们的文教方针具有很多落后的地方。对待古代的文化遗产,他们不能采取分析批判的科学态度。为了独尊基督教,打击儒家和佛教,他们采取了烧书、删书的错误做法。《诏书盖玺颁行论》中说:"凡一切孔孟诸子百家妖书邪说者尽行焚如,皆不准买卖藏读也。否则问罪也。"后来他们又成立了"删书衙",所有的书籍都要经过这个机构,将其中"鬼话、怪话、妖话、邪话"一概删刻净尽,才能阅读。当代的人如有著述,要想刊行,在《诏书盖玺颁行论》中也有规定,"今将真命诏书一一录明,呈献我主万岁万岁万万岁旨准颁行。但世间有书不奏旨、不盖玺而传读者,定然问罪也"。而在人民日常的文化生活方面,"演戏斗剧"等等都在该禁之列,乃至聚众演戏者也要全行斩首。这样一些规定,或许当时未能一一实行,但是他们在这种偏激的指导思想下实行的文化方针,定然会给文学活动带来极大的破坏;这种在上帝的名义下限制文化乃至取消文化的错误做法,必然会使人民大众的文化生活陷于极端贫乏的境地。对于太平天国这一方面的活动,也可汲取很多具有借鉴意义的经验教训。

第三章　资产阶级改良派的文学理论

晚清时期的资产阶级改良派以康有为(公元1858—1927年)、梁启超(号任公,别署饮冰室主人,公元1873—1929年)、谭嗣同(字复生,公元1865—1898年)、黄遵宪、夏曾佑(字穗卿,公元1861—1924年)等人为代表。他们虽说已经初步建立起了资产阶级的思想体系,但仍带有浓厚的封建意识。为了不动摇国本,企图通过"保皇"的道路,从上而下地进行改良。他们普遍从事文艺活动,把它作为宣传武器,扩大影响,争取群众,因而注意到了文学的样式与形式的问题。但是他们就在这些地方也还表现出了"改良"的特点,一般只在旧有的文学样式的基础上作出局部的革新,而不能进行根本性的革命。

一、翻 译 理 论

资产阶级改良派介绍进许多西方资产阶级的理论,严复(字又陵,又字几道,公元1853—1921年)翻译了几种有代表性的社会科学著作。在当时的语文水平之下,用距离口语很远的文言翻译西洋号称"理深"的思辨性很强的理论著作,无疑会有很大的困难。为了创造一个恰当的词汇,严复甚至"旬日踟蹰"。为了纠正当时翻译界粗制滥造的风气,他在《译〈天演论〉例言》中还提出了"信、达、雅"三条标准。"信"即忠实于原作,"达"即透彻地传达出作者原意,"雅"即行文雅驯。这就完整地提出了翻译上的重要原则,对后代影响很大。但严复的思想带有浓厚的复古色彩,这些翻译理论,也是依傍经典立论的。《易》曰"修辞立其诚",孔子说"辞达而已矣",又说"言之无文,行而不远",严复以为这也就是翻译的最高标准。他甚至还说用汉以前的字法、句法为达则易,用近世通俗文字求达为难。这是一种违反常理、片面追求古雅的谬论,也是跟他轻视人民大众的观点密切相关的。

二、新 民 体

梁启超是改良派中著名的宣传家。在古文的旧有范围内,能够突破散文写作上的一些老套,起过解放文体的作用。试看他有关写作经历的自我

介绍:

> 启超夙不喜桐城古文。幼年为文,学晚汉、魏、晋,颇尚矜练,至是自解放,务为平易畅达,时杂以俚语韵语及外国语法,纵笔所至不检束;学者竞效之,号新文体。老辈则痛恨,诋为野狐。然其文条理明晰,笔锋常带情感,对于读者,别有一种魔力焉。(《清代学术概论》二十五)

改良派从事政治活动,有向中下层知识分子作宣传的客观需要,艰深古奥的先秦、两汉古文显然不适于用,唐宋古文也嫌不畅达,由是相应地产生了梁启超开创的这一种新文体。他以主编《新民丛报》而出名,因而又被称作"新民体"。

新民体是一种改良的古文,和口语还有距离,当时这一政治派别中的有些人物,采取更为进步的立场,要求废止文言,改用白话文写作。如裘廷梁,不但创办了《无锡白话报》,而且发表了《论白话为维新之本》一文,鼓吹使用白话开通民智,对于振兴中国具有十分重要的意义。文中论证了白话文的功能,作为文学语言来运用,将使文言文的表达能力相形见绌。"且夫文言之美,非真美也。汉以前书,曰群经,曰诸子,曰传记;其为言也,必先有所以为言者存,今虽以白话代之,质干具存,不损其美。汉后说理记事之书,去其肤浅,删其繁复,可存者百不一二。此外汗牛充栋,效颦以为工,学步以为巧,调朱傅粉以为妍,使以白话译之,外美既去,陋质悉呈,好古之士,将骇而走耳"。这对当时迷恋于文言的人来说,是有力的揭露。

三、诗界革命

除散文之外,改良派中人物还进行过"诗界革命"。梁启超事后追忆道:"当时所谓新诗者,颇喜挦撦新名词以自表异。丙申(公元 1896 年)、丁酉(公元 1897 年)间,吾党数子皆好作此体。提倡之者为夏穗卿,而复生亦綦嗜之。"(《饮冰室诗话》六十)例如谭嗣同诗《金陵听说法》有句云:"纲伦惨以喀私德,法会盛于巴力门。"喀私德是 caste 的译音,今译种姓,即印度世袭的阶级制度;巴力门是 Parliament 的译音,即英国议会。这类作品,忽视诗歌的特点,所用的词汇和语法,不中不西,生吞活剥,外人自然"无从臆解"。他们滥用新获得的知识,杂凑成章,只表现其崇拜西方文化的热忱而已。

谭、梁等人后来写的作品,虽不像前期幼稚,但成就总不大。资产阶级改良派中,诗歌创作上成绩最好的人,当推黄遵宪。

黄遵宪(公元1848—1905年)字公度,广东嘉应州(今广东梅县)人。曾经出使日、美、英等国,了解到"欧洲诗人出其鼓吹文明之笔,竟有左右世界之力"(《与邱菽园书》)。因此也想运用诗歌宣扬"维新"的主张,通过创作积极参与当前的政治斗争。《与梁启超书》自述志趣道:

> 意欲扫去词章家一切陈陈相因之语,用今人所见之理,所用之器,所遭之时势,一寓之于诗。务使诗中有人,诗外有事,不能施之于外日,移之于他人,而其用以感人为主。

若要达到这样的要求,必须具有独创的精神,力避拟古剽袭,力戒空洞浮泛。但在当时的人来说,大都见识固陋,缺乏创造性。他在少年时代写的《杂感》诗中说:"俗儒好尊古,日日故纸研,六经字所无,不敢入诗篇,古人弃糟粕,见之口流涎。沿习甘剽盗,妄造丛罪愆。"这是多么迂腐的见解!黄遵宪认为:后之视今,亦犹今之视昔,"我手写我口,古岂能拘牵?即今流俗语,我若登简编,五千年后人,惊为古斓斑",则是一种识见通达的主张。当然,诗并不以古斓斑为贵;用"我手写我口"的方法作诗,不应该存心求名于千载之后。这种意见,用来反对盲目崇拜古人的陋习,倡导一种与口语一致的通俗易解的新诗,则有其进步意义。

黄遵宪在少年时期已有"别创诗界"之志。《人境庐诗草自序》曰:"尝于胸中设一诗境,一曰复古人比兴之体;一曰以单行之神,运排偶之体;一曰取《离骚》、乐府之神理而不袭其貌;一曰用古文家伸缩离合之法以入诗。"这里提出的四项原则,一、三两项偏重于内容,即继承楚辞、乐府等民间文学的优秀传统,写作有寄托的作品。二、四两项偏重于写作方法,即突破前人的诗歌格律,运用散文作法做诗。这是适应时代需要而提出的主张。后来他在《与梁启超书》中说,报中有韵之文"当斟酌于弹词、粤讴之间,句或三、或九、或七、或五,或长、或短……"亦即此意。后代社会生活的内容比起前代来要丰富和复杂得多,生活中已经出现了很多新事物和新问题,如果再依过去的调子写作,已经不能再适应了,必须采用更自由的表现方式才能应付。

黄遵宪的这些新鲜意见,显然受到民间文学的很大影响。他重视家乡的民歌,也喜爱日本的民歌,先后笔录和摹写过《山歌》《都踊歌》等好些作品。而在伦敦作外交官时,曾于所写山歌后题记曰:"十五'国风',妙绝古今,正以妇人女子矢口而成。使学士大夫操笔为之,反不能尔。以人籁易为,天籁难学也。余离家日久,乡音渐忘,辑录此歌谣,往往搜索枯肠,半日不成一字。因念彼冈头溪尾,肩挑一担,竟日往复,歌声不歇者,何其才之大也!"民间歌谣中健康的内容和自由的形式,对他的作品都有影响,这在理论上也反映出来了。

黄遵宪在突破旧诗格律的束缚方面作过很多尝试,所制《军歌》二十四章、《幼稚园上学歌》十章、《小学校学生相和歌》十九章,就是带有民间歌谣特点的作品。与前相较,面貌很新。但总的说来,他还不能遵从口语内在的音乐性,彻底突破旧的程式,真正从事诗界革命。因此,他的大部分作品,仍是一些解放了的古诗。这一流派中的理论家梁启超标榜他们的作诗宗旨曰:"吾党近好言诗界革命。虽然,若以堆积满纸新名词为革命,是又满洲政府变法维新之类也。能以旧风格含新意境,斯可以举革命之实矣。"(《饮冰室诗话》六十三)在他们这一批人中,黄遵宪的创作成就最高,梁启超称他"能熔铸新理想以入旧风格",似乎已经实现了诗界革命的要求,然而黄遵宪在与严复的信中:"公以为文界无革命,弟以为无革命而有维新。"说明他也认识到自己的理论和创作都还没有能够开创崭新的局面,只在"旧风格"中求变而已。这和他的政治活动一致,只是起了"维新"的作用。

四、小说界革命

资产阶级改良派极为重视小说。他们不但钻研理论,而且从事创作。所以如此,原因有二:一是吸取西洋资产阶级革命的历史经验,二是看到了人民大众喜爱小说。

梁启超介绍说,过去欧洲各国"变革"之始,一些思想家和革命家,经常用自身的经历或政治的议论写成小说,"往往每一书出,而全国之议论为之一变"。对学生以及社会上的各种人物发生极大的影响。梁启超称这类作品为"政治小说",并且采取有关中国时局者译之,编成《译印政治小说》,作为改良派的宣传读物。

从另一方面来说,这时要想对群众作宣传,也只能用小说等文体为工具。古时正统的经史、诗文,只能在上层人物中传播,一般的人是不太容易接受的。康有为《闻菽园居士欲为政变说部诗以速之》曰:"我游上海考书肆,群书何者销流多?经史不如八股盛,八股无如小说何。"为此严复、夏曾佑编《国闻报》时首创附印说部〔小说〕,所拟《附印说部缘起》曰:"夫说部之兴,其入人之深,行世之远,几几出于经史上,而天下之人心风俗,遂不免为说部之所持。"显然,他们的目的是想通过小说掌握人心。

但人民大众又为什么这样喜欢小说呢?梁启超的解释是有代表性的。他一方面说"凡人之情,莫不惮庄严而喜谐谑"(《译印政治小说序》);一方面又说,小说有"浅而易解"和"乐而多趣"的优点,所以"人类之普遍性"嗜他书不如其嗜小说(《论小说与群治之关系》)。

这种说法过于简单,梁氏自知破绽很多,因为小说内容千差万别,不一定是"乐而多趣"的。有些人阅读能力很高,但还是喜欢读小说,其他一些通俗文体,如信札、文牍,可也引不起大家的兴趣,这都是上述理论无法解释的。梁启超乃进而作了深入一层的探讨。他说"凡人之性",常不能满足于"现境界",而人身能直接感触到的境界很有限,因此常想"间接有所触、有所受","小说者,常导人游于他境界,而变换其常触常受之空气者也",此其一。人对自己怀抱的想象和经历的境界,常若知其然而不知其所以然,"有人焉,和盘托出,彻底而发露之",则必感人至深。此其二。最后他又总起来说:

> 小说为文学之最上乘也。由前之说,则理想派小说尚焉;由后之说,则写实派小说尚焉。小说种目虽多,未有能出此两派范围外者也。(《论小说与群治之关系》)

这种说明,已经进入创作方法的研究:前一类小说,近于浪漫主义;后一类小说,近于现实主义。看来这也是吸取了西洋关于小说的理论而提出的。正像很多资产阶级的小说理论一样,梁启超用抽象的人性论的观点解释读者的阅读心理,并用来说明创作方法的不同,是不科学的。好像每个读者都因不满现实才去看小说,那像前面的解释一样,仍有不能说通的地方,为什么有些很满足于现状的有权有势的上层人物也喜欢读小说呢?

创作方法的不同,应该从作者对现实的态度和采取不同的虚构方法等方面加以解释。梁启超把这个问题引入理论领域,引起后人的注意和研讨,对推进理论研究起过先导作用,但他本人作出的解释则并不完整,且有错误。

梁启超还对小说的感染力作了分析,认为"小说之支配人道也,复有四种力":一曰熏——小说能逐渐烘染人心而变化之,受影响的人更影响他人,辗转以至无穷。这是从空间方面说的。二曰浸——"人之读一小说也,往往既终卷后数日或数旬而终不能释然。"这是从时间方面说的。三曰刺——上两项指小说的潜移默化的作用,这种力则指小说的刺激作用,"能入于一刹那顷,忽起异感而不能自制者也"。四曰提——前三种感染力"自外而灌之使入","提"则更高一层,能使读者如自历其境,身入书中,而为其书之主人翁。"然则吾书中主人翁而华盛顿,则读者将化身为华盛顿;主人翁而拿破仑,则读者将化身为拿破仑"。这是更高一层的感染力。这里所作的分析是细致的,对文学作品的形象特点作了种种说明,对艺术的感染力量作了充分的宣扬,从而对推动小说的发展和传播起了很大的作用。时人咏之曰:"高论千言出胸臆,有如天马无羁勒;稗官小说能移情,不信但看四种力。"(《新小说》第五号登载之《新小说第一号题词十首》第一首)可见其影响之大。只是熏、浸、刺、提之间实际上是很难分割的,梁氏强行割裂,或许在不同角度的理解上有所帮助,但读者也只要心知其意就行了。

基于上述原因,梁氏得出结论,说是小说的性质和地位,如空气,如菽粟;从事创作与出版的"华士坊贾,遂至握一国之主权而操纵之矣"。但中国过去的小说内容都不好,"状元宰相"、"佳人才子"、"江湖盗贼"、"妖巫狐鬼",一切"中国群治腐败之总根原",无不出于小说,尤其"下等社会"受小说影响,"遂成为哥老、大刀等会,率至有如义和拳者起",更使他感受到了政治上的威胁。这些地方暴露出了资产阶级改良派害怕人民群众展开武装斗争的一面。

梁启超对我国古典优秀小说也横加诬蔑。他在《译印政治小说序》中作出了如下的概括,"述英雄则规画《水浒》,道男女则步武《红楼》,综其大较,不出诲盗、诲淫两端"。这种片面的结论,又是一种资产阶级改良派盲目崇拜西洋文化、否定本国优秀历史传统的错误观点。

但从总的方面来看,梁启超的小说理论尽管还有很多不足之处,然而联系到它产生的时代,则还是应该予以高度的评价。因为近代历史发展到这阶段,对于充斥市场的那些宣扬封建意识的小说,确实需要作一番摧毁廓清的工作。也只有把广大人民的思想从封建传统的束缚中解放出来,社会才能得到进一步的发展。因此,梁启超要求革新小说,有其进步意义。在此之前的小说理论,侧重于一些具体手法的研究,深度和广度上都有局限。梁启超汲取西洋有关小说的理论,结合中国的实际,对小说的创作方法和美感特点等重要领域进行了研究,把人们对这种文学体裁的认识水平提高了一大步。这是改良派在小说问题上作出的贡献。

梁启超对小说的社会作用作了过高的估计。作为一种宣传工具,小说确实具有很大的作用,但若把它说成决定社会政治动向的主要力量,则又是一种本末倒置的论点了。他想把小说从封建文化传统的束缚中解放出来,把它纳入改良主义政治活动的轨道,这样既可发挥他们的特长,通过文化活动争取群众,把社会心理潜移默化地吸引到资本主义的道路上去,而又能保存封建政权内的某些基础。因此,梁启超对这项活动寄予无限希望,他三番五次地说:

……故今日欲改良群治,必自小说界革命始;欲新民,必自新小说始。

第四章 资产阶级革命派的文学思想

资产阶级改良派在文学的各个领域都进行了改良的尝试,随之兴起的资产阶级革命派也有利用文学进行政治斗争的打算。在诗歌领域中,柳弃疾(一名亚子,公元 1887—1958 年)、陈巢南(字佩忍,笔名陈去病,公元 1874—1933 年)、高旭(字天梅,公元 1877—1925 年)等人于 1909 年 11 月组织的"南社",活动的面较广,影响较大。高旭《周实丹烈士遗集序》曰:"当胡虏〔对满族的侮辱性称呼〕猖獗时,不佞与友人柳亚子、陈巢南于同盟会后,更倡设南社。固以文字革命为帜志,而意实不在文字间也。盖陈、柳二子深知乎往时人士入同盟会者,思想有馀而学问不足,故借南社以为沟通之具,殆不得已之苦思欤。"于此可见他们创立南社的宗旨了。

南社中人的文学活动,可分三方面叙述。

诗歌 南社中的一些代表人物,都以能诗著称。他们的作品,鼓吹革命,富有政治热情。他们提倡感怀故国的作品,藉以激发民族精神,他们反对拟古主义,对当时一些封建士大夫组成的诗派作了很多批判。清代宋诗很风行,清末更兴起了所谓"同光体",南社诸人起而力加攻击。柳亚子在《胡寄尘诗序》中说:"论者亦知倡宋诗以为名高,果作俑〔倡导〕于谁氏乎?盖自一二罢官废吏,身见放逐,利禄之怀,耿耿勿忘。既不得逞,则涂饰章句,附庸风雅,造为艰深以文浅陋。……其尤无耻者,妄窃汝南月旦之评,撰为诗话。己不能文,则假手捉刀〔请人代笔〕,大书深刻,以欺当世。"这种分析尖锐深刻,显示出资产阶级革命派反对封建余孽的斗争精神。

南社诗人大都能够突破前人的束缚,重视创新。马君武《寄南社同人》诗曰:"唐、宋、元、明都不管,自成模范铸诗才;须从旧锦翻新样,勿以今魂托古胎。"周实《无尽庵诗话序》中说,诗歌之道,"尤贵因时"。可以代表这派多数人的主张。

柳亚子等人提倡"唐音",并非模仿唐诗,而是主张写作音调高亢的诗歌,鼓吹革命。他还提倡"布衣之诗",以清高自许,有不与统治者同流合污的意思,然而也反映了知识分子的脱离群众,自我欣赏。因此,他们的作品一般都有流于空泛的缺点。

戏剧 南社中人对于戏剧的看法,可以陈去病的《论戏剧之有益》为代表。他说专制国家中的"民党"往往有两大计划,一曰暴动,一曰秘密(结社),二者相为表里,却很少有成功的可能。从事戏剧活动则可包含这两大计划。如有"大侠"组班编演汉族灭亡的历史,"或采欧美近事而演维新历史",则可针对群众的嗜好,激励士气,发扬民族精神。陈去病的目的是利用戏剧为革命服务,用意未尝不佳,但他对武装起义缺乏信心而把希望寄托在文艺上,表现出了文人的迂腐之见。

小说 南社中人也很注意利用小说进行政治宣传。他们对小说的看法,一般说来,要比改良派中人物的看法科学一些。梁启超小说理论中的一些错误论点,很多地方受到了批驳。

梁启超曾把旧中国的腐败归罪于小说。曼殊提出了怀疑,说:"今之痛祖国社会之腐败者,每归罪于吾国无佳小说,其果今之恶社会为劣小说之果乎,抑劣社会为恶小说之因乎?"(《小说丛话》)显然,他是反对前一说而主张后一说的。如果承认了前一说,无异开脱了贪官污吏等恶人的罪责,好像只要从事文艺活动,写出好小说,就可改良社会,不必根本推翻原来的社会秩序。这是改良派宣传活动目的之所在。如果承认了后一说,那就必然会得出如下结论:只有改造劣社会,才能根除恶小说,这就是一种革命的见解了。它对破除改良派的谬论有进步意义。

南社中人认为小说的位置也应摆正。黄人承认小说对社会的影响极大,但却不同意梁启超等人所说的小说能决定一切。他在《小说林发刊词》

中说:"昔之视小说也太轻,而今之视小说又太重也。"前人鄙视小说,甚至看作鸩毒、妖孽,"今也反是",好像"国家之法典,宗教之圣经,学校之科本,家庭社会之标准方式,无一不惄〔尽〕于小说者。其然,岂其然乎?"这种看法,也是比较妥当的。

与此相关,他们还对一切污蔑祖国优秀小说的论点作了驳斥。黄人认为《水浒传》"创社会主义",凭托不得志的英雄谴责了害民的蠹虫;《红楼梦》"阐色情哲学",假借美人香草抒发了故国之思:二者不是诲盗、诲淫的作品。同样的意见,在并非同一政治派别的王钟麒等人的文章中也有表现,因而这种解释在当时来说有其代表意义。他们对这两部小说的性质还有很多错误认识,但其目的都在利用小说作宣传,使之服从革命的需要,而且是从维护民族尊严着眼的。比起梁启超等人的见解要高明得多。

可以说,梁启超的《论小说与群治之关系》一文,从理论建设的角度来看,达到了当时的最高水平,对推动晚清的文学创作也曾起过巨大的作用。吴沃尧(字趼人)《月月小说序》曰:"吾感夫饮冰子《小说与群治之关系》之说出,提倡改良小说,不数年而吾国之新著新译之小说,几于汗万牛,充万栋,犹复日出不已而未有穷期也。"但是梁启超的小说理论中也有一些显然的不妥之处,经过资产阶级革命派中人物的纠诘驳难,分清了是非,这就把小说理论的水平推进到了一个新的阶段。

这一时期有些倡导小说的人对小说的性质作了新的探索。他们接受了西洋资产阶级唯心主义美学的影响,倾向于纯艺术论的小说观,例如黄人说:"小说者,文学之倾向于美的方面之一种也。"有人写小说而不追求美,"一秉立诚明善之宗旨,则不过一无价值之讲义,不规则之格言而已"(《小说林发刊词》)。这就有把形式置于内容之上的倾向了。东海觉吾(徐念慈笔名)在《小说林缘起》中介绍了黑辫尔(今译黑格尔)、邱希孟等人的学说,认为"小说者,殆合理想美学、感情美学而居其最上乘者",它有"醇化于自然"、"具象理想"、"实体之形象而起快感"、"形象性"、"理想化"等特征与功能,这里对小说的原理进行了较深入的探讨,但明而未融,还不能结合本国的实际,有新的创获。金松岑和寅半生等人则注意到小说应该有益于社会的问题,他们认为介绍西洋的言情小说"宜少留遗地",林纾翻译《迦因小传》,译全了迦因恋爱怀孕的情节,他们就认为不如包天笑的节译本好,则又说明这些人物的头脑中也还有很多封建思想的残馀。

第五章　王国维集资产阶级美学之大成

一、生平简介

王国维(公元1877—1927年)字静安,号观堂,浙江海宁人。清末民初的著名学者。早年热衷于钻研西洋唯心主义哲学,后又耽读清代朴学家的著作,因为他能吸收西洋资产阶级哲学方面的成就,总结中国经史研究方面的学术成果,再加上本人的深思好学,于是在文学和史学的许多领域内取得了卓越的成就。他把中国古典文学理论与西洋美学融合起来,提出了一些前人从未谈过的新见解,开拓过一些前人从未触及的新领域,把传统的诗文评方面的研究工作推进了一大步。可以说,后来资产阶级学者所介绍的一些唯心主义文艺理论,都可从他的学说中找到具体而微的因子。

王国维的思想中充满着矛盾。他对封建的旧秩序已失去信心,但对资产阶级民主革命也有不满,《静安文集续编自序》中说"体素羸弱,性复忧郁,人生之问题日往复于吾前",而又找不到理想中的归宿,因此常感前途茫茫,悲观厌世。民国成立后,他以曾受清帝宠眷之故,对没落窘迫的清廷表示同情,而对北洋军阀时期那种肮脏的政局表示厌恶。王氏一心追求的是超脱于政治而又无法超脱。北伐之役起,急风暴雨般的斗争,更使他感到惶惑,受到刺激,于是在革命高潮中投水而死。

在他几部著名的文学著作中,反映了他学术思想的发展。

二、《红楼梦评论》

王国维早年所著的《屈子文学之精神》(1906年)、《文学小言十七则》(1906年)、《古雅之在美学上之位置》(1907年)等文,吸收了西洋资产阶级学者的一些论点,用以探索中国的文学问题,但还未能形成自己的学术体系。他在1904年所作的《红楼梦评论》,用叔本华的学说解释《红楼梦》,实际上是曲解《红楼梦》的精神,为叔本华的学说作佐证。这种研究方法虽然牵强附会,但他阐发的论点,适应清末混乱的时局,投合某些对前途缺乏信心的士人的口味,发生过很大的影响。

叔本华是19世纪初期德国的一个唯心主义哲学家。他继承了康德的学说,吸取了佛教哲学中一些虚无寂灭的论点,宣扬悲观厌世的人生观。王国维因性之所近,将它介绍过来。他首先提出问题道:"生活之本质何?"答案曰:"欲而已矣。"人的欲望又是很难满足的,如果不满足,就会感到痛苦,痛苦之后,却又感到厌倦,"故人生者,如钟表之摆,实往复于苦痛与倦厌之间者也"。然而厌倦本身也就是一种痛苦,"故欲与生活与苦痛,三者一而已矣"。

"男女""饮食"为人生基本之"欲"。物质方面的欲望容易满足,精神方面的欲望不容易满足,《红楼梦》就是这么一部表现男女情欲的"悲剧"作品。据叔本华说,悲剧还可分为三种,一是由恶人倾陷而成的,二是由命运摆弄的,三是"由普通之人物,普通之境界,逼之不得不如是"的。第三种悲剧尤为可贵,因为它证明了"人生最大之不幸"实为"人生之所固有故也"。照王国维看来,《红楼梦》中的故事正好证明了上述第三种悲剧的原理,故而他说:"《红楼梦》者,可谓悲剧中之悲剧也。"

这种解释,是对《红楼梦》中反映的内容的歪曲。曹雪芹以现实主义手法描写的贾府,常见倾轧、淫乱和暴虐,王国维却认为书中只反映了"通常之道德,通常之人情,通常之境遇",可见他本来认为这种封建秩序是正常的,所可悲者,只是里面产生的悲剧难以克服罢了。王国维是抱着无可奈何的心情看着统治阶级的沦亡,而又想故作达观,但又无法掩饰内心的矛盾,于是归罪到人类社会的存在。这些地方表现出了王国维世界观中暗淡的一面。

王国维以"饮食男女"为人生最重要之"欲",无异于把人类有目的的社会生活降低成动物的本能。如何克服这些"欲"所带来的痛苦呢?他说:"解脱之道,存于出世,而不存于自杀。出世者,拒绝一切生活之欲者也。"这里贾宝玉又成了完美的榜样。王国维认为:《红楼梦》的价值,就在于描写了人生的痛苦与解脱的途径,它能使读者得到启发,"离此生活之欲之争斗,而得其暂时之平和",而这也是一切文艺作品的目的。

文学作品为什么能起到这样的作用呢? 王国维续作论证,大意是说:实物之于人,有利害关系,容易引起欲望,产生痛苦;文学作品不同,"欲者不观,观者不欲",能"使人易忘物我之关系",故而艺术之美优于自然之美。这里宣扬的是超功利的纯艺术观。

根据这样的原理,作家自然应该避免写作重大题材,以免引起读者的生活之欲,他们应当把注意力放在形式上,这样才能使人超脱于利害的关系。为此王国维又说:"一切之美,皆形式之美也。就美之自身言之,则一切优美皆存于形式之对称、变化及调和。……凡属美之对象者,皆形式而非材质也。"(《古雅之在美学上之位置》)这样他又大力宣扬了形式主义的艺术观。

再进一步说,文学既无意义,也就无异于游戏,因此王国维又说:"文学者,游戏的事业也。人之势力,用于生存竞争而有馀,于是发而为游戏。"(《文学小言》)这里他又介绍了西洋文学理论上的所谓游戏说。

以上这些理论,彼此还有矛盾之处,但它奠基在同一种思想基础之上,只是作了多方面的阐发罢了。在当时的中国,这些学说或许还显得新鲜,因为这些理论从未在中国古代文坛上出现过,处在半殖民地化的清代末年,还是有不少人盲目信从。但从另一角度来看,则又可以认为,它也起过一些启发思想、开拓眼界的作用。

三、《人间词话》

王国维在三十多岁时写下了这部作品,探讨文学艺术中的许多重要问题,开始建成有体系的学说,内容超出了只讨论一种文体的一般词话的范围。

除宋代外,词学最盛的朝代,就要数到清代了。清初兴起了浙派,以清虚为尚,宗奉姜夔、张炎,其后流为空虚浮滑;常州词派继起,标榜寄托,宗奉王沂孙等人,其后流为迷离恍惚;与王国维同时的王鹏运、朱孝臧等人,重视技巧声律,提倡吴文英的词风,则又流为晦涩蹇碍。在王国维看来,这些流派成就都不高,因为他们没有抓住文学创作的核心问题。因此,他在《人间词话》中首先提出了"境界"之说:

> 词以境界为最上。有境界则自成高格,自有名句。五代、北宋之词所以独绝者在此。

"境界"一词,见于佛经。如《俱舍论颂疏》中就提到人有眼、耳、鼻、舌、身、意六根,具有六识的功能,能够感知色、声、香、味、触、法六境。前五境指具体的感受,后一境是抽象的领会,然而佛家认为"实相之理为妙智游履之所,故称为境"。也就是说认识"实相之理"也能形成境界,说明境界原来就是基于个人感受而产生的。王国维在谈论境界时也着重在个人外在的与内在的感受。

王国维有时又称境界为"意境"。这个概念也不是首先由他提出的。早在魏晋南北朝时期,刘勰等人就讨论过有关"意"与"境"谐的问题。其后自唐代至晚清,一直有人进行探讨。王国维在阐述自己的学说时,虽然没有说明继承了前代的哪些东西,但他的境界说与王夫之等人有关意境的理论有着很多相近的地方,只是王国维又融贯进了很多西洋的美学思想,从而作出了新的发展。他在署名山阴樊志厚的《人间词乙稿序》中说:

  文学之事,其内足以摅己,而外足以感人者,意与境二者而已。上焉者意与境浑,其次或以境胜,或以意胜。苟缺其一,不足以言文学。

作品之中包含着"意""境"两项要素,这是任何作品都有的。"境"相当于现在所说的文学形象,这是容易理解的,因为形象化的文学作品无不呈现出具体的"境"。但王国维又郑重指出:"境非独谓景物也。喜、怒、哀、乐,亦人心中之一境界。故能写真景物、真感情者,谓之有境界,否则谓之无境界。"这里特别揭示"境界"中的感情要素,则是着重论证了抒情诗中的形象问题。王国维针对我国古代文学中抒情诗特别发达的这一重要现象,提出了"境界"这一概念,探讨抒情诗中作者本人主观因素的这一方面,藉以全面地探讨文学中的形象问题。

他在论证文学特点时强调了一个"真"字。也就是说:景物要"真",感情要"真"。"大家之作,其言情也必沁人心脾,其写景也必豁人耳目。其辞脱口而出,无矫揉妆束之态。以其所见者真,所知者深也。诗词皆然。"这是他反对南宋词、提倡北宋词的主要依据。一般说来,南宋词追求形式技巧,而于性情之真上有所欠缺,清代各词派反而重视南宋之作,也就引起了王国维的反对了。

王国维在论证作家的写作态度时,把这区别为"主观"与"客观"两种。他举李煜为例,说:"词人者,不失其赤子之心者也。故生于深宫之中,长于妇人之手,是后主为人君所短处,亦即为词人所长处。""客观之诗人不可不多阅世,阅世愈深,则材料愈丰富,愈变化,《水浒传》《红楼梦》之作者是也;主观之诗人不必多阅世,阅世愈浅,则性情愈真,李后主是也。"这种主张"童心"的意见,或许与我国古代的文学理论有关,但西洋也尽多这方面的学说。叔本华就认为天才就是赤子。《人间词话》中曾云:"尼采谓:'一切文学,余爱以血书者。'后主之词真所谓以血书者也。"这里也在说明李煜性情之真,可见这些地方还曾受到尼采等人的影响。

王国维对各种文体的分类,主要依据自亚里士多德起的西洋分类法。由此可知其本意是在说明:叙事的文学〔叙事诗、史诗、戏曲等〕作者应该阅世深,即对社会人生要有深刻的体验和观察;抒情的文学〔《离骚》、诗、词等〕作者应该阅世浅,这样才能保持"赤子之心"。从王国维对文学上这两大类作品的不同要求来看,有其合理的地方,但也应该指出,生活在各种复杂的社会关系之中的人而要保持赤子之心,是不可能的。李后主在写作上所以成功,正因后期生活起了巨大的变化,经历了亡国之痛,才能产生血泪之作。这是一种与儿童的啼饥号寒无法比拟的深沉之思,是他"阅世愈深"之后出现的深切感受。因此,就以李煜为例而言,这种意见也是站不住脚的。"主观之诗人不必多阅世"的说法,在理论上是错误的,在实践上是有害的。

王国维把"境界"分为"有我之境"与"无我之境",这与"主观诗人"与"客观诗人"似有关系,实则不同,因为这里是从"物""我"之间的关系着眼的。《人间词话》中说:

> 有有我之境,有无我之境。"泪眼问花花不语,乱红飞过秋千去","可堪孤馆闭春寒,杜鹃声里斜阳暮":有我之境也。"采菊东篱下,悠然见南山","寒波澹澹起,白鸟悠悠下":无我之境也。有我之境,以我观物,故物皆着我之色彩。无我之境,以物观物,故不知何者为我,何者为物。

这种说法容易产生误解。照常理来说,世上不可能有什么"无我之境",因为客观事物反映到作品中时,必然经过作者的观察,融合了他的思想感情,然后再用文学形象反映出来。因此世上不可能有什么"无我"的作品。实则王国维的学说之中包含着这方面的论证。他曾说过:"昔人论诗词,有景语、情语之别,不知一切景语皆情语也。"就是为了说明作品中的景物形象无不染上了作者个人的感情色彩。

所谓"无我之境"与"有我之境",应该联系康德和叔本华的学说中有关审美静观的理论来作考察。王国维曾说:"无我之境,人惟于静中得之;有我之境,于由动之静时得之。故一优美,一宏壮也。""优美""宏壮"这一对概念,属于西洋美学中的重要范畴,王国维在其他许多文章中也使用过,可以由此探索这种学说的真实用意。

他在《叔本华之哲学及其教育学说》一文中曾用比较的方法介绍过这两

种不同的情况。"今有一物,令人忘利害之关系而玩之而不厌者,谓之曰优美之感情。若其物直接不利于吾人之意志,而意志为之破裂,唯由知识冥想其理念〔一译观念〕者,谓之曰壮美之感情。"诗人欣赏外物,物我之间不存在什么利害关系,因此自观察到写作,一直保持着"静"观的态度,这时他摆脱了生活之欲,犹如客观存在之一"物","以物观物",犹如辛弃疾在《贺新郎》一词中所说的:"我见青山多妩媚,料青山见我应如是。"物我之间达到了妙合无垠的状态,这就出现了"无我之境",此"境"于"静"中得之,反映于作品中的是"优美的感情"。物我之间存在着利害的关系,引起诗人七情六欲的波动,生活的意志也为之破裂,于是他努力挣脱这一客体和意志之间的种种关系,智力发挥它独立的作用,对前此的激动情绪作宁静的观照,将之反映于作品中,这就是"壮美的感情"。《文学小言》中说:"激烈之情感,亦得为直观之对象,文学之材料。"而这样的文学作品也就呈示为"有我之境",此境乃"由动之静时得之"。《红楼梦评论》中说:壮美之情"其快乐存于使人忘物我之关系,则固与优美无以异也"。这种理论追求的是审美静观时主体和客体融合为一,作品呈现出和谐的古雅之美。

这种学说中的主体,是那个在审美静观中完全客观化了的"我",因此这种意境的理论和我国古代传统的感物起兴说有很大的不同,后者总是强调情随物迁过程中境的首要作用。比较起来,王氏的学说就是一种纯艺术观了。但是这种学说也有它合理的内核,它要求诗人"胸中洞然无物",超脱于小我,反对"庆赏爵禄""非誉巧拙"以及一切个人之私,从而否定"铺缀的文学"、"文绣的文学"、"模仿的文学";这样才能做到"观物也深","体物也切"。它对自然美的发现和艺术塑造作了很深的发掘,进行了细致的分析,这就为后代研究文学理论的人提供了思想资料。

从创作过程来说,作家必须经过观察和表达这样一些阶段,这些地方也会出现很多不同的情况。在观察问题上,王国维把"境界"分为"常人之景"和"诗人之景";在表达问题上,他又作出了"写境"与"造境"之分。

《人间词话》中说:"境界有二:有诗人之境界,有常人之境界。诗人之境界,惟诗人能感之而能写之……若夫悲欢离合、羁旅行役之感,常人皆能感之,而惟诗人能写之。"这里强调"诗人之境界",作为对诗人的要求说,有其合理的地方,因为作家确是应该培养超乎寻常的艺术敏感,能在纷纭复杂的生活现象中汲取具有典型意义的境界,这样才能打动读者,使作品具有永久的生命。但他为了强调作家的可贵,又说"一切境界,无不为诗人设。世无诗人,即无此种境界"。因为只有诗人才具有充分的客观性,能把"天下情景"或"激烈的感情"凝结为优美或壮美的境界。这就说明上述观点仍然是从审美静观的学说中生发出来的。

《人间词话》中说:

> 有造境,有写境,此理想与写实二派之所由分。然二者颇难分别。因大诗人所造之境,必合乎自然;所写之境,亦必邻于理想故也。

"写实"诗人的特点在于客观地反映现实,"理想"诗人的特点在于主观地构拟境界。这里作家表现出来的两种不同的创作态度,也就是现实主义和浪漫主义两种不同的创作方法的问题。他又说:

> 自然中之物,互相关系,互相限制。然其写之于文学及美术中也,必遗其关系、限制之处,故虽写实家亦理想家也。又虽如何虚构之境,其材料必求之于自然,而其构造亦必从自然之法则,故虽理想家亦写实家也。

这里是在从学理上探讨"理想"与"写实"两派之间的同异。理想派虚构的境界尽管不是生活中常见的或实有的,但性格或情节的发展等要素却必须符合生活的真实和法则,否则这样的作品就是无法理解的了。写实派创作的作品,根据的是客观存在着的生动现实,但客观事物变动不居,而且处在难以穷尽的各种交错关系之中,作家截取中间一个片断,进行创作,必然为某种理想所支配,所以作家虽是"写实家,亦理想家也"。王国维在区别文学中的这两大流派时,能够把握住它们的特征,而且分析到了两者之间的交错渗透的关系,说明世上没有纯粹的写实家和理想家,见解是精辟的。但他说到作家创作时"必遗其关系限制之处",是说作家要对客观现实进行生动的直观,让那些"写境"的作品超脱于利害关系和时空限制之外,这样也就呈现出一种"理想"的境地。由此可见,这种理论的基础仍然是从康德、叔本华等人的学说中发展而来的。

王国维从作家的创作态度着眼提出了另一组与此有关的新问题。

> 诗人对宇宙人生,须入乎其内,又须出乎其外。入乎其内,故能写之;出乎其外,故能观之。入乎其内,故有生气;出乎其外,故有高致。

此外有一段文字可以与此并读。"诗人必有轻视外物之意,故能以奴仆命风月;又必有重视外物之意,故能与花鸟共忧乐。"因为作家具有"轻视外物"和"重视外物"的两种态度,于是形成了"能出"与"能入"两种不同的修养。作家能够"轻视外物",所以能够驱使外物,而不为外物所局限;这样他才能保持冷静的观照,达到"出乎其外"的修养高度。作家又必须"重视外物",将感情倾注到外物中去,达到"故能写之"的高度成就。这些理论,仍然是从他的基本文艺观点发展出来的,但这里含有深入生活、又要超越于生活的内核,仍能给人很多启发。这是很有哲理意味的一种文学理论。

王国维在写作技巧方面也有很多精辟的见解。他说:"'红杏枝头春意闹',着一'闹'字而境界全出。'云破月来花弄影',着一'弄'字而境界全出矣。"这里讨论的是我国诗文理论中的炼字问题。诗人一般都很重视在动词和形容词上进行推敲,如何使诗词中的形象更为具体生动,王国维则用"境界"说来解释传统的"炼"字。上属词中的"闹""弄"二字,可以显出"景物"之"真",也反映了作者感情之"真",这里把作者对外界事物的真切感受完美地表达出来了。王国维把这种"境界全出"的作品称之为"不隔";反之,作品于"景物""感情"之"真"上有所欠缺,也就被称为"隔"了。他用很多具体例句说明过"隔"与"不隔"的问题。总的说来,要求作家在观察外物时,有"真"的感受,而在表达时,又有"真"的抒写。反映在作品中,也就是有"真景物、真感情"的"境界全出"的作品。如果作家性情不真,语多浮词,当然会有"隔"的缺陷。在用词造句时喜用代字,如周邦彦以"桂华"代月光,也就影响到形象的鲜明具体,这就显得"隔"了。《人间词话》中还说:"人能于诗词中不为美刺投赠之篇,不使隶事之句,不用粉饰之字,则于此道已过半矣。"说明他也反对隶事。但他在这些地方并不采取绝对排除的态度,因为他也说过:"'西风吹渭水,落日满长安',美成以之入词,白仁甫以之入曲,此借古人之境界为我之境界者也。然非自有境界,古人亦不为我用。"可见作家若能情意深长,大气磅礴,那在一定的情况下,可以把典故和现成的诗词警句纳入自己的境界中去,但这或许只能算是特殊的变例了。

总结上言,可知王国维在写作《人间词话》时,虽然受着唯心主义世界观的限制,在理论中灌输进了很多错误的观点,在表达上留下了很多艰涩费解的地方,但从总的方面来说,他以"境界"说为核心,紧紧抓住抒情诗中的形象问题展开讨论,阐明了文学上的很多基本原理,分析是细致的,把文学理论的研究工作推进了一大步。在漫长的封建社会中,从文学理论的发展来说,王国维的这些著作,可以看作由旧入新的一座桥梁。

四、《宋元戏曲考》

王国维在民国元年(公元 1912 年)写此书,把他以前研究宋元戏曲的心得总结提高,组成有系统的学说。从这开始,戏曲史的研究才被人们注意,因此这项工作具有开创性的意义。由于他的研究方法与学术观点还与过去一样,偏于材料的考核和整理,而对元曲的思想内容缺乏了解,因此他所阐发的问题主要限于文辞和形式等方面。

王国维在《元剧之文章》一章中介绍了焦循《易馀籥录》中的学说,认为一代有一代之所胜:自楚辞以下,汉则专取其赋,魏、晋、六朝至隋则专取五言诗,唐则专取律诗,宋专取其词,元专取其曲。后来好些人写作的文学史,就是根据这种学说组织材料的。王国维把不为人重视的元曲推崇到和唐诗、宋词并列的高度,起到了推动戏剧研究发展的作用。但是这种看法还是很不全面的。因为一种文体的成就很难代表一个时代的文学,强调汉赋的地位势必会抑低汉代散文和乐府诗等其他文体的成就。而且这种研究方法势必会把文体的演变当作文学史的中心问题,这样也就否定了作品内容的变化对形式的巨大影响。这种看法也与王国维的形式主义观点有关,曾在后起的文学史研究工作中产生过偏颇的作用。

随着中国历史的发展,文学理论也经历着不同的阶段。王国维为资产阶级的美学全面地奠定了基础,达到了清代末年学术上的最高成就。就在这时候,年轻的鲁迅也已开始进行文学活动;五四之后,又介绍进了马克思主义的文学理论;于是中国文学批评史揭开了新的一页。人们在新的世界观的指导下钻研着古典文学理论批评的材料。

小　　结

　　学习中国文学批评史，除了可以由此了解中国古代文学理论批评上继承发展的历史事实外，还有以下几个方面的作用：

　　一、帮助我们更全面地、更深刻地了解文学史。

　　理论和创作是不可分割的。理论总结了创作上的成就，又指导创作的开展，因此有些文学理论起了集大成的作用，例如刘勰的《文心雕龙》，对各种文体的演变和创作经验进行了全面的总结；有些理论起到了开风气的作用，例如李贽的《童心说》，曾对明代后期的文学活动产生过极为巨大的影响。

　　有些文学流派的创作活动和它的理论主张更是紧密结合着的，例如唐代的古文运动和新乐府运动。若要了解他们创作上的利弊得失，不能不了解他们理论上的利弊得失，而要做到这样，就不能不研究产生这种理论的时代背景和历史条件。

　　各种文学流派之间还有继承和发展的问题，例如神韵派和《沧浪诗话》，《沧浪诗话》和《二十四诗品》……前后之间都有线索可循。若要了解或批判某一种创作倾向，如果找不到它的根子，也就难于把握它的实质，妨碍认识的深化。

　　二、对古代的文学实践进行科学的总结，可以丰富文学宝库，为当前的创作活动提供借鉴。

　　世界各国文学的发展是受它们内部的一般规律支配的，只是由于各国情况不同，传统有异，故而呈现出不同的面貌。中国的文学创作也有自己独特的成就和收获，理论上同样如此。总结这方面的成果，可以丰富世界文学宝库。

　　中国是一个在诗歌和散文方面有着丰富遗产的国家，积累过许多可资参考的经验。戏剧、小说虽较后起，但也有自己的特色。总结这方面的创作经验,明确其优缺点何在,引为借鉴,就可给当前的文学创作提供资料,为写出富有民族气息的作品提供参考性的意见。

三、提高民族自信心。

过去有些学者用西洋的框框套中国的实际,从而否定中国古代文学理论上的成就。他们的主要意见有二:一是说这种理论不系统,二是说缺乏作家作品批评。实则中国也有系统完整的著作,如《文心雕龙》《闲情偶寄》等均是。而且中国过去的文人讲意境,讲神似,讲体验,讲韵味……他们大都是作家兼批评家,故而深知创作中的甘苦,所谈心得体会,常能片言中的,这样也就形成了中国文学批评的特色。

西洋小说、戏剧产生得早,为了分析这些篇幅很大的作品,出现了大量的作家、作品批评。中国自明清之后,随着小说、戏剧的繁荣,篇幅巨大的作家、作品批评也已陆续出现。这些地方彼此各有其特点,似乎也不必强分高下。

而且中国的文学批评方式很多样,如诗话词话、眉批夹注、五色圈点等等,丰富多彩。有些著名的论诗绝句,也就是千古传诵的诗歌名篇。中国具有这样丰富的遗产,不应妄自菲薄。

当然,中国的学者也不应该是国粹论者。对待过去的历史遗产,应该运用正确的观点进行科学的分析。对于古代文学理论家写作的东西,既不能一味歌颂,也不应一笔抹杀,而要批判地加以继承。阅读文学批评史后,可以建立这样的信心:中国古代的文学家在创作上有突出的成就,文学理论家在理论建设上也有可观的成绩。中国古代的文化,不论在文学创作还是在理论总结上,都是绚烂多彩,硕果累累。前辈学者在建设中国文学批评史这门科学时作了很多筚路蓝缕的工作,他们在材料的搜集、整理、分析等方面作了大量的研究,为后人的继续前进开辟了广阔的道路。我之所以写作这样一本小书,目的也在藉前人之馀荫,为这工程增添一砖一瓦。只是限于自己的水平和本书的篇幅,这里所作的叙述是很不够的,远不能把中国古代文学理论批评的面貌勾勒出来。因此,衷心希望能有更多的学者来作更好的评述。

附录一

发见中国文学批评理论的独特会心
——评周勋初《中国文学批评小史》

蒋 凡 汪涌豪

　　中国文学批评史研究,自20世纪20年代发端以来,经由数代学人的努力,已取得了相当的实绩。特别是随科学理论和方法的传入,乃至20世纪80年代以来人文科学研究的再度繁荣,正走向成熟的境地。其中,周勋初教授《中国文学批评小史》一书(长江文艺出版社1981年初版),篇幅较其他几部批评史小,但因有深厚渊博的学识作底里,其高屋建瓴的立意、宏肆博辩的议论,仍给人留下深刻的印象。海外汉学界每以为了解中国古文论的锁匙,不但港台等地和韩国纷纷盗版,韩国理论与实践出版社还有译本,数所大学用为教材,在日本也至少有两位学者正着手翻译,于此可见它在海内外的影响正日趋扩大。

　　《中国文学批评小史》以二十万字的篇幅,对先秦至晚清文学理论及批评的发展历程,作了简明扼要的评述。因是简明扼要,自然不可能对每个具体问题作充分的展开,有些根本就未论及。不过,要特别说明的是,这种处置方式,不仅基于全书结构特点和篇幅的限制,在作者而言,取舍品评之间,更有自己独立的思考。那就是看它是否有创造性,有开创一代风气的新内容。倘"按产生这种理论的时代来说,已经没有什么新鲜的意义,也就不一定要在史中占个位置了"。故《小史》繁简有别,实是依就史实平衡裁量所得。惟其如此,批评史中重要的问题,基本都包括在内。不但古代部分,即清中后期文论也有专章专节论列;不但诗文批评,即戏剧、小说乃至民间文学理论也未轻弃。而一些派别学说的浮辞蔓说,一些著名理论家无甚发明的观点和议论,则不予阑入。如此疏而不遗,俭而无阙,使莠稗咸除,菁华毕出,全书的眉目更加清楚,重点也更加突出了。

倘要具体评价《小史》的特点和贡献,我们以为主要有以下几点。首先,注重对古代文学批评作全局意义上的深入探讨,由此总结其特色,勾勒出它在历史演进过程中的发展线索。诚如作者所说,中国文学批评史中,固然不乏如《文心雕龙》《闲情偶记》这样体系完整的著作,但大部分偏重于就事论事,仅对个别作家作品作零星片断的研究,总的来说缺乏系统的分析和叙述,更谈不上厘清理论发展的脉络。因此,作者总结各个时期诗文评研究成果,将勾勒理论批评的历史发展线索,作为撰作《小史》的首要任务。由于这种意识在作者而言是至为强烈的,所以它也就自然地贯穿在书的所有章节当中。

譬如关于文学起源及作文动因,历代论者多有论述,其议论大多琐碎屑小,且因时代间隔,彼此间联系和呼应每不易被人发现。尽管如此,《小史》仍能时时将这一问题的前因后果恰如其分地表达出来。继论陆机《文赋》关于写作动机的论述,突出《乐记》感物而兴思想的影响后,还进而指出《诗品序》和《文心雕龙·物色》等篇中的论点一致,也都由《乐记》相关论说发展过来,以为佐证和衍展,由此带出钟嵘和萧纲对此问题的新解说,所谓"嘉会寄诗以亲,离群托诗以怨"(《诗品序》),"伊昔三边,久留四战","或乡思凄然,或雄心愤薄,是以沉吟短翰,补缀庸音,寓目写心,因事而作"(《答张缵谢示集书》),从而突出了后人是如何给这一理论提供"新鲜因素"的。至论元、白对此问题的论述,能与前此萧氏所论作比较,指出萧氏所谓"乡思"、"雄心"云云,尚只"偏重于个人的遭际和感受",视野还较狭窄;元、白等人强调感事而作,则已注意到社会事件与创作之间的紧密关系。尽管在具体的论述过程中,有时不免流于片面和偏激,但较之前人的感物感事说,仍有不容轻忽的进步。书中这样原原本本、条贯分明的论述还有许多。如论唐古文运动中韩、柳的作用,不忘点出其前驱和后继者的贡献;论清桐城派文论,也及乾、嘉以后一直到咸、同年间的种种变化。正是这种论述,赋予这本《小史》以深厚的历史感和学术分量。

其次,基于文学理论的产生,首先与创作实际有关,但还受到当时社会政治、哲学、艺术等其他因素的影响,如果只对若干人物的个别论点进行孤立研究,很难阐明一个时代文学理论的形成与发展,显示其完整的面貌,作者还十分强调打通文学与非文学的封域,进行综合研究,从而真正使研究具备了一部史书所应有的丰富和生动。这构成了本书的又一个特点。

两汉文坛曾围绕屈原及其作品的评价问题,展开过讨论。作者在评价从刘安、司马迁到班固、王逸等人的不同意见后,指出他们都是以《骚》比《诗》,所以如此,则与各人所处时代有关。前两人主要活动在西汉,其时儒学尚未有独尊地位,统治者对人的思想钳制也不严密,故所论尚能比较客观。班固处在政权重建的东汉初期,为了强调皇室的尊隆地位,为中央集权张目,自要贬低其作品中那些不利于统治的成分;而王逸身处政治日趋混乱的东汉后期,为了匡正时政,移易风俗,所以才对其人端直的品格和作品的讽谏意义大有好评。这是就文学与特定时代社会政治的关系而言。其间,正贯彻了上述那种自觉的学术追求。

又如曹丕《典论·论文》提出文章"乃经国之大业,不朽之盛事",对其如何"本同而末异"作了分析,并基于"气之清浊有体,不可力强而致"的事实,指出论文须审己度人,勿"各以所长,相轻所短"。作者以为,这种理论是与汉魏特定时代好论辩才性的思潮影响分不开的。这是就文学与某种时代风气的关系而言。他如论汉末以来文辞理论的兴起,指出其产生"是由研究朝廷公文格式开始的",如《独断》《铭论》等文,即见其由来之迹。魏晋南北朝后,随文学创作的繁荣,钻研文体的著作遂不断出现,涉及的范围和探讨的问题也越来越广泛深入。论姚鼐义理、考据、辞章三者并重的论文主张,是与他试图吸取乾嘉以来汉学为古文创作服务的追求有关。这是结合学术思潮的变迁论文。

论晋代葛洪抨击贵古贱今的复古论调,尤显精彩。作者指出,其所谓"鬻锦丽而且坚,未可谓之减于蓑衣;辎軿妍而又牢,未可谓之不及椎车"之譬喻,实是受东汉以来自然科学发展导致物质昌明的现实成就的启发,并举孔融"古圣作犀兕革铠,今盆领铁铠,绝圣甚远"(《太平御览》卷三五六引),"贤者所制,或逾圣人,水碓之巧,胜于断木掘地"(同上,卷七六二引),陆机"夫创始者恒朴,而饰终者必妍,是故烹饪起于热石,玉辂基于椎轮"(《羽扇赋》)为例,以为两者一脉相承。这种追本溯源式的研究,已将对影响文学观念诸因素的考察范围,扩大到物质文明和自然科学领域。由此得到的结论,自然深厚扎实,与凿空臆议者迥异。

注意将批评史研究与文学史研究结合起来,全面审视文学理论或概念、命题的内涵,进而突现批评史发展的逻辑线索,是本书的第三个特点。

作者长期从事文学史的教学与研究,对先秦以来历代文学有深厚的造诣,由此史论结合,往往使一些抽象浑涵的问题变得生动和清晰起来,一部文学批评史的实际容量,因此得到了增加。如一般人以为,钟嵘《诗品》将陆机、潘岳置于上品,鲍照、谢朓置于中品有失公允,至以陶渊明入中品,曹操入下品,更是明显失当。作者则结合上述诸人的创作实际和风格特征,指出这些人的地位当时差不多都有定评,如陶诗"质直","曹公古直",华彩均不足,只能列入中品或下品。他如论黄庭坚《与王观复书》特别提出要学"杜子美到夔州后诗,韩退之自潮州还朝后文章"的原因时,结合杜、韩两人此期创作的特点,指出黄庭坚论诗讲究"夺胎换骨,点铁成金",又重诗法探讨,杜、韩两人自此以后,诗中关心现实的倾向有所减弱,更多地注意形式技巧的追求,所以颇契合他的口味;论张戒等人"诗坏于苏、黄"说之不可尽信,也结合唐以来新诗风初起,每不为人接受和重视的情况,指出苏、黄等人,特别是苏轼将某些散文表达方式引入诗歌,以期更自由地表达思想,拓展诗境,正顺应了文学创作历史发展的必然趋势,宋人对苏、黄的批评,固然有合理处,但也需作具体的分析。如果把继起者对他们创作追求有偏至的极端发展,作为彻底否定他们的理由,是不够慎重的。

  与此相联系,考虑到古人受道家"得意忘言"说的影响,或偏好佛家"妙悟",论文多不喜深入展开,而每作启发式的提示,让读者自行参悟;撰成篇章,又尚先秦子书,特别是儒家语录体的简练风格,每每辞约旨丰,意馀言外,读者倘属初学,常常难于领会,而一些过于玄虚之论,甚而使有一定素养的研究者也不易得其要领,作者还十分注意采用多种方法,帮助人领会这些精粹而又抽象的论述;对于一些重要的论点,尽可能作出解剖式的细致分析。倘遇到有关风格问题的评语,或一些专门的概念、范畴时,又常选择若干具有典型意义的作品或例句去印证。如宋人陈师道在讨论诗文风格时,曾提出"宁拙毋巧,宁朴毋华,宁粗毋弱,宁僻毋俗"的主张(《后山诗话》),于此很可以见出其自命清高的心态,还有对形式技巧的重视。然而什么是巧拙华朴,弱俗粗僻,陈氏未加申述。作者特举杜甫、孟郊、薛能和陈氏本人诗以为说明,显得既着实又贴切。

  论一种特定的命题、范畴也如此。如清人王士禛的"神韵"理论颇为玄秘,不易辨识,时人施闰章乃至有"如华严楼阁,弹指即现;又如仙人五城十二楼,缥缈俱在天际"之评(《渔洋诗话》卷中),作者为此举出一些最能反映他之所谓神韵特色的七言绝句以为说明。他如结合徐陵《玉台新咏序》的具体文句,论南朝文人对语言声律对偶因素的钻研;结合周济《词辨》所录冯延巳《蝶恋花》"六曲阑干偎碧树"词,论其所谓"夫词非寄托不入,专寄托不出"(《宋四家词选目录序论》)的基本词学主张,也都如此。较之部帙大小不等的同类著作,作者的这种做法无疑是更容易使人接受的。

当然,这一尝试的意义还不仅止于此。由于为现代人操练得相当纯熟的许多文学理论及批评术语,原是从西方引进的,它们以总结小说、戏剧为主体的文艺创作经验为主,有时用以论诗歌、散文为主体的中国古代文学,每有不甚契合的情况出现,倘若一味移中就西,以西洋批评原则乃至概念、术语解释古代文论,不免不着痛痒,甚至扞格难通。而在某些时候,一些理论看似两相契合,其实细细分析,貌合神离,并无质的共通性。正因为如此,如何用现当代通行的理论和方法分析研究古代文论遗产,是研究者大感棘手的问题。作者认为:"解决这个问题,既要克服佞古的倾向,也要克服过于现代化的倾向,不能让人产生这样的印象:批评史的研究只是在用我国古代丰富的创作经验和理论批评证明现代文学理论中的若干一般原理。"所以,他并不亟亟于让中西文学概念、范畴和具体理论主张接轨,而是结合史实,实事求是地分析比照。在人们还只是刚踏上探索中西结合比较研究道路的20世纪80年代初,这种处置方式无疑是慎重稳妥的,乃至直到今天,仍有其指导意义。

最后,我们还必须特别指出的是,《小史》对史实和史料处理的慎重。如提出司马迁为司马相如立传,录引其赋作,但对其中某些浮夸无裨时用的部分是不取的。于此数句下,特注出"传世《史记》各本载《子虚》《上林》全文,当经后人增补。挚虞《文章流别论》曰:'司马迁割相如之浮说',可见晋人看到的《史记》还保存着删赋的本来面目"。引陈师道语,也不忘针对宋以来疑《后山诗话》为依托之作的意见,指出胡仔《苕溪渔隐丛话》引《复斋漫录》已转引陈氏有关论述,故可确定真伪。至于对一些具体问题的论述和判断,更是精彩纷呈,既灵警精辟,又清稳可颂,与领异标新、驾虚行危者迥异。如指出欧阳修虽上承韩愈,但基于政治形势不同,在文与道的关系上,更突出"道"的重要性,同时对韩愈热衷仕进颇有微辞,对李翱行道之心及平稳的文风则颇为钦敬。指出明代"唐宋派"要求创作直据胸臆,信手写出,"使后人读之,如真见其面目"(唐顺之《与洪方州书》),看似有道理,实一味强调伦理道德修养,抹杀生活积养和写作技巧的重要性,不过是在重弹宋代道学家的老调而已,本质上与他们所不满的前、后七子并无二致。又指出王士禛颇尚"伫兴而就"、"未尝为人强作"(《渔洋诗话》卷上),实际本人篇章杂沓,未必都因有感于中,也未必不刻意求工。为此,举出《烟画东堂小品》所载其捻髭求安、涂乙俱满之事以为说明。这些看似细微的论述,实关涉到对文学批评史上一些重要问题的评价。惜乎体制所限,作者未作进一步的发挥。

《中国文学批评小史》撰成于20世纪80年代初,至今忽忽已历十馀年。这十馀年来,古文论研究有了长足的进步。今天的研究者,特别是新起的一群,再不会说"作家是阶级的喉舌",文学论争,通常"采取的是思想斗争的形式","文学批评史就是研究历代文学思想斗争发展的历史的一门科学"。当我们回看过去的岁月,理论界的风起云涌,与现实政治潮涨潮落的密切关系,我们对作者书中的这类表述,实在有感同身受的理解。并且,通览全书,我们还进而生出一种敬佩。因为,就是在那样一个时代,作者的研究业已脱略了纯政治化的夸张色彩,而注意趋于客观的事理分析,以至在绝大部分篇幅里,我们根本看不到以政治原则和阶级观念规范与评价问题的痕迹,这或许也是这部著作在今天仍享有很高学术声誉的原因之一吧。

应学界和读者的要求,最近,《小史》又推出了修订本,台湾由丽文文化公司出版,大陆由辽宁古籍出版社出版。值此旧书新出之际,我们愿以上述浅陋的评赞,表达对它的欢迎。正确与否,还请读者与作者赐正。

(原载《社会科学战线》1997年第五期)

附录二

《中国文学批评小史》写作中的点滴心得

屈指算来，我在南京大学教书已有数十年了。任务多变，开过不少课，其中中国文学批评史课教了四遍，已经算是我开过的课中时间最长的了。其间我写了一篇论文《梁代文论三派述要》，一本书《中国文学批评小史》，两本教材《中国文学批评重要专著篇目索引》和《文心雕龙解析》；后二者都没有正式出版，要到将来空闲些时再来考虑如何加工问世。

现在一切都要讲效益。回头看来，这一时期的成果效益不差。《梁代文论三派述要》一文发表在《中华文史论丛》第五辑上，并列作者都是老一辈的知名学者，如高亨、谭其骧、夏承焘、唐圭璋、唐长孺、俞平伯等，而我当时三十刚出头，因此"文化大革命"中有人开玩笑，说我是削尖脑袋往资产阶级学术权威的队伍里钻的。其后台湾杨家骆将此文编入《中国学术类编》（鼎文书局）内的《中国中古文学史等七书》，罗联添编入《中国文学史论文精选》（学海出版社）、《中国文学史论文选集续编》（学生书局），改革开放后见到不少台湾朋友，好些人都一见如故，就因读了这篇文章。

《中国文学批评小史》的效益也不差。初版八千多册，几个月就卖完了。以后不少人来函索取，但已无货供应。1986年参加汕头大学举办的韩愈国际学术会议，遇到新加坡国立大学讲授中国文学批评史的杨松年先生，承告已将此书列为主要参考书。1993年韩国学者多人前来南京大学访问，汉城大学的李炳汉先生告知，他曾用此书作教材，其他几所大学的教师也先后告知，他们曾用或至今仍在使用此书作教材。而在前年，韩国全弘哲等三位先生又将此书译成韩文，已由该国理论与实践出版社出版。日本奈良女子大学横山弘教授以此作教材，指导学生译为日语，且加注释，最后由其审订，公开出版。鹿儿岛大学高津孝副教授也已将此书译为日文，正谋求出版。

此书曾被台湾崧高书社盗版私印，韩国某出版社又据此私印。为了满足社会上的需要,避免以讹传讹,我作了一些必要的修订,分别于1994年与1996年由台湾的丽文文化公司和沈阳的辽宁古籍出版社再版。

此书为什么具有这么好的效益?分析起来似有一些问题可供他人参考。

首先是个定位的问题。不论做什么事,总要先考虑对象,写一本书,也应考虑对象是谁?文学批评史的读者对象较窄,连本国一些大学里的中文系都未必开此课,更不要说是中小学或其他单位了。它的读者只能是大学生和一些中国古代文学爱好者,以及部分文学理论研究者。但目下学习中文的学生各种课程负担很重,不可能抽出时间来读分量很大的著作。对此我还有另一种体会。年轻时读书,总想找一本纤悉无遗的大书来看,依仗记忆力还好,可毕其功于一役。事后总结,往往效果不佳,读后似懂非懂,记不下多少东西。后来明白,学习确实应该循序渐进,先把这一学科的基本问题弄懂记住,然后再求提高。贪多务得,往往欲速则不达。

目下有关中国文学批评史的著作已有一二十种之多,篇幅一般都很大,写大书固有难处,但也有容易的地方。篇幅小的批评史,至今为数很少,也可见其难处。我的《小史》定位在"小"上,确是不够大气,但我追求的是"少而精",或许正是在"小"上适合了读者需要。有的朋友问我是否还有计划扩展成大书,我可不想动,即使这次略作修订,也不破坏原有格局。

对象既明,就得考虑他们学习时会遇到哪些困难?批评史中有许多术语,现在的人很难把握,这得想办法解决。例如《古诗源》《唐诗别裁》《清诗别裁》的编者沈德潜属格调派,这一名词怎样理解,李梦阳《潜虬山人记》中说:"夫诗有七难,格古、调逸、气舒、句浑、音圆、思冲,情以发之,七者备而后诗昌也。"又《驳何氏论文书》曰:"高古者格,宛亮者调。"说明沈氏所追求的艺术境界,以及他所继承的文学传统,与七子有关。又如姚鼐在《古文辞类纂》的"序目"中提出:"凡文之体类十三,而所以为文者八,曰:神、理、气、味、格、律、声、色。"我解释道:神当指精神,理当指义理,气当指气势,味当指韵味,格当指体式,律当指法度,声当指音调,色当指辞藻;并引谢应芝《蒙泉子》曰:"文以理为主,神以运之,气以充之,酝酿以取味,抑扬以取韵,声贵能沉能飞,色淡而不黯,丽而不耀。"这样就可让读者自行研索,求得正解。我不太喜欢多用理论界常用的术语像现实主义、浪漫主义等名词去解释,因为中西文化背景不同,有时嫌不贴切。

有些风格方面的问题,更是抽象,难以把握,我就试用作品去印证。例如江西诗派中三祖之一的陈师道在《后山诗话》中提出"宁拙毋巧,宁朴毋华,宁粗毋弱,宁僻毋俗,诗文皆然"。不熟悉古代诗文作品的人,就很难理解,我就酌举一些诗句作为例证加以说明。杜甫《即事》:"一双白鱼不受钓,三寸黄柑犹自青",是谓"拙";陈师道《示三子》:"喜极不得语,泪尽方一哂",是谓"朴";薛能《自讽》:"千题万咏过三旬,忘食贪魔作瘦人",是谓"粗";孟郊《秋怀》:"商叶堕干雨,秋衣卧单云",是谓"僻"。江西诗派刻意寻求的就是这类诗句,读者自可玩味得之。

在历史书中,我很喜欢读范文澜的《中国通史简编》。范老国学基础深厚,文笔省净,而又见解高,看问题一针见血。评论古人,说好说坏,态度鲜明,不迎合世俗之见。我在写作《小史》时,颇欲效其笔法,只是限于水平,而又受到其时极"左"思潮的影响,有的地方批评古人过严,例如对江西诗派与黄庭坚的评价就有片面之处。这次修改,适当地做了些纠偏的工作。

文学批评史是建立在历史、文学史、文学理论等多种学科之上的一门科学。由于中国古代文人往往兼作家与理论家于一身,专业的文学理论家很少,纯理论的著作也不多,因此批评史上的思潮起伏,流派纷争,都应放在当时的历史背景下,结合文学史而进行阐发,这样或许更切合中国的实际,写起来也有血有肉些。当时感到中国的历史那么长,要想理清文论的历史发展线索,如何下手,很费斟酌。记得曾经拟过几个题目,对每一个时期文坛上发生的重大事件进行剖析,或许能够执简御繁,先把古代文论发展史上的几个重要阶段的轮廓勾勒出来。我为先秦拟的题目为"儒道两家对文论的影响",两汉拟的题目是"王充与两汉文风",魏晋南北朝拟的题目是"梁代文论三派述要",唐代拟的题目是"元和文坛的新风貌",宋代拟的题目是"北宋文坛上的派系与理论之争",明代拟的题目是"王学左派影响下的文坛演变",清代拟的题目是"新旧交替过程中的王国维"。后因"文革"陡起,这项计划无法实现,写好的一些稿子,只发表了一篇《梁代文论三派述要》,"文革"之后又发表了《王充与两汉文风》《北宋文坛上的派系与理论之争》二文。《元和文坛的新风貌》一文,还是为了筹备唐代文学国际会议而重新写作的。

由此可见,我在研究中国文学批评史时,重点放在考察文学流派的递嬗兴替上。我很注意产生各种理论的时代思潮,分析理论之间的继承发展关系,把这放在文学史与大文化的背景下考察。论述的内容,不光限于传统的诗文,明代之后,着重介绍小说、戏曲理论方面的成就,还有一章专门介绍有关民歌的理论。麻雀虽小,五脏俱全,有关批评史的基本知识,似乎无所遗漏。

上面拟的题目,摊子仍然铺得太大,无法在短期内完成。于是我又把魏晋南北朝和明代的文论列为研究的重点。前者上继先秦,下开唐宋;后者则对近代文学起到滥觞的作用。若能研究好这两个时期的文论,那么对于其他时期的文论也就融会贯通了。这种看法,我至今仍然坚持。

由于其时运动不断,任务多变,涉猎此途的时间过短,因而好多计划无法完成,只对魏晋南北朝时期的文论下了一些功夫,线索理的比较清楚,因而还能在《小史》中列出几张表格加以表示。

我年幼时多病,高中、大学阶段长期生肺病,因而体质很差。这时毕竟年轻,读书还算用功,在这四五年内干的事确实不少。当时学生学习中国文学批评史的热情很高,而又苦于难以入门,缺乏合适的辅导读物。刚巧我在1963年时有一个学期轮空无课,我就利用这段时期,每天上午到南京图书馆去看书。这样坚持了半年,也就编成了一本《中国历代文学理论批评专著篇目索引》。

我对各种著作的版本初步摸了一下,挑选一种常见而又可靠的列于首位,让学生易于借阅。例如欧阳修的《欧阳文忠公集》,有四部丛刊、四部备要、国学基本丛书、世界书局刊行等诸本,我把四部丛刊本列于首位,从中选出《水谷夜行寄子美圣俞》(卷二)等诗文共十九篇,并在《水谷夜行寄子美圣俞》《梅圣俞诗集序》《送徐无党南归序》《答吴充秀才书》《答祖择之书》等文之前加圈,表示这些文章尤为重要。我还在《水谷夜行寄子美圣俞》下提示程千帆、缪琨《宋诗选》(古典文学出版社)有注,《梅圣俞诗集序》下提示王水照《宋代散文选注》(中华书局上海编辑所)、中国人民大学语文系文学教研室《历史文选》(中国青年出版社)有注,《送徐无党南归序》下提示黄公渚《欧阳永叔文》(商务印书馆学生国学丛书)、高步瀛《唐宋文举要》(中华书局上海编辑所)有注,《答吴充秀才书》下提示王焕镳《中国文学批评论文集》(正中书局)有注。最后我又加按语曰:"欧阳氏诗话后来通称《六一诗话》,单行者有历代诗话本、丛书集成本等多种,近人民文学出版社出版了郑文的校点本,最便阅读。"其他著作的介绍也大体如此。

这份教学辅导材料，当然谈不上有多高的学术水平，但颇适合学生自学需要，因而也有它的价值。而我通过这番踏实地阅读原作，就对批评史的内容了解得具体多了。这对我后来写作《小史》无疑有很大的好处。

20世纪80年代以来，我的研究重点转移，古代文论方面的研究不得不暂时放下，只是迫于形势，有时也不得不重弹旧调。例如1984年时复旦大学举办《文心雕龙》国际会议，我应邀参加。会议规格很高，与会者很多是中、日两国与香港地区负有盛名的《文心雕龙》专家，我则过去从未写过有关《文心雕龙》的文章，这次滥竽充数，可也不能太辜负邀请者的盛情，于是我在旧稿的基础上，写了一篇将近两万字的论文《刘勰的主要研究方法——"折衷"说述评》。罗宗强教授于1991年新加坡国立大学主办的"国学研究的回顾与前瞻"会议上还特别提到此文，作为研究刘勰理论特点分析深入的范文而推举。我想此文要说有什么特点的话，那也就是从刘勰《文心雕龙》的文本出发，而不去学过去与目下理论界常见的工作方法：介绍一些苏联的或西方的文艺理论来指引，然后征引《文心雕龙》中的文句为例证，从而构成一些与现代理论切近的论文。我的研究，一般都是在大量原始材料的基础上进行概括和提炼，《小史》的写作似有不同，实则同样体现出我的个人特点，即以大量的文献资料为基础，然后进行理论阐发。

(原载《古典文学知识》1995年第五期)

复旦新版后记

这一本书，二十年来印行了好几版（长江文艺出版社1981年初版，韩国理论与实践出版社1993年韩文版，台湾丽文文化公司1994年台湾版，辽宁古籍出版社1996年再版，江苏古籍出版社2000年《周勋初文集》版，日本勉诚出版社2007年日文版），这让我颇感意外。目下"中国文学批评史"方面的著作很多，大都篇幅很大，我的这本《小史》可能属于篇幅最小的一种，却是未遭淘汰，还屡蒙学术界同人予以好评，不胜愧悚。这一新版中附录了两篇文章，说到国内外许多学校曾用此书作教材和参考书，例如日本国立奈良女子大学、韩国首尔大学以及外国语大学等名校，均曾用作教材。1999年时，我随本校中国思想家研究中心到香港举办《中国思想家评传丛书》的发布会，香港大学的邓昭祺教授面告他在讲授"中国文学批评史"课时也以此书为教材。而我奔波各地开会或讲学时，遇到过许多年轻学者与博士生，他们说在报考博士、硕士时都曾读过《小史》，因为此书篇幅虽小，但覆盖面颇大，重要问题大体上都已包括，因而批评史方面的试题一般都可以应付，这或许也是此书具有生命力的原因之一吧。今蒙复旦大学出版社垂顾，要为我再出新版，或许也能说明学术界与教育界确是有此需要吧。看到自己的书一直能为广大读者所接受，自然感到高兴，故略抒鄙怀如上。

周勋初

2006年11月识于南京大学中文系

图书在版编目(CIP)数据

中国文学批评小史/周勋初著.—上海：复旦大学出版社,2007.9(2021.5重印)
ISBN 978-7-309-05416-3

Ⅰ.中… Ⅱ.周… Ⅲ.文学批评史-中国-高等学校-教材 Ⅳ.I206.09

中国版本图书馆 CIP 数据核字(2007)第 031358 号

中国文学批评小史
周勋初　著
责任编辑/邵　丹

复旦大学出版社有限公司出版发行
上海市国权路 579 号　邮编：200433
网址：fupnet@fudanpress.com　http://www.fudanpress.com
门市零售：86-21-65102580　团体订购：86-21-65104505
出版部电话：86-21-65642845
常熟市华顺印刷有限公司

开本 787×960　1/16　印张 12.75　字数 189 千
2021 年 5 月第 1 版第 5 次印刷
印数 10 401—12 500

ISBN 978-7-309-05416-3/I・380
定价：32.00 元

如有印装质量问题，请向复旦大学出版社有限公司出版部调换。
版权所有　侵权必究